사바끼

# 사바끼

박영희 장편소설

차례

발골사에게 · 8

1. 꽃 피는 마장동　　　　　　　9

2. 육식주의자　　　　　　　　29

3. 전설의 발골사　　　　　　　55

4. 발골의 장인　　　　　　　　80

5. 어느 발골사의 고백　　　　101

6. 육의 꽃을 만드는 자　　　　122

7. 칼의 노래를 들어봐　　　　155

8. 우리들의 삼부옥　　　　　188

9. 기억해! 발골사의 노래를　　220

10. 유튜브 〈육의 꽃〉　　　　240

작가의 말 | 발골사의 칼끝에서 치유되는 아픔들 · 261

# 사바꾸

## 발골사에게

잘 벼린 칼을 살 속 깊이 박았다.

농익은 육향이 묵직하게 맡아졌다. 자신은 이미 준비됐다는 신호였다. 칼을 잡은 오른손목을 과감하게 비튼다.

좌~악,

칼의 노래가 선명하게 들린다. 멋진 징조다. 칼은 환한 꽃길을 제대로 찾은 것이다.

지금부터 시작이다.

우리의 마장동은 어느 곳에서든 꽃 필 수 있기에.

가자.

칼이 노래하는 그곳, 육의 꽃이 피어나는 꽃밭 속으로.

# 1. 꽃 피는 마장동

 마장동은 꽃밭이었다. 지하철 5호선을 타고 마장역에서 내린 뒤, 축산물시장 서문 입구에 들어서자 붉은 양귀비 꽃밭이 펼쳐졌다. 붉게 단장한 꽃들은 진열 냉장고 안에서 환하게도 피어 있었다. 꽃단장한 등심 옆의 토시살은 육즙으로 반지르르하고, 화사하게 치장한 부챗살은 이미 채끝살과 자지러지고 있었다. 씹을수록 육즙이 쏟아지는 갈빗살은 부드러운 안심과 함께 농염하게 숙성되고 있었다.
 휘익.
 휘파람이 절로 새어나오는 걸 보니, 호기심의 촉수들도 육향 짙은 이곳이 진심으로 그리웠나보다. 정육사들은 원하는 금액으로도, 부위별로도 포장이 가능하다고 외쳐댔다.
 "삼촌! 뭐가 필요해? 응? 어떤 부위를 원해?"

호기심을 자극하는 적극적인 구애에 고개를 돌렸다. 중년의 여자 정형사가 물음표를 띤 눈으로 묻고 있었다. 고기를 써느라, 도마에 연신 칼질을 하면서도 육향을 찾아 두리번거리는 고객의 욕망을 귀신같이 알아챘다. 거칠 것 없어 보이는 그녀의 기세에 고분하게 대꾸한다.

"그냥, 구경 좀 합니다."

"말만 해! 애인 빼고 다 구해줄 테니."

별 섭섭한 말씀을 다 하십니다. 이런 호승심 젖은 분위기라면, 사랑도 한 팩 가뿐하게 손질해줄 포스인데 아니었나? 마장동을 표현하는 농담치고는 상당히 겸손했다.

추석 대목을 맞아서인지 정육점마다 선물세트들이 오픈 쇼케이스에 무더기로 쌓여 있다. 선물세트 속의 꽃들은 눈으로 봐도 마블링 최고의 육질이다. 이제야 제대로 된 곳에 왔다는, 부푼 기대가 발걸음을 빠르게 재촉한다.

붉은 꽃밭 속으로 들어서자마자 숨이 턱 막혔다. 여학생들이 잔뜩 탄 버스에 올라탄 소년의 심정이었다. 뒤돌아서지도 나아가지도 못할 만큼 강렬했다. 발걸음을 멈추고, 잠시 심호흡을 했다. 폐 깊숙이 들어온 농익은 육향은 단번에 전신을 휘감는다. 혀끝에 남은 육즙의 기억은 거침없이 추억을 쏟아낸다. 흥건하게 고인 입안의 침을 삼키자, 꽃들의 꿈틀거림은 더욱 거세진다. 귀에선 지글거림으로, 코끝엔 담백한 단내까지 맡아진다. 이렇게 굴풋한 추억이 휘몰아치는 건 아무래도 자신의 피 속에 숨어 있는 원시인의 본능을 깨운 것이 확실했다. 대단히 유혹적인 꽃밭이지만 만족하기엔 아직 멀었다. 더 깊은 매혹을 찾아 떠나야 한다. 붉은 꽃밭을 빠르게 스친다.

축산물시장 깊숙이 들어서자 공기의 질은 입구 쪽과는 확연하게 달랐다. 비릿하면서도 본성대로 익어가는 농염한 꽃들의 축제였다. 무르익은 단내가 발길을 붙잡는 게 입구 쪽보다 노골적이다. 끈적거리는 기름기는 신발 밑창에 쩍쩍 들러붙는다. 과감하게 유혹하는 적극적인 구애가 싫지 않다.

잘 숙성된 꽃이 어디에 있는지 정육점들마다 기웃거린다. 붉은 꽃들의 색깔은 엇비슷해도 마블링과 육질은 이름만큼이나 다르다. 어떤 꽃이 치명적인 맛인지 선택하기가 망설여진다. 유혹하는 꽃에 대한 예의는 본능에 따르는 것이다. 이 기분대로라면 숨죽여 있는 미각들이 화들짝, 깨어날 꽃들을 무더기로 쟁여놓고 혀가 지치도록 씹고 싶을 뿐이다.

"와, 끝내주는데?"

되바라지도록 농익은 꽃들을 보며 깊은 속내가 저절로 터져 나왔다. 이곳은 딱 한 점만 씹어도 육향에 매혹되는 맛의 향연장이었다. 유혹에 넘어가도 아주 단단히 넘어간 꼴이다. 언제 이렇게 가슴 뛰는 일이 있었나. 이렇게 후끈, 달아오르는 뜨거움이 필요해서 이곳에 온 것일까? 아무래도 그런 것 같다.

긴장감을 떨치려 앞가슴을 편다. 뻐근하게 벌어지는 느낌이 나쁘지 않다. 가뿐한 마음에 선물용 커피 박스가 들려 있는 오른

손목에 불끈, 힘을 준다. 커피 박스가 손에 있다는 것은 외삼촌을 찾아간다는 뜻이다.

 희한하게도 오늘 아침, 눈을 뜨자마자 어젯밤 꾼 꿈이 떠올랐다. 벌거벗은 근육질의 남자가 쇠고리에 걸린 커다란 살덩이 앞에서 바튼숨을 내뱉으며 발골 중이었다. 뒷모습만 보이는 남자는 외삼촌 같기도 하고, 남 반장님 같기도 했다. 호기심에 한 걸음 다가서는 순간, 남자의 등에서 번들거리는 땀은 어느새 피가 되어 분수처럼 쏟아졌다. 꿈에서도 놀라 비명을 지르자 화가 난 듯, 노려보는 남자의 눈빛은 불꽃처럼 붉게 타올랐다. 충격에 눈을 떴지만 남자의 강렬한 눈빛만 생생할 뿐, 도무지 얼굴은 누구인지 떠오르지 않았다.
 도대체 어쩌자고, 이런 기묘한 꿈을 꾸었을까? 그것도 며칠 동안 연속으로 꾼 꿈이었다.
 그동안 일이 없어 방구석에만 있었다. 안녕을 물어오는 사람도, 안부를 묻고 싶은 사람도 없었다. 가고 싶은 곳도, 하고 싶은 것도 없는 회색빛 나날이었다. 어쩌면 꿈은, 칼을 쥔 남자를 찾으라는 계시인지도 모른다. 그 남자에게로 가면 죽음같이 조여오는 이 갑갑함에서 벗어날 수 있을 것만 같았다.
 외삼촌을 뵈러가야지 하면서도 늘 생각뿐이었다. 안부 인사는 몇 년 전, 군에 입대할 때 전화상으로만 했다. 제대 이후에도 마찬가지였다. 여태 찾아뵙지 못하다가 이제야 찾아뵙는 것이다.

사는 게 막막해지면 어김없이 마장동이 떠올랐다. 누군가 고향을 물으면 마장동이라고 했다. 어릴 적부터였다. 부모님께 혼이 나거나, 친구들과 관계가 틀어지면 발길은 늘 마장동으로 향했다. 울적하고 막막한 마음에 시장 거리를 걷다보면 어느새 불퉁거리던 마음이 가라앉아 다시금 엄마를 간호할 힘이 생겼다. 황망하게 엄마가 떠나고 마음속에 불길이 일어나면 어김없이 마장동이 그리웠다. 그럴 때마다 외삼촌을 찾았지만 시간이 지날수록 발걸음은 줄어들었다. 측은지심으로 바라보는 주위의 시선도 싫었지만 무엇보다 자신 속에 일고 있는 불길 때문이었다.

 그날 왜 집에 가기 싫었던 것일까? 곧바로 집으로 갔다면 엄마는 돌아가시지 않았을 것이다. 그렇다면 내 잘못일까? 다들 네 탓이 아니라고 하지만 스스로 용서가 되지 않았다. 의문과 물음을 오가는 시간 속에서 눈에 거슬리는 것이라면 무엇이든지 간에 시비를 걸었다. 어쩌면 자신을 향한 것인지, 세상을 향한 것인지 모를 분노에 찬 꼬락서니를 하고 돌아다녔기에 의식적으로 마장동을 멀리했는지도 모른다. 그래도 해병대에 입대한 것은 외삼촌 덕분이었다.

 엄마의 사진첩에는 붉은 명찰을 단 외삼촌과 함께 웃고 있는 엄마가 있다. 사진 속 엄마의 얼굴은 피어나는 한 송이 꽃이었다. 결혼사진보다도, 어린 나를 안고 있을 때보다도 더 빛나 보였다. 엄마의 미소가 너무나 예뻐서 무조건 빨간 명찰을 달겠다고 선언했었다. 끝없는 항암치료에 지친 엄마의 얼굴을 다시금 환해지도록 하고 싶었지만 엄마는 기다려주지 않았다. 어떤 인사도, 당부도 없이 엄마는 떠났지만 그때의 맹세는 꼭 지켜야 할 약속이 되어 해병대를 지원했었다.

믿고 싶었다. 이 거리를 걷고 있는 나를 엄마는 하늘에서라도 보며 미소지었을 것이라고, 조금이나마 용기낸 자신을 용서했을 것이라고, 그 믿음이 이 거리를 걷게 하는 힘이라고 생각되었다.

오랜만에 마장동에 발을 들여놓으니 거친 회오리바람에 휘몰리는 것 같았다. 오늘 같은 어제와 내일이 시시각각으로 치받으며 흘러간 지난 십 년간이었다. 무슨, 모진 꿈을 꾸다 깨어난 것 같은 감각에 이곳의 풍경이 새삼스럽게 다가왔다.

뒤쪽에서 누군가 어깨를 치며 바쁘게 지나간다. 미안하다는 말을 건넬 틈도 없다. 사람과 냉동탑차, 짐을 실은 자전거와 오토바이가 질서도 없이 뒤엉킨 시장 거리였다. 마장동 축산물시장이 아시아 최고라는 말은 헛말이 아니었다. 마장동 절반 이상이 가공업체와 정육점과 식육식당이니 굳이 헤아릴 필요도 없었다.

쇠고리에 도축된 지육이 걸려 있고, 육의 꽃을 다듬는 발골기사들이 있는 거리를 걷고 있자 처져 있던 기분이 조금씩 되살아났다. 어느 집이 맛집인지 어떤 유명인이 단골로 다니는 집인지 선전 문구를 읽으며 지나가는 재미가 쏠쏠했다. 예약을 하면 몇 개월을 기다려야 한다는 식육식당 앞을 지날 때, 내부 인테리어와 대표 메뉴가 궁금했다. 지금은 어림도 없지만 언젠가는 자신도 저 정도의 인기 있는 가게를 운영했으면, 하는 욕심이 고개를 드는 순간, 세차게 머리를 흔들었다. 지금은 그냥 꿈이나 희망사항이라고 말해두고 싶었다.

발걸음은 저절로 손님이 줄 서서 기다리는 정육점 앞에서 멈춘다. 진열 냉장고 안을 기웃거리며 군락을 이루고 있는 꽃들의 이름을 눈으로 더듬는다. 혀끝에 남아 있는 추억은 그 깊은 풍미의 세계로 뛰어들라며 깨물듯이 속살거린다.

"어떤 부위를 찾아요?"

"2층 식당에서 드시고 가면 됩니다."

"오늘 특별히 육회나 부속고기를 서비스로 드려요."

정육점마다 홍보의 말들이 거침없이 쏟아진다. 시장의 활기를 돋우는 정육사의 외침들이 귓속을 간지럽힌다. 촉촉하게 젖어드는 입속을 다독이며 무거운 발길을 또다시 재촉한다.

아무래도 이곳의 분위기가 예전보다 많이 변한 것 같다. 정육점마다 작업하는 정형기사들이 대부분 젊은 친구들이다. 어쨌든 좋은 현상이다. 발골은 쉬운 일도 아니고 연봉이 높은 것도 아니다. 하지만 누군가는 꼭 해야 할 일이다. 더럽고, 위험하며 연봉 낮고, 인식도 별로인 4D업종에서 일하는 그들이 젊다는 것은 이곳이 도전할 만큼 가치가 있다는 것인가? 아무래도 그런 것 같다. 열악한 환경에도 불구하고 오로지 발골에만 몰두하는 그들의 열정이야말로 마장동에서 가장 빛나는 꽃이기 때문이다.

부러운 듯, 그들을 보고 있자 느닷없이 자신이 너무 늦은 것은 아닌가 하는 의문이 들었다. 조급해하지 말자. 자신만큼 마장동이 절실한 사람이 어디에 있나? 자신이 있을 곳은 여기 마장동이란 걸 어젯밤 꿈이 계시처럼 알려주지 않았느냐고, 발끝에 힘을 주며 다독인다.

조급함을 지우려고 빠르게 옆 골목으로 들어선다. 걷다보니 묵집 근처다. 늘 이쯤이면 배가 출출했다. 발길이 향한 곳은 마장동에서만 맛볼 수 있는 돼지껍질로 묵을 만드는 유일한 곳이다. 세 평 정도의 작은 가게에서 음료수와 담배를 팔면서 주인 할머니가 손수 다듬은 돼지껍질을 긴 시간 동안 삶아 굳혀 만든 콜라겐덩어리였다.

홀리듯이 가게 안으로 들어섰다.

"묵 한 모 썰어주세요."

마른 입안에 탱글탱글한 묵을 한 입 넣자 심심한 맛이 감돌았다. 특별하지도 않은 맛인데도 허전한 마음을 채우고도 남았다. 서서 가볍게 한 접시를 해치웠다. 해병대 시절, 힘든 훈련을 마치고 나면 불쑥, 떠오르는 음식이었다. 그리워하는 음식을 말하면 그 사람을 알 수 있다는 말은 나를 두고 하는 말이었다.

추억을 먹고 허기가 채워지자 조급했던 마음이 느긋해진다. 방향을 틀어 곧바로 외삼촌 가게가 있는 먹자골목으로 들어서지 않고 동문 쪽으로 향했다. 낯선 길을 걷듯이 시장 구석구석을 기웃거리는 것은 어릴 적, 외삼촌을 찾아왔을 때부터 시작된 버릇이다. 불퉁거리는 마음에 무작정 올라와 곧바로 외삼촌 집으로 가지 않고 시장 바닥을 헤맨 추억 때문이다.

예전처럼 시장 거리를 걷고 있자 중학생 시절로 돌아간 듯했다. 자신이 생각해도 공부는 아니었다. 학교와 교실만 들어서면 갑갑증의 불길이 가슴 저 밑바닥부터 올라왔다. 교복 단추를 풀고 창가에 서서 바람을 쐰 날들이 길어질수록 어디론가 떠나고 싶었다. 한번 일어난 불길은 도저히 잠재울 길이 없었다. 며칠을 학교에 가지 않고 게임을 한 적도, 시내나 거리를 하릴없이 싸돌아다니다 집에서 잠만 내리잔 적도 있었다. 수업을 하는 중간에 뛰쳐나와 무작정 버스를 타고 종점까지 가버리기도 했다. 신경을 건드리는 녀석들과는 주먹질도 서슴지 않았다.

갑작스레 엄마가 떠난 뒤, 나타난 걷잡을 수 없는 행동이었다. 중2병이라고, 변명을 하더라도 자신도 어쩌지 못하는 불길을 소진하느라 아래위도 보이지 않았다. 선배든, 동창이든 간에 도발해오기만 하면 뒤엉켰다. 하루도 조용한 날이 없었다. 학교에서는 보호자인 아버지에게 시도 때도 없이 연락이 갔다.

"선택해라. 소년원 갈래? 고등학교 갈래?"

자존심을 건드리는 동창 녀석과 시비가 붙어 코뼈가 부러지도록 주먹질을 한 사건으로 불려온 아버지가 마지막으로 경고했다. 자식 뒤처리에 지친 부모가 아무리 겁을 주는 것이라지만 정신이 번쩍 드는 제안이었다. 소년원이라니?

소녀도 없는 삭막한 소년원은 절대적으로 아니었다. 생각만으로도 몸이 부르르 떨려왔다. 누군가 알려줬다. 옆 학교의 양아치 같은 녀석들이 거쳐온 곳이라고, 아무리 정신없는 짓거리를 하더라도 오기로 뻗대면 안 되는 것이었다.

꼬리를 내리는 게 사는 길이었다. 아버지는 얼마 안 되는 전세금을 빼서 치료비를 마련하고선 손이 발이 되도록 동창 녀석의 부모에게 빌었고, 나는 손목이 얼얼해지고 눈알이 뻐근해지도록 반성문을 썼다. 학교폭력위원회에 회부되어 4호처분인 사회봉사를 받아야 하지만, 내 찢어진 입술과 흔들거리는 앞이빨을 내세우는 담임의 중재로 서면 사과와 학교 봉사활동으로 죄의 형량을 낮출 수 있었다.

모두 가해자이면서 피해자인 학생들이다. 폭력을 휘두르는 것이 자신과 타인에게 얼마나 잘못된 행위인지를 교육적 차원에서 지도하겠다는, 담임의 간곡한 부탁이 받아들여졌기에 가능한 일이었다. 처음으로 꼰대 담임이 담임선생으로 보였다.

저지른 일들이 대충 마무리되자 아버지는 또 어디론가 떠날 채비를 했다. 먼 친척의 이층 집 방 하나를 얻어 살림을 옮겨놓자마자 가방을 챙겼다. 한때는 원자력 건설현장에서 기능직으로 근무한 아버지였다. 무엇이 아버지를 방랑으로 이끌었는지는 모르겠지만 칼갈이 기능사라고 적힌 작은 다마스 트럭을 몰고 전국을 헤매고 다녔다. 칼과 낫을 갈아주기도 하고, 반찬거리를 싣고선 섬으로, 시골 오일장으로 떠도는 아버지도 마음의 불길을 어쩌지 못해 떠다니는 것이리라.

엄마가 떠난 이후, 서로를 바라본다는 건 고통스러운 일이었다. 아버지와 아들의 관계를 유지하기 위해 좁은 방에서 부대낄 수 없다는 것을 너무나 잘 알았다. 떠나면서도 아버지는 언제 온다는 소리도, 매일 전화하겠다는 말도 없었다. 유목민의 피에 홀려버린 방랑자 같아서 언제 돌아올지 모를 아버지였다. 자신도 살고, 아버지도 사는 방안을 제시하는 게 떠나는 아버지에 대한 예의 같았다. 방랑자에게 걸맞은 제안으로 아버지와 마지막 거래를 했다.

"앞으로 사고치는 일 없을 테니, 기숙사 있는 시골 학교로 전학시켜줘!"

진심이었다. 빈집에 홀로 남는 그린 더러운 기문을 또다시 맛보고 싶지 않았다. 그 기분은 뭐랄까? 버려지는 쓰레기 같고, 빈 봉투 같은, 차가운 생수가 품고 있는 한기 같은 것이었다. 떠나는 사람은 결코 모를 감정이었다. 이제 더 이상 냉동고 같은 서늘한 집구석에 머물 자신이 없었다. 제안이 기특했는지 떠날 길이 바쁜 아버지는 곧바로 수긍했다. 부자간의 타협이 원만하게 이뤄진 것에 아버지는 만족한 듯, 곧바로 낙동강 인근 면소재지의 학교로 전학을 시켜줬다.

차가운 아침 안개와 인분 냄새가 전부인 전교생이 90명 안팎의 기숙학교였다. 찌질한 녀석들과 더 찌질한 얘기만 늘어놓는 한심하기 짝이 없는 촌구석이었다. 한심한 곳에 묻혀버리니 자신의 찌질함이 티나지 않은 것이 좋았던 것일까? 햇볕 좋은 날엔 자전거를 타고 강둑을 달렸고, 해질녘엔 모래밭에서 뒹굴기도 했다. 수박농사를 짓는 친구 대영의 부모님 수박밭에서 주말 알바를 하며 용돈도 벌었다. 흙냄새와 거름 냄새, 강변의 물 냄새가 마법처럼 혁을 홀렸는지 불퉁거리던 마음이 점점 수그러들었다.

고등학교로 진학해서는 아예 대영의 시골집에서 주말을 보냈다. 학교라는 자체를 거부하며 겉돌았던 예전과는 다른 행동이었다. 아마도 더 이상 떠밀려갈 수 없다는 절박함이랄까? 이곳이 아니면 더 이상 갈 곳이 없다는 것을 알았다는 것이지만 무엇보다 그곳에서 만난 방과 후 수업을 맡은 나이든 요리 선생이 있어 견딜 만했다.

"혁아, 나랑 빵이나 굽자."

밀가루 반죽이 빵이 되어 나오는 긴 시간을 기다릴 줄 알더라고, 말없이 뒤처리를 하는 걸 지켜봤다며 오븐에 에그타르트를 구워주며 말했다. 그 부드럽고 바삭한 쿠키 같은 빵 때문이었을까? 아니면 누군가 자신을 챙겨준다는 게 고마웠던 것일까? 한입 바싹, 빵을 깨물었을 때 그만 허물어지고 말았다. 그 순간, 자신이 이런 날을 엄청 기다렸다는 것을 알 수 있었다.

어떤 끈이라도 잡고 싶은 마음속의 바람들이 요리실을 들락거리게 했다. 빵도 굽고 쿠키도 구워 기숙사에 가져와 한심한 녀석들과 나눠 먹다보니 빵을 기다리는 녀석들이 차츰 눈에 들어왔다. 서로 먹겠다고, 아웅다웅 다투는 걸 볼 때면 새끼에게 먹이를 물어다주는 어미 새가 된 기분이었다. 그래도 대학은 아니었다.

그렇게 정해진 코스대로 가기 싫었지만 요리 선생의 충고를 받아들여 전문대 요리학과를 지원했다. 사람 구실하려면 더 배워야 한다는 말을 수긍했기 때문이다. 누군가에게 받은 호의를 가볍게 여기고 싶지 않은 마음이 시킨 짓이었지만 한 학기만 마친 뒤, 휴학해버렸다. 경제적 문제도 압박했지만 뻔한 이야기만 늘어놓는 곳에 멍청하게 앉아 있는 자신이 바보 같아서였다.

집으로 돌아와도 여전히 혼자였고 갑갑했다. 허물어지는 자존감을 감추기 위해 아닌 척, 센 척하며 밤을 새워 게임을 해도, 여자애들을 만나도 얼마 가지 못했다. 노는 녀석들과 밤새 술을 마셔도 그저 그랬다. 생활비를 벌기 위해 뛰어든 편의점과 게임방의 알바도 점점 지겨워졌다.

술에 취해 늘어지게 자고 일어난 날이었다. 갑자기 여기를 떠나고 싶다는 생각이 미친 듯이 들었다. 이 집이 싫은 것인지 아니면 이렇게 사는 꼴이 싫은 것인지는 모르겠지만, 이런 삶이 전부라면 차라리 죽는 게 낫다 싶었다. 아버지처럼 이곳이 아닌 그곳으로 가고 싶었다. 자신을 받아주는 곳이면 어떤 곳이어도 되었다. 외국의 워킹홀리데이도 괜찮았다. 진심으로 떠나고 싶었다.

다른 먼 곳으로 떠나기 위해서는 우선 병역 문제부터 해결해야 했다. 신체검사를 받고 곧바로 해병대를 지원했다. 운 좋게도 요리교실에서 딴 제빵자격증이 도움이 되었는지 곧바로 입대할 수 있었다. 입대하기 전날, 망설이다 외삼촌에게 전화를 드렸더니 제대하고 마장동에 찾아오라고 했다. 격려의 말이었지만 고마웠다. 누군가 자신을 기다려준다는 뜻으로 받아들여졌다.

 해병대는 대학이었다. 정신차리려면 군대에 가야 한다는 말은 농담인 줄 알았는데 진심이었다. 복잡한 생각을 단순하게 만들어버리는 찰진 과목들이 기다리고 있었다. 절대복종과 반복된 훈련, 전우애와 협력, 육체의 고통을 통해 부정적인 생각을 단번에 차단해버리는 귀신도 혀를 내두를 스케줄이었다.
 일주일 만에 우는 놈도 있었고, 부적응자로 떨어져 나가는 놈도 있었다. 나로선 숙식 제공에 두툼한 월급까지 얹어주니 불만을 가질 이유가 없었다. 멍청이들만 양성하는 어중간한 대학보다 군대가 더 효율적이라는 생각마저 들었다.
 해병대 입대 후, 6주간의 고된 훈련이 끝난 수료식 날이었다. 천 명의 훈련병 중에 부모님이 오지 않은 훈련병은 자신을 포함해서 여섯 명이었다. 넓은 연병장에 많은 부모들이 플래카드를 펼치고 자식을 응원하는 모습을 부동자세인 채로 지켜봤다. 누구에게도 알리지 않았으니 아무도 오지 않을 것이다. 당연하다고 생각했지만 가슴 한쪽에 서늘한 바람 한 줌이 지나갔다. 그런 있으나마나한 가족은 차라리 없는 게 낫다며 위안했다. 이런 기분은 새삼스럽지도 않았다. 어릴 적부터 학교 행사에 오지 않은 가족이었다. 엄마는 아픈 몸이어서, 아버지는 먼 곳의 공사 현장에서 일을 했기에 이런 상황은 익숙했다. 가족들에게 신고식을 하는 동기들이 늘어날수록 가슴 한쪽이 저릿했지만 묵묵히 그

시간을 견뎌야 했다.

"아직 부모님이 오시지 않았나봐요."

누군가 말을 걸어왔다. 밖의 소리는 소음으로 차단하고 다른 세상인 듯, 서 있는 내게 다가온 사람은 중년의 낯선 여성 분이었다. 정신을 차리고 집중해서 바라봤다. 엄마가 살아계셨더라면 저런 모습일 거라는 생각이 들었다.

"곧 오실 겁니다."

그때 왜 그런 말이 불쑥 튀어나왔을까? 타인의 친절이 귀찮아서였을까. 아니면 초라하게 보이고 싶지 않은 까닭이었을까. 가족에 대한 어떤 기대도 믿음도 없었지만 그 순간 일말의 자존심이 자신도 부모가 있다고, 말하고 싶었던 모양이다.

"우리 멋진 해병, 내가 한번 안아봐도 될까요?"

어떤 거부의 몸짓도 할 수 없었다. 부동자세로 해병의 아들답게 행동해야만 했다. 그것이 군대가 가르쳐준 최대의 가르침이었다.

입대하는 날도 그랬다. 친구 대영이랑 몇몇 녀석들이 따라나서겠다는 것을 한사코 뜯어말렸다. 떠들썩하게 몰려다니고 징징거리는 게 구차하게 느껴졌다. 오로지 혼자서 조용히 치르고 싶었다. 입영 하루 전날, 오천읍에 도착해서 머리를 밀고선 모텔에서 하룻밤을 잤다. 아침에 선지가 듬뿍 들어간 해장국 한 그릇을 먹은 뒤, 열 시까지 해병대 연병장에 집합하러 걸어갔다. 전날 저녁에 산 담배 한 갑 중 남은 담배를 부대 입구, 외진 곳에서 똑같이 머리를 민 무리들 속에 섞여 마지막으로 피웠다. 사회와의 이별 의식으로 생각했다. 그때 한 녀석이 휴대폰으로 누군가와 통화하는 것이 들렸다.

"시바, 나 이제 좆됐다."

쪼다새끼, 마음속으로 뇌까린 말이었다.

그러면 왜 왔냐고? 자신은 어떤 훈련이라도 두렵지 않았다. 어쩌면 세상과 한판 맞짱이라도 뜨고 싶었는지도 모른다. 가슴 속에 일고 있는 불길을 영원히 태워버리도록, 그렇게 자신을 혹독하게 다루고 싶었을 뿐이었다.

먹는 것의 제한과 얼차려와 불침번, 완전무장을 하고 천자봉을 오르고, 주말이면 종교활동과 세탁을 하며 보내다가 가족과 친구들에게 연락을 하는 자유시간이면 잠시 흔들려도 그때뿐이었다. 동료 훈련병들이 종교활동으로 교회에서 먹은 햄버거 세트를 자랑해도 아무런 감흥이 없었다. 오로지 오기인지 자만인지 모를 것에 고무되어 버틴 시간이었다.

그런데 느닷없는 포옹이었다. 낯선 이의 따뜻한 체온이 뻣뻣하게 굳어 있는 몸을 순식간에 흔들어버렸다.

'아, 진짜 어디서든 꼭 이런 오지랖 넓은 아줌마들이 있지.'

사람 귀찮게 하지 말고, 이쯤해서 가줬으면 하는 불끈한 마음이 스르르, 녹아내리고 있었다. 늦가을 아침의 시린 체온이 따뜻한 체온으로 덥혀지고 있었다. 새벽부터 수료식 연습과 추위로 지친 굳은 몸이 당황스럽게도 풀어지는 것이 아닌가. 그건 의지와는 상관없는 일이었다.

"칭찬할게요. 우리 김혁 훈련병, 그 힘든 지옥훈련을 견뎌내다니요? 앞으로 힘든 일이 있을 때는 이 훈련을 기억하세요."

시린 등을 토닥이는 도타운 손의 감각에 가슴 저 밑바닥에 도사리고 있는 불길이 그만 길을 잃어버린 것 같았다. 울컥, 치밀고 올라오는 덩어리가 단단한 늑골을 들썩거리게 했다. 여태 참았던 눈물인데 이렇게 허물어질 수 없다고 생각하면서도 불가항력이었다. 울지 않으려 입술을 깨물었지만 제어할 수 없는 거대한 힘이 터질 듯이 치밀고 올라왔다.

"네, 감사합니다."

더듬거리며 말을 하는데 느닷없이 눈물이 후두둑, 떨어졌다. 당황스런 순간을 수습하려 애를 썼지만 한번 터진 둑은 수습이 불가했다. 목구멍 너머 딱딱한 뭔가가 명치를 눌러 꺽꺽거리는 흐느낌이 가슴까지 들썩거리게 했다.

"울지 마세요, 김혁 훈련병, 내가 기도할게요. 나는 해병의 엄마잖아요."

눈물을 닦아주는 낯선 이의 손길은 낯설지 않았다. 엄마가 살아 계셨다면 해주었을 따뜻한 마음이었다. 그 순간 자신도 모르게 수료 신고를 했다.

"필승! 신고합니다! 훈련병 김혁, 수료를 신고합니다. 필승!"

신고식은 해병의 어머니께 했다. 수료 신고도 못하고 자대배

치 받을 줄 알았는데 이렇게 신고하게 될 줄은 상상도 못했다. 해병의 어머니는 이제 낯선 분이 아니었다. 해병의 엄마이니 훈련병 모두의 엄마이자 자신의 엄마였다.

뒷자리에 선 김태환 동기가 꽃다발을 들고 다가왔다. 자신을 안아준 분은 내무반 동기인 김태환의 어머니였다. 늘 훈련에 적극적으로 임해서 관심있게 바라본 씩씩한 동기였다. 챙겨주는 호의가 따뜻했다. 가족들이 곁으로 와서 사진을 찍고선 휴대폰으로 전송까지 해줬다. 영원히 잊지 못할 추억을 갖게 해준 것이다. 마침 본부석에서 부모님을 만나지 못한 훈련병을 불러서 단상 앞으로 뛰어갔다. 감사의 인사도 못하고 피하듯이 떠났다.

뛰면서 알아챘다. 입대 날, 정문 구석진 자리에서 내뱉던 좃됐다는, 녀석의 말이 지금 자신에게 일어나고 있다고, 지옥훈련보다 더 무서운 것은 따뜻한 포옹이라는 것을 흐르는 눈물이 알려주고 있었다.

급양을 지원해서 2주간 교육 기간을 거친 뒤, 포항 1사단에서 삽질과 칼질만 죽도록 했다. 칼을 잡고 양파를 썰 때면 깊은 곳에 묻어 있는 분노를 하나씩 떼어내는 것 같았다. 가끔씩 더도 덜도 말고 남들처럼만 살자. 사고칠 때마다 성질 좀 죽이라고, 당부하던 아버지가 떠오르는 날에는 칼질이 엇나가기도 했다. 시간이 지날수록 칼질은 정확해지고 차분해졌다. 칼질의 횟수만큼 근육도 자리잡았다. 마음과 몸이 동시에 단단해지는 것이 느껴졌다. 점점 앞으로의 삶을 생각하는 시간이 많아졌다.

군에서 시키는 대로 적금을 들었더니 제대할 무렵엔 제법 큰 돈이 모여 있었다. 복학을 하면 일 년 정도는 견딜 수 있는 금액이었다. 하지만 졸업장을 위해 지겨운 수업을 더 이상 듣고 싶지 않았다. 곧바로 직업훈련원에 들어가서 일식 자격증을 땄다. 몇 군데 일식집을 전전하다 원장이 소개해준 예식장 뷔페에서 경력을 쌓아갔지만 세계적인 전염병으로 인해 쉬는 기간이 길어졌다.

그때부터였다. 잠이 들면 희한하게도 어떤 형상에 자주 시달렸다. 커다란 칼로 고깃덩어리를 해체하던 발골사의 모습이 자꾸 어른거렸다. 마음이 그쪽으로 기울어지자 오래 전 마장동에서 만났던 남 반장님이 불현듯이 생각났다.

어린 시절, 남 반장님의 발골 작업은 얼마나 멋졌던가! 커다란 지육덩어리에서 소중한 보물을 귀신처럼 찾아내는 묘기를 보여주지 않았던가. 그 모습에 반해 발골사를 동경했던 기억이 새삼스럽게 떠올랐다. 자신도 꿈이 있었다는 것이 생각나는 밤에는 쉽게 잠들 수가 없었다. 죽고 싶은 마음이 사라질 만큼 강렬했다. 커다란 지육덩어리를 쇠고리에 걸어놓고 마음껏 해치우고 싶었다. 그러면 지금 자신을 둘러싸고 있는 갑갑한 현실의 무게들이 모두 해체되어버릴 것만 같았다.

외삼촌의 방문을 핑계삼아 마장동에 온 것은 어쩌면 남 반장님을 만나기 위한 것인지도 모른다. 일터에서는 엄격한 남 반장님이었지만 내겐 한없이 다정한 분이었다. 꿈의 계시처럼 남 반장님 곁으로 가면 어떤 힘든 고통도 견뎌낼 수 있을 것만 같았다.

저 멀리 황금빛 황소 동상이 보인다. 익숙한 골목이 있는 북문 쪽이다. 옆 계단을 내려가면 팔뚝만 한 잉어가 헤엄치고 시원한 바람이 불어오는 청계천 변이다. 동네도, 천변도 그대로인데 자신이 조금 변한 것 같다. 세월이 흘렀으니깐, 혼잣말을 하며 외삼촌이 운영하는 식당 쪽으로 방향을 튼다. 외삼촌의 식당은 마장동 먹자골목 식당 중의 한 곳이다.

외삼촌이 마장동에서 칼을 잡을 때부터 드나들었던 단골식당이다. 그렇게 단골식당에서 장모의 일을 도와주던 외숙모와 결혼을 한 뒤, 장모의 식당을 이어받았다. 과연 귀신 잡는 해병대 출신 외삼촌은 지금쯤 인생에서 값나가는 무엇을 잡았는지 궁금하다.

외삼촌 가게가 있는 먹자골목 입구에 서자, 김포집 간판이 가장 먼저 눈에 띈다. 자신의 뿌리를 확인할 수 있는 곳이며, 지친 마음이 쉴 수 있는 곳인데도 선뜻 들어서지 못하고 있다. 주저하는 마음을 알아챘는지 비리면서도 들큼한 냄새가 먼저 찾아온다. 기다렸다는 듯이 긴 숨을 들이킨다. 냄새는 한 끼의 따뜻한 밥처럼, 지친 심신을 따뜻하게 데운다. 환영의 의미라고 생각하자. 그래야만 이 길을 걸어 외삼촌에게로 갈 수 있을 것 같았다.

## 2. 육식주의자

　점심시간이 지나서인지 먹자골목 안은 힌신했다. 샌드위치 패널과 합판으로 만든 낡고 오랜 세월의 때가 묻어 있는 가게도, 골목마다 호객꾼들이 나와 있는 것도 그대로였다. 서울 한복판에 중소도시 변두리 동네를 연상시키는 곳이 아직도 존재한다는 것이 고맙기도 하고, 반갑기도 했다. 어쩌면 자신이 이런 네트로 감성에 익숙해서인지도 모른다.
　열려 있는 김포집 문안으로 들어서자마자 진한 육수 냄새가 먼저 달려들었다. 사골과 잡뼈로 끓인 따뜻한 국밥의 기억이 순식간에 군침을 돌게 한다. 환영의 인사치고는 대단히 화끈했다. 손님도 없는 식당 안은 변한 게 없었다. 홀 뒤쪽, 주방에서 고기를 다듬고 있는 외삼촌만 변한 것 같았다. 머리숱이 줄어 정수리 부분은 텅 비었고, 몸은 비쩍 말라 있었다. 기억 속의 모습과는 너무나 다른 모습에 외삼촌을 멍하니 바라봤다. 그동안 뭘 하느라 이제야 왔나 싶었다. 스스로가 생각해도 모를 일이었다. 천천히 걸어가 외삼촌 곁에 섰다.

"외삼촌, 저, 혁입니다."

떨리는 목소리로 외삼촌을 불렀다. 칼질을 멈추고 바라보는 외삼촌의 눈빛이 아득했다.

"뭣이라? 혁이라고?"

무뚝뚝한 외삼촌 특유의 말투였다.

"필승!"

해병대 대선배인 외삼촌에게 제대 신고를 했다. 외삼촌도 흔쾌히 인사를 받아줬다. 반가움에 외삼촌을 와락, 껴안았다. 따뜻한 온기가 바로 전해졌다. 짧은 포옹이었지만 혈육의 힘이 삽시간에 모든 것을 제자리로 돌려놓는 것 같았다.

"외숙모는요? 안 보이시네요."

"침 맞으러 한의원 갔다."

외삼촌은 부산스레 움직이며 부위별로 쓸어온 모둠고기 한 접시와 국밥과 소주병을 연이어 들고 왔다.

"외삼촌, 여전하십니다."

인사치레의 말이었다.

"어데, 많이 늙었지. 너는 몰라보겠다. 아버지하고는 연락하나?"

불판 위에 고기를 올려놓으며 이것저것 급하게 물었다.

"못했습니다. 한번 찾아뵐 겁니다."

"그래야지. 하는 일은 잘 되고?"

"일식 일을 하는데 별 재미도 없고, 다른 일을 해볼까 싶습니다."

"그래? 뭘 하고 싶은데?"

외삼촌은 구워진 고기를 연신 앞접시에 가져다놓으며 물었다. 대답 대신 남 반장님의 안부를 물었다.

"남 반장님은 지금 그대로 일하십니까?"

"남 반장? 마장동 떠난 지 오랜데."

"예? 마장동에 오면 반장님 한번 뵙고 싶었는데 무슨 일이 있었습니까?"

"좀 됐지. 식당 하사고 꼬드긴 후배한테 사기를 당한 게. 지금은 산에서 자연인처럼 산다고 하더라만."

"어떻게 하다가 그렇게 되었습니까?"

목소리가 절로 커졌다.

"사람 믿은 게 잘못이지. 무슨 잘못이 있겠나?"

외삼촌이 전하는 뜻밖의 소식이 거센 찬바람이 되었는지 들뜬 마음이 차갑게 식어졌다. 남 반장님은 처음으로 내게 갈비 맛을 알게 해준 분이다. 그때 먹은 달짝지근한 갈비 맛을 잊지 못해 반장님을 생각하면 늘 마음이 푸근해지곤 했다. 어른은 저런 분이라고, 믿음을 갖게 한 아버지 같고, 때론 삼촌 같은 분이었다.

마음의 빚이었을까, 아니면 빛이었을까? 귀중한 뭔가를 잃은 듯, 서운함이 차갑게 밀려들었다.

"근데, 왜 갑자기 남 반장을 찾노?"

"안부도 궁금하고, 만나뵙고 나서 발골 기술이라도 한번 배워 볼까 싶어서요."

"발골을? 갑자기, 왜?"

외삼촌은 의외라는 듯이 물었다.

"그냥, 제가 하고 싶어서요."

잠시 동안 외삼촌은 침묵했다.

"발골이 쉬운 일이 아니란 걸 잘 알면서도 그런 결정을 했나?"

"그래서 남 반장님께 배우려고요."

"발골이라면 남 반장이 마장동 넘버원이었다만."

"그러면 이제 일 안 하십니까?"

"나도 무심하네. 김 사장한테 물어보면 소식을 알 텐데?"

외삼촌이 일어나 휴대폰을 찾으러 카운터 쪽으로 갔다. 소주 한 병이 금방 바닥났다. 국밥 한 그릇도 깨끗하게 비웠다. 삼촌이 다시 가져다주는 국을 사양하지 않았다. 허허로운 마음을 채우려면 아직 국도, 소주도 멀었다. 걸신들린 놈처럼 국물을 입안으로 퍼넣었다. 머릿속은 반장님의 깊은 호흡과 작업에만 집중하는 의연한 모습이 취기와 함께 채워져갔다.

초등학교 때였다. 꾸지람을 들었는지 아니면 방학이었는지 무작정 외삼촌을 찾아갔다. 그때 외삼촌은 외숙모 가족들과 함께 살고 있었다. 어린 마음에도 왠지 눈치가 보여 외삼촌 집에서 잘 수가 없었다. 그래서 혼자 사는 반장님의 방에서 며칠을 같이 지냈다. 그런 인연으로 마장동에 오면 외삼촌에게 인사만 꾸벅하고 제 집처럼 반장님 집을 들락거렸다. 그때마다 반장님은 고기도 사주고, 용돈도 쥐어주며 이곳 마장동의 유래도 알려주곤 했다. 도축장이었던 아파트 단지를 가리키며 소들이 끌려와 저곳으로 갈 때면 소들도 죽는 날을 아는지 그렇게 슬피 울더라고, 지금도 비가 오는 날이면 소들이 우는 소리가 들린다고, 말한 기억이 아직도 생생하다.

서운한 마음에서였는지 소주가 소주 같지가 않았다. 마음속에 차가운 가을비가 내리는 것 같았다. 자신이 조금 더 일찍 찾아왔어야 하는 후회와 아쉬움에 마음이 축축해졌다.

휴대폰으로 여러 곳에 전화를 하던 외삼촌은 같이 갈 때가 있다며 서둘렀다. 일어서는데 마침 외출을 한 외숙모가 들어왔다. 외숙모는 살이 쪄 넉넉한 중년 부인의 모습이었다.

"혁아, 너는 갈수록 인물이 훤하다."

"외숙모도 여전히 고우십니다."

"무슨 소리하니? 요즘 외삼촌 때문에 속이 썩어 파삭 늙었는데."

"외삼촌, 요즘도 술 많이 드시는가봐요?"

"수술을 해도 저렇게 술을 못 끊는 게 죽으려고 저러는지 모르겠다."

외삼촌이 수술을 했다는 말에 갑자기 불안감이 밀려들었다.

"수술을요? 어디가 편찮으세요?"

외숙모가 입을 달싹이려는 순간, 외삼촌이 만류하듯 나섰다.

"오랜만에 조카가 왔는데 꼭 그렇게 떠들어야 되나?"
무안을 주는 외삼촌의 안색이 그렇게 밝지가 않다. 간이 안 좋은 것일까? 외삼촌 앞에 놓인 잔을 들어 훌쩍 마셔버린다.
"이놈 봐라. 와, 내 술을 마시노?"
"외삼촌, 술은 이제 그만하세요."
삼촌은 걱정하는 조카의 저의를 알아차렸다는 듯이 헛웃음만 지었다. 그때 떠들썩하게 손님들이 들어서자, 외삼촌이 급하게 일어섰다. 외숙모는 낮은 목소리로 속삭였다.
"혁아, 외삼촌 위암이다. 쉬어야 되는데도 저런다. 아무리 말려도 술은 어쩌지 못하는 것 같다."
외숙모의 말에 갑작스레 뒤통수를 세게 맞은 것 같았다. 엄마도 자궁암이 폐로 전이되어 고생하다가 돌아가셨다. 외삼촌까지 암이라는 소리에 가슴이 서늘해졌다. 혈육이 사라질 수 있다는 불안감이었다.
"이 먹자골목도 얼마 안 있으면 사라질지 모른다. 무허가라고, 저쪽 아파트 쪽에서 안전을 위해 철거해야 한다며 데모를 하고 난리가 아니다. 시절이 이래서 장사도 예전만 못하고 우리도 늙었는지 여기저기 안 아픈 곳이 없다."
"힘든 발골은 하지 말고 부위별로 납품받아서 하셔야죠?"
"안 그래도 그렇게 한다. 외삼촌 건강도 안 좋고, 또 손님들 몰려오면 다듬을 시간도 없거든. 부위별로 정형된 것만 받아서 손질해서 바로 낸다."

"누나들은요?"
"아무도 식당 안 하려고 한다. 부모들이 고생하는 것 봐서인지."
외사촌 누나들은 결혼한 뒤, 모두 외국에서 살고 있다.
"오랫동안 해오시던 업인데 그만둔다는 게 쉽지가 않지요."
"요즘은 손님들이 서문 쪽에 있는 소매점에서 고기를 사서 이층에 있는 깨끗한 식당으로 가니 우리도 버틸 수 있을 때까지만 버텨보려고. 옮겨가기에는 이 나이에 서글프고."
고기 다듬은 세월이 40년이 넘었다는 말이 믿기지 않았다. 늘 든든한 어른들이었기 때문이다. 그렇게 산 같고 바위 같던 어른들이 나약한 모습으로 이렇게 마주 앉고 보니 마음이 착잡해졌다.
"그래도 단골들이 있거든. 그 단골들 보는 맛으로 상사한다. 혁아, 앞으로 여기서 자리잡는 게 어떻겠니? 그러면 우리도 든든하고. 너도 안 외롭고 말이다."
외숙모의 제안이 고마웠다. 알고 있다. 이제 슬슬 식당 일에 손을 놓든지, 물려줄 자식들에게 하는 일을 가르쳐야 할 나이에 이른 것이다. 이곳은 한때 가로등이 필요 없을 만큼 휘황찬란했던 먹자골목이었다. 그 시절이 꿈같다는 외숙모의 말이 정말 꿈결처럼 들린다. 제안은 고맙지만 남 반장님의 모습이 계속 어른거려 어떤 결정도 내릴 수가 없었다. 외숙모가 서운해하실까봐서 조심스레 대답했다.
"경험 쌓고 나서 말씀 드리겠습니다."

외삼촌을 따라 시장 뒷골목으로 들어서자 커다란 냉동창고가 곳곳에 보였다. 배달 오토바이와 냉동탑차들이 무질서하게 주차되어 있는 것으로 봐서는 이 골목 전체가 가공업체인 것 같았다. 규모랑 상관없이 작업이 이루어져 도소매 정육점과 식육식당으로 유통되는 모양이다. 외삼촌과 같이 가는 곳은 축산물 가공업체였다. 골목 끝에 있는 3층짜리 건물이었다. 1층은 냉동탑차가 바로 지육을 실을 수 있도록 설계된 규모가 상당해 보이는 곳이었다. 이곳은 예전 남 반장님과 외삼촌이 근무했던 곳이며 지금도 외삼촌 식당에 고기를 납품받는 곳이다. 오랜 인연이 이어져 오는 곳이기에 외삼촌은 발골에 관심을 보이는 내게 어떤 곳인지 한번 보라며 답사 차원에서 데리고 가는 것 같았다.

"우리 때는 발골사라면 아가씨들이 안 좋아했거든. 무섭고, 힘든 일이라고."

"그런데 어떻게 결혼까지 하셨어요?"

"외숙모는 달랐거든. 식당에서 자주 봐서 그런지는 몰라도. 이제 와서 보니, 나를 부려먹으려고 꼬신 것이지 뭐겠노?"

외삼촌이 웃으면서 말했다.

"저는 어릴 적부터 발골사 삼촌들이 멋지던데요."

"마음은 알겠는데 왜 이 일을 굳이 하려고 하나 말이다. 일식 요리사도 괜찮을 것인데."

이렇게 불쑥 물어오는 게 외삼촌은 여전히 미심쩍은 마음이 있는 것 같았다.

"자꾸 이쪽 일이 해보고 싶어져서요. 경험 쌓은 다음에 식육식당을 한번 해보고 싶거든요."

크게 결심한 적도 없으면서 막상 이야기를 하다보니 생각도 못한 말이 튀어나왔다.

"결심이 섰다면 말리지는 않으마. 대신 아니라고 생각되면 빨리 그만둬야 된다."

외삼촌의 마음은 알고도 남는다. 하나밖에 없는 조카가 과연 이 힘든 일로 밥벌이를 할 수 있을까, 하는 걱정과 혹시라도 다칠까 하는 염려 때문일 것이다.

외삼촌이 발골을 배우던 시절엔 무조건 선배 발골사 밑에서 배우는 도제 형식이었다. 요즘은 체계적으로 배울 수 있는 곳이 곳곳에 있다. 대학에서도 스마트축산학과가 있고, 농협 본점에서 운영하는 축산물위생교육원에 들어가면 '식육처리가공' 자격증도 취득할 수 있다. 하지만 자격증을 딴다고 해서 끝나는 것이 아니다. 발골은 오로지 수작업이다. 제대로 된 발골사 밑에서 죽었다 하고 배워야만 발골부터 성형까지 제대로 할 수가 있다. 전문교육원에서 체계적으로 배우는 것은 공감하지만 내겐 오로지 남 반장님이었다. 다른 어떤 선택을 생각해본 적이 없었다.

외삼촌이 소개한 김 사장은 풍채가 좋은 중년의 남자였다. 아버지 때부터 이어오던 업체를 물려받아 지금의 사업체로 키운 사람답게 당당해보였다.

"얼굴이 곱상해서 연예인 해도 되겠네?"

사장은 인사말처럼 건넸다.

"어깨는 좋네."

김 사장이 내 어깨를 툭, 치며 말했다.

"해병대 나왔는데 뭘 못할까봐."

외삼촌의 말에 김 사장은 웃었다.

"그냥 형님이 데리고 있으면서 하나씩 가르쳐주지 그래요?"

"내가 지금 그럴 형편이 아니잖아?"

외삼촌은 건강을 핑계대며 남 반장과의 오랜 인연을 들먹이며 조카가 찾아왔다고 했다.

"남 반장은 마장동의 전설이지. 제대로 일 배우려면 남 반장이 있었던 곳에서 배우는 게 맞지."

이곳은 도축장에서 도축된 지육을 가져와 가공하는 육가공업체다. 부분별로 발골과 정형을 하여 납품하는 곳이기에 직원들 대부분이 발골과 정형기사들이다. 일을 배우려면 이곳을 선택하는 건 올바른 선택이긴 했다.

"요즘 세대는 기회가 많아. 영국서 온 셰프가 알려주는데 지금 해외에 나가면 우리식의 고깃집들이 인기 맛집이라더군. 자신이 어떻게 하느냐에 따라 인생도 바뀌니 잘 생각해서 결정하시게."

김 사장은 온 김에 공장 내부나 한번 보라며 작업장으로 안내했다. 태어나서 처음 가보는 육가공 작업장이었다. 엘리베이터를 타고 3층에 내리자마자 안쪽의 유리문을 통해 넓은 평대가 길게 놓여 있는 작업장이 보였다. 먼저 위생을 위해 탈의한 뒤, 소

독대를 거쳐 작업장으로 향했다. 두터운 문을 열자 서늘한 냉기와 비릿한 냄새가 동시에 달려들었다. 컨베이어벨트가 돌아가는 소음에 순간적으로 주춤해졌다. 작업장은 커다란 기계가 돌아가는 번잡한 공장이었다. 천장에 설치된 지육봉에는 차례를 기다리는 지육들이 빽빽하게 걸려 있었다. 냉동된 채 매달려 있는 지육은 고기인지 물건인지 분간이 어려울 정도였다. 시간차 간격을 두고 냉동된 지육들은 빠르게 작업대로 향했다. 차례를 기다리는 발골사들은 커다란 지육을 전지와 몸통, 뒷다리로 부분 분할을 했다. 나눠진 지육들은 각각의 컨베이어벨트를 타고, 다음 공정을 기다리는 정형사들의 손에서 또다시 세세하게 분할이 이루어지고 있었다 마지막 작업을 끝낸 뒤, 포상사의 손을 거치는 것까지가 이곳에서 이루어지는 전체 공정이었다.

모든 공정들이 분업화되어 있었다. 그래서인지 작업하는 기사들의 손놀림이 기계처럼 정확하고 재빨랐다. 시끄러운 작업장에서 피와 살점을 묻혀가며 자신의 역할에 최선을 다하는 그들의 모습은 경이로우면서도 한편으로는 두렵기까지 했다.

작업장에 조금 적응이 되자 그제야 작업하는 발골사들의 동작이 눈에 들어왔다. 기사들의 작업하는 모습을 유심히 살폈다. 특이하게도 분할 작업 중인 발골사의 모습은 어디서 많이 본 듯한 행동이었다. 칼끝으로 빠르게 소의 앞다리 부분에 선을 그린 뒤, 어깨 힘으로 껍질을 벗겨내는 동작이 낯설지가 않았다. 더구나 갈비 부분을 발골하는 옆 라인의 발골사는 리듬을 타듯이 칼을 놀리는 게 묘기에 가까웠다. 작업하는 발골사들 모두가 보통 기술자들이 아니었다. 이미 숙련을 넘어선 단계였다. 속으로 감탄하며 작업 중인 발골기사들에게 눈을 못 떼고 있자 김 사장이 다가와 알려줬다.

"우리 기사들은 모두 남 반장한테 배운 기사들이요."

느낌이 맞았다. 내 눈길을 끈 발골사들은 모두 남 반장님한테 배운 후배들이었다. 그래서 작업하는 모습에서 남 반장님의 모습이 보였던 것이다.

"우리 주 반장은 현재 마장동 3대 장인 안에 들어가요."

김 사장이 소개한 주 반장은 마장동의 장인다웠다. 경력 십 년이 넘어야 맡을 수 있는 등심 부위를 파도타기를 하듯이 발골을 하고 있었다. 절제된 동작만 봐도 충분히 짐작할 수 있었다. 정말 자랑스러워할 만한 직원이었다.

"너도 저 정도는 돼야 어디 가서 밥이라도 벌어먹고 살지 않겠나?"

외삼촌의 살가운 충고는 자신의 소망이기도 했다.

지육을 분리하고 뼈를 발라내는 발골은 언뜻 보기엔 간단해 보이지만 그 과정을 주의 깊게 살펴보면 결코 만만한 작업이 아니다. 무심한 살덩이에서 큰 뼈를 따라 살을 가르는 힘든 작업이며 칼과 한몸일 것을 요구하는 위험한 작업이며, 원하는 부위가 나올 때까지 칼을 밀어넣는 반복의 작업이기도 했다.

발골 전에는 저렇게 무심한 덩어리가 발골사들의 손을 거쳐야만 비로소 우리가 알고 있는 고기의 모습으로 태어날 수가 있었다. 지금껏 무심코 먹은 고기가 이렇게 많은 발골사들의 수고에 의해 만들어진다는 것이 그저 놀라울 따름이었다. 정형기사들의 분주한 손길을 보면 감탄이 절로 나오지만 그만큼 자신이 해야 할 앞으로의 일들이 걱정되었다.

"최 셰프, 여기 후배 한 명 들어오니 잘 부탁하네."

느닷없이 외삼촌이 덩치 좋은 남자에게 큰소리로 말했다. 남자는 작업복을 입었는데도 눈에 확, 띄는 스타일이었다. 턱수염을 기른 외모부터 이미 남달랐다.

아하, 이 사람이 바로 김 사장이 말한 영국에서 온 셰프구나, 싶었나. 유명한 셰프도 저렇게 힘들게 배우는데 나라고 못할까, 싶은 용기가 그나마 조금 생겼다.

"잘 부탁드립니다."

꾸벅, 인사를 하자 최 셰프도 반갑게 인사를 받아주었다.

"곧 봅시다."

중저음의 목소리가 덩치와 어울렸다. 작업장에 오래 있으면 일에 방해가 될 것 같아서 곧바로 나왔다. 자신이 상상했던 작업장과 사뭇 다른 모습에 사실 좀 놀랐다. 컨베이어벨트 앞에서 끊임없이 밀려오는 지육들과 씨름하는 발골사들의 모습이 너무나 낯설었기 때문이다. 외삼촌은 이곳보다 더 큰 육가공공장이 전국에 흩어져 있다고 했다. 그렇다면 얼마나 많은 발골사들이 곳곳에서 수고를 하고 있다는 뜻일까? 시장통에 있는 소규모 정육점에서 일하는 모습만 봐서인지는 몰라도, 솔직히 충격을 받은 것은 사실이다.

 작업 현장을 직접 보고 나니 남 반장님 생각이 더욱 간절해졌다. 공장 같은 가공업체에서 발골과 성형까지 모두 경험하려면 쉽지가 않아 보인다. 작업이 세분화되어 있어 자신이 맡은 일만 하기 때문이다. 다른 작업을 배우려면 선배에게 매달려야만 겨우 배울 수 있는 구조였다. 쉼 없이 돌아가는 기계 앞에서 단순작업을 하고 싶지 않았다. 사람이 먹는 먹거리이니 사람 냄새나는 곳에서 배우고 싶었다. 그게 내 정서에 맞을 것 같았다.
 사무실에서 나누는 대화의 주제는 자연스레 남 반장님에게로 옮겨졌다. 김 사장은 마장동의 장인인 주 반장님을 잠시 사무실로 불렀다. 남 반장님을 찾는 자신을 위한 배려 같았다. 차를 마시며 주 반장은 예전에 반장님과 한 조가 되어 같이 일한 적이 있다며 지난 일을 꺼냈다.
 개업하는 식육식당이나 정육점에 고기를 납품하는 가공업체에서 일을 부탁해 오면, 한 팀을 꾸려 움직이는 것이 남 반장님의 스타일이었다. 반장님의 솜씨를 아끼고 좋아하는 업체들이 많았기에 어디를 가더라도 일거리는 넘쳤다. 그래서 오래도록 전국을 떠돌아다닐 수 있었다고 한다. 모두들 남 반장님이 한곳에 정착하지 못한 것은 가정을 이루지 못한 것 때문이 아닌지 추측했다. 가만히 듣고 있던 외삼촌이 몇 번이나 여자를 소개해주려 해도 남 반장님이 매번 거절한 것은 첫 여인과의 이별 때문인 것 같다고 말했다.
 남 반장님을 만나뵙고 싶다는 생각이 앞서자 그 자리에서 선뜻, 결정할 수가 없었다. 아무리 생각해도 남 반장님이어야 했다. 남 반장님을 만나 뵙기 전에는 어떤 결정도 내릴 수가 없었다. 외숙모가 자신을 곁에 두고 싶어하는 마음은 알겠지만 이건 오로지 자신의 일이다. 너무 머뭇거리는 것도 실례가 될 것 같아 남 반장님과의 인연을 들먹이며 그분을 만나뵙고 난 뒤, 결정을 내리겠다고 솔직하게 말했다.
 김 사장은 최근까지 남 반장님의 근황을 알고 있다며 간단하게 주소만 알려줬다. 집 전화도 휴대폰도 없었나. 그냥 경남 의령 한우산 밑, 한우 많이 키우는 동네의 빈 보건소에 살고 있다고만 했다. 이 정도 정보여도 충분했다. 휴대폰으로 한우산 인근의 보건소를 검색하니 세 개의 면소재지가 눈에 띈다. 의령읍에서 가까운 대의면이 먼저였다. 천천히 찾아보면 남 반장님을 충분히 찾을 수 있을 것 같았다.


 한우산.
 산이 울창한 산림지역이어서 한여름에도 겨울에 내리는 비처럼 차갑다고 하여 한우寒雨산이라고 불린다. 근데 자꾸 엉뚱한 상상을 하게 된다. 한우를 많이 키우는 곳인가? 아니면 산의 지형이 소를 닮은 것일까? 한우산에 살고 있는 발골의 전설인 남 반장님을 생각하면 충분히 어울리는 상상이었다. 그 생각만으로도 처져 있던 기분이 쓰윽, 올라갔다.

외삼촌은 명절도 다가오니 같이 좀 지내다가 내려가라며 붙잡았다. 나도 오랜만에 찾아와서 내 볼일만 보고 휑하니 가기엔 죄송스러웠다. 그동안 찾아뵙지 못한 미안함이 계속 마음에 남아 있었는데 조금이나마 도움이 되고 싶었다.

하지만 경험삼아 한다고 해도 식당 일은 고되었다. 식당 문을 열고, 냉동고의 재고 상태를 살피고, 청소까지 하느라 하루가 어떻게 지나가는지 모를 지경이었다. 점심시간은 식사손님 위주였고, 저녁부터는 술손님들이 많았다.

다섯 시부터 손님들이 들어섰다. 오늘 예약한 단체손님도 두 테이블이나 있었다. 적당하게 바빴다. 여덟 시가 넘어서자 뜻밖에도 며칠 전, 가공업체에서 인사를 나눴던 최 셰프가 들어섰다. 젊은 친구 두 명과 함께였다. 옆머리는 밀고 앞머리는 길게 뒤로 묶은 독특한 머리 모양이었다. 턱수염만으로는 만족할 수 없는 개성 넘치는 스타일이었다. 덕분에 바로 알아볼 수가 있었다.

"안녕하십니까? 사장님, 오늘 좋은 고기 들어왔죠?"

김 사장 업체에서 들어왔으니 당연히 좋은 고기다. 마블링만 봐도 투 플러스 등급이었다. 최 셰프는 통 크게 갈빗살과 등심을 모둠으로 시켰다.

"인사나 한번 제대로 합시다."

최 셰프는 대선배였다. 옆에 있는 일행들도 같이 발골을 배우는 형들이며 정육업계의 선배들이었다. 모두 육식업계에서 일하는 육식주의자들이라고 소개했다.

"육식주의자요?"

듣고 보니 발골사에게 너무나 잘 어울리는 지칭이었다.

"혁은 젊은 나이에 잘 선택한 것 같은데?"

최 셰프는 자신은 경험을 최고의 가치로 여기는 사람이라서 지금껏 돌아다니기만 했다며 호주에서는 와규농장에서 일했고, 이탈리아에서는 티본스테이크 만드는 법을, 미국 텍사스에서는 두툼한 스테이크 굽는 법을 배웠다고 소개했다. 유학파 셰프는 좀 건방을 떨 줄 알았는데 의외로 솔직했다. 최 셰프의 거칠 것 없이 쏟아지는 얘기를 들으며 소고기를 구워 각자의 접시에 놓았다. 최 셰프는 방금 구워낸 고기 다섯 점을 한꺼번에 젓가락으로 집어 입으로 가져갔다. 멀뚱하니 다섯 점의 고기가 들어간 최 셰프의 입을 바라봤다. 이렇게 원기왕성하게 육고기를 먹는 사람은 처음 봤기 때문이다.

그래서 육식주의자인가? 보고만 있는데도 내 몸에 흐르는 육식의 본능을 자극하는 것 같았다. 고기를 씹다가 흰 쌀밥을 입안에 가득 밀어넣는 것도 별스러웠다. 자신도 육식주의자지만 최 셰프의 고기 먹는 스타일은 정말 독특했다. 같이 온 형들 역시 육식주의자였다. 젓가락질 한번에 불판 위의 고기는 깔끔하게 사라졌다. 늦은 저녁식사인 줄은 알지만 대단한 먹성들이었다. 무엇보다 비싼 소고기를 저렇게 먹을 처지가 된다는 게 더 놀라왔다.

"고기는 이렇게 푸짐하게 씹어야 육즙의 깊은 맛을 느낄 수 있거든."

최 세프의 말에 다들 고개만 끄덕였다. 고기란, 많이 먹는 것보다 어떻게 즐기느냐가 중요하다는 뜻으로 받아들여졌다.

"혁, 혹시 남일우 발골사님 알아요?"

천천히 입을 우물거리던 최 세프가 뜬금없이 물었다.

"네, 잘 압니다. 어릴 적부터 뵌 분이라 제겐 삼촌 같은 분이죠. 근데 왜 물어보시는데요?"

"그분을 한번 만나뵙고 싶어서요. 솔직히 그분에게 일을 배우고 싶어 여기 왔는데 안 계시더라고요."

최 세프도 삼촌의 명성을 아는가보다.

"저도 곧 찾아뵈려고 합니다."

"그래요? 혁, 같이 갑시다. 꼭 뵙고 싶은 분이거든요."

느긋하게 고기를 즐기던 최 세프가 갑작스럽게 부탁하는 게 이상했다. 고기에 미쳐 유학까지 가고 외국에서 자신의 가게도 운영해봤다는 사람이 갑자기 왜 이러지 싶었다. 저의가 좀 의심스럽기도 하고 부담스러워 대꾸를 하지 않았더니 최 세프가 이유를 대듯이 말했다.

"우연히 그분을 TV에서 봤어요. 고기를 발골해서 부위마다 먹는 법을 설명해주는 프로였는데, 그때 나왔던 발골사였어요."

"네~에?"

남 반장님이 방송에 출연했다고? 깜짝 놀랄 소식이었다. 자신은 전혀 모르는 사실이었다. 내가 아는 반장님은 언제나 주어진 일만 묵묵히 하는 아웃사이드 쪽이었다. 그런데 TV에 나오고 유명 셰프들 사이에 입소문까지 났다는 사실이 도무지 믿기지 않았다. 반장님에 대해 모르는 것이 너무나 많아 그간의 세월이 텅 빈 구멍처럼 다가왔다.

"어떻게 겨우 주소를 알아내서 남 반장님 후배인 주 반장님 밑에서 일을 배우고 있는데 여기는 일이 많아서 실습이 가능하다는 장점은 있어요. 하지만 내가 원하는 것을 배우려면 그분을 꼭 만나뵈어야 해요."

최 셰프가 무엇을 원하는지는 정확히 모르겠지만 반장님을 간절히 만나고 싶어하는 것은 확실했다. 단순한 호기심 차원이 아니었다. 최 셰프는 자신의 휴대폰 번호를 불러주며 적극적으로 동행을 원했다. 얼떨결에 그러자고 했지만 선뜻 내키지 않았다. 자신은 오로지 생존을 위해 일을 해야 한다면, 최 셰프는 자신의 발전을 위해 일을 하는 그 차이가 확연하게 느껴졌다. 괜히 주눅이 들었다. 가방끈 긴 것은 질투나지 않지만 경험 많은 사람을 보면 진심으로 부러웠다.

"혁, 진심입니다. 같이 동행합시다."

최 셰프는 재촉하듯이 말했다. 아직 남 반장님이 어떤 상황인지도 모르는데 너무 앞서 설레발치는 것은 아닌지 해서 만나뵙고 나서 연락을 드리겠다며 얼버무렸다. 사실이기도 했다. 자신도 어떻게 될지 모르는 일이기에 어떤 약속도 할 수가 없었다. 갑자기 마음이 급해졌다. 왠지 곰 같은 최 셰프에게 반장님을 뺏길 것 같아 자신이 먼저 반장님을 만나야 한다는 생각에 마음이 조급해졌다.

최 셰프와 그 멤버인 육식주의자 형들은 안면을 튼 이후, 이틀에 한번꼴로 가게를 찾아왔다. 바쁜 와중에도 그들의 방문이 기다려졌다. 가만히 그들의 대화를 듣고 있으면 자신이 너무 무지하다는 생각이 들 만큼 무궁무진한 정보를 쏟아냈다. 최 셰프와 만나는 횟수가 늘어날수록 그에게서 품어져 나오는 카리스마에 저절로 빠져드는 것 같았다. 그날은 분위기가 그랬는지 최 셰프가 호프집에 함께 가자고 권했다. 외삼촌은 흔쾌히 허락했다. 선배들과 자주 어울려야 시야가 넓어진다며 계산하라며 카드까지 쥐어줬다.

"혁, 언제 갈 겁니까?"

안주로 나온 닭꼬치를 한입에 몰아넣으며 최 셰프가 물었다.

"어디를요?"

"알면서 왜 이러시나?"

남 반장님 즉, 삼촌을 말하는 것이다.

"곧 갈 생각입니다. 그런데 최 셰프님은 왜 힘든 발굴까지 배우려고 하세요?"

"내가 꼴리거든. 난 꼴리면 당장 해봐야 해."

진짜 궁금해서 물었는데 자신감 하나는 오졌다. 한마디로 멋졌다.
"아무리 꼴려도 최 셰프니까 가능하죠."
옆에 앉아 있는 현우 형이 거들었다. 맞는 말이었다. 아무나 할 수 없는 일을 최 셰프는 별일 아니라는 듯이 말하고 있었다. 그만큼 경험과 지혜가 탄탄하게 뒷받침되어 있다는 뜻일까?
"너무 욕심부리는 건 아닌가요?"
맥주잔을 비우며 옆자리의 기배 형이 거들었다. 소개할 때 자신의 이름을 이기배라고, 손으로 이빨과 귀와 배를 두드리며 인사했던 재미난 선배였다.
"내가 호주에서부터 유럽을 거쳐, 미국 텍사스와 아르헨티나까지 갔다온 사람이잖아. 그런데 왜 다시 마장동으로 왔는가?"
최 셰프의 다음 말이 궁금했다. 정말 왜 왔을까?
"지금 런던이나 파리에 가면 우리나라 음식점들이 수두룩해. 불판 가져다놓고 삼겹살 굽는 집, 포장마차와 분식집, 비빔밥집들까지 있어. '마장동'이라는 고깃집은 지금 런던에서 가장 핫한 곳이야. 여기서 먹는 음식을 그대로 옮겨놓았어. 된장찌개랑 김치찌개 맛도 그대로여서 여기가 한국인지 런던인지 분간이 힘들 정도야. 가장 한국적인 것이 세계적인 것이라는 걸 경험으로 알았거든. 그래서 마장동으로 유턴한 거지."
설마했는데 경험자가 전하는 소식이다. 그래서 같은 업을 하는 사람끼리 어울려야 하는구나 싶었다. 우물 안 개구리 입장에서는 모든 이야기가 흥미로울 수밖에 없었다.

"유럽이나 미국은 소고기 먹는 것이 정해져 있어. 걔네들은 두툼한 스테이크 감이면 끝나거든. 나머지는 햄버거 속 패티나 햄과 소지지 감이지. 우리나라는 구이부터 전골에다가 국거리까지 얼마나 다양하냐고. 돼지는 더하지. 껍데기와 부속물까지 먹잖아?"

하루하루 급급하게 살다보니 바깥세상이 어떻게 돌아가고 있는지 관심 밖이었다. 방송에서 그렇게 떠들어도 남의 이야기나 드라마같이 느껴졌었다. 결국 자신은 고작, 이 좁은 곳에서 허우적거리는 꼴이었다. 한심하다고 해야 할까? 아니면 무지하다고 해야 하나? 육식주의자 선배들의 대화를 들을수록 자신도 모르게 낮은 한숨이 새어나왔다.

"혁은 최종적으로 꿈이 뭐요?"

최 셰프가 기습적으로 물었다. 자신의 꿈은 도대체 뭘까? 스스로에게 반문했다.

"아직은 잘 모르겠어요. 전 시작도 안 한 걸요?"

변명 같지만 솔직한 심정이었다.

"배우는 과정을 즐기듯이 해야 끝까지 갈 수 있어. 그게 자신감을 키우는 비결이야."

충분히 알아들었다. 과연 자신감 있는 발골사가 될 그때까지 자신이 잘 견뎌낼 수 있을지 그것이 미지수였다.

"혁, 혹시 외삼촌 가게 물려받는 건 아닌가?"

잠시 생각에 잠겨 있는데 현우 형이 물었다.

"전혀 아닙니다."

"집안이 이쪽과 관련된 일을 하면 적응하기가 쉽지."

"내가 런던에서 포차라는 한국인 가게에 들어갔거든. 손님들이 거의 외국인이야. 익숙함에서 과감하게 벗어나야 뭐가 돼도 된다는 것을, 그때 확실하게 느꼈지. 혁도 자신의 길을 스스로 찾아야지."

최 셰프의 충고는 지금 자신에게 꼭 필요한 조언이었다. 안주를 씹던 기배 형이 물었다.

"최 셰프는 언어 되지, 경험 많지. 더 이상 뭐가 필요해?"

"나만의 스토리텔링이 있는 메뉴 발굴이지. 그래서 내가 돌고 돌아서 여기 마장동까지 온 이유이기도 하지."

나만의 메뉴라니? 자신의 욕망에 이렇게 충실한 사람은 처음 봤다. 스타일도 멋지지만 생각하는 자체가 달랐다. 마치 지구가 아닌 다른 별에서 온 사람 같았다. 어릴 적 자신에게 빵 굽는 법을 알려주던 요리 선생의 말이 맞았다. 사람은 배우며 경험해야 된다고, 그래야 새로운 일을 할 수 있는 지혜가 열린다고 했다. 그때는 신세지지 않고 밥이라도 먹고 사는 사람이면 좋겠다고 생각했다. 지금껏 자신이 얼마나 낮고, 좁은 시야로 살아왔는지가 실감났다.

그렇다면 육식주의자 형들은 어떤 꿈을 가지고 있는지 궁금했다. 최 셰프가 먼저 속내를 내비쳤다.

"나는 한국식 고깃집을, 나만의 스타일로 런던이나 북유럽의 도시에 열고 싶거든."

최 셰프가 경험을 쌓는 이유가 이것인가? 자신은 감히 꿈도 꿀 수 없는 일이지만 최 셰프라면 충분히 가능해보였다. 자신과는 다른, 너무나 확실한 꿈을 가진 사람이 내 앞에 있다는 자체가 경이로웠다.

"혁, 남 반장님 만나면 꼭 연락줘요."

어느 때보다 부탁의 말이 간곡하게 들렸다.

"최 셰프님은 지금도 충분히 멋지신데, 왜 굳이 남 반장님을 찾아뵈려고 해요?"

정말 궁금해서 물은 것이다.

"지금보다 더 나은 나를 만들고 싶기 때문이지."

말문이 막힐 만큼 진짜 끝내주는 말이었다. 최 셰프는 지금도 충분히 멋진데 더 멋짐을 원한다는 것인가?

"그래도 그렇죠. 남 반장님은 마장동에서만 일한 국내파 발골사잖아요. 셰프님은 해외에서 가게 운영도 하셨고, 다양한 경험도 훨씬 많이 하셨잖아요. 제가 보기엔 반장님보다 셰프님의 경력이 더 화려하고 멋지신데요?"

"무슨 일이든지 한 분야에 10년을 전념하면 프로라고 부르잖아. 20년이면 강호에 나가도 된다는 뜻이고, 30년은 대가의 반열에 오르지. 남 반장님은 40년이 넘었어. 그건 바로 신의 경지에 도달했다는 뜻이야. 그 내공이 어떻겠어? 그런 분을 만나뵙는다는 것은 이 업계에 들어서는 사람이라면 영광 아니겠어? 난 배움의 과정을 즐기고 싶거든."

떠돌이 학생이 좋은 스승을 찾아다니는 것은 당연한 것이라고, 자신은 아직 밥벌이하기엔 멀었다며 겸손하게 말했다. 술기운이 확, 달아났다. 최 셰프는 남 반장님을 찾지 않아도 충분할 텐데 저렇게 배움을 원하는 게 잘난 놈의 잘난 척으로 볼 수가 없었다. 누구에게라도 배우려는 자세가 갖춰진 진짜 내면이 멋진 사람이었다.

육식주의자 선배들과의 대화는 또 다른 대학의 수업이었다. 그들의 대화에 가만히 귀를 기울일수록 자꾸 자신을 되돌아보게 된다. 하번도 짧다. 가족의 도움은 제로다. 능력과 자질도 없다. 초밥 만드는 자격증으로는 밥은 먹고 살 수 있다. 지금껏 오기로 버틴 삶이라고, 생각했지만 자신의 초라한 모습이 들통날까봐 결국 허세만 부린 꼴이었다.

"만나뵙고 나서 연락드리겠습니다."

"앞으로 기회는 많으니까 열심히 해봅시다. 인연이 된다면 일도 같이하고요."

초보에게 건네는 격려의 말치고는 상당히 가슴 설레는 제안이었다.

"감사합니다. 저도 기회가 된다면 셰프님께 많은 가르침을 받고 싶습니다."

진심으로 육식주의자 대선배님에게 살아가는 법을 배우고 싶었다. 그렇게만 된다면 지금보다는 자신이 조금은 나은 사람이 될 수 있을 것 같았다. 이제 정말 남 반장님을 찾으러 떠나야 할 시간이 온 것 같았다. 부디 반장님을 만나뵐 수 있기를 진심으로 빌어본다. 간절해지면 이루어진다는 믿음에 어디 한번 운명을 걸어보는 것이다.

## 3. 전설의 발굴사

일주일 정도만 있겠다고 생각했는데 한 달 가까이 마장동에서 어정거렸다. 오랜만에 외삼촌을 만난 반가움도 있었지만 그곳에서 만난 육식주의자 선배들과의 만남은 신세계였다. 남 반장님을 만나러가야 된다는 것을 알면서도 그들의 경험과 꿈을 듣는 기회를 놓치고 싶지 않았다. 그래서 지체했는지도 모른다. 만남이 계속될수록 자신이 어떤 것을 배우고 더 많이 경험해야 하는지를 조금씩 깨우쳐졌다. 밤이면 곯아떨어져야 되는데도 쉽게 잠들지 못했다. 어젯밤에도 이런저런 생각을 하느라 잠을 설친 탓인지 버스가 서울을 벗어나자마자 잠이 쏟아졌다.

타닥, 타닥, 타닥.

무언가가 타고 쓰러지는 소리가 들렸다. 점점 가까워지는 소리는 검붉은 불길과 함께 다가오고 있었다. 작은 불씨가 갑자기 거대한 산처럼 부피를 키워 바로 눈앞에서 일렁거렸다. 눈을 뜨려 애를 썼다. 어서 빨리 피하라고, 말하고 싶었다. 무엇이라도 잡을 요량으로 손을 내밀었다가 곧바로 움츠렸다. 빈손에도 느껴지는 뜨거운 불기둥이었다. 검붉은 물체들이 무너져 내리는 중에도 어떤 강렬한 냄새가 맡아졌다. 다가갈수록 점점 짙어지는 냄새는 잊고 있었던 그날의 냄새였다. 카레 향을 품은 거센 불길은 덮칠 듯이 다가오고 있었다.

'안 돼! 제발, 그러지 마!'

손을 내저으며 불길을 향해 애원했다.

'엄마가 나를 위해 만든 카레야. 카레만 있으면 밥 두 공기는 거뜬하게 비웠거든. 하얀 쌀밥에 노란 카레를 비벼먹는 내 모습을 엄마가 얼마나 좋아했다고.'

이렇게 손놓고 있으면 안 된다는 것을 알면서도 몸은 꼼짝할 수가 없었다. 도리어 애를 쓰면 쓸수록 몸은 더욱 옥죄어들었다.

"이봐요, 젊은이."

누군가가 자신을 흔드는 기척을 느끼며 눈을 떴다. 하얀 시트가 먼저 보였다. 옆자리의 남자가 자신을 바라보는 시선이 느껴졌다. 창밖으로 지나가는 풍경이 자신이 지금 고속버스 안에 있다는 것이 서서히 인식되었다. 안전벨트를 했는데도 엉덩이가 좌석 아래까지 내려와 있었다. 몸부림을 친 흔적이었다. 얼른, 엉덩이를 들어 좌석에 바로 앉으며 머리를 쓸어올렸다.

"무슨, 꿈을 꾼 모양인데."

"아, 네. 죄송합니다."

옆자리 남자에게 사과를 한 뒤, 배낭에서 생수병을 꺼내 단숨에 마셨다. 서울을 벗어나자마자 잠이 든 모양이다. 잊고 있었던 불의 환영이 왜 갑자기 찾아와 사람 마음을 혼란스럽게 만드는지 도무지 모를 일이었다. 심란한 마음에 가을 들판을 물끄러미 바라봤다. 잊을 만하면 나타나는 불길을 피할 수가 없었다. 외면하면 할수록 더욱 짓누르는 기억이었다.

중학교 2학년 때였다. 학교를 마치면 곧장 집으로 가야 했다. 또래 친구들과 PC방에서 게임을 하거나 노닥거릴 시간이 없었다. 집에 가서 끝없는 항암에 시달리는 엄마와 집안일을 챙겨야 했나. 그런 일상이 지겹고 싫었지만 아픈 엄마를 돌보는 가족이라곤 자신뿐이었기에 곁눈질할 여유가 없었다.

그날은 무슨 일인지 친구 녀석들과 휩쓸려 PC방으로 향했다. 잠시 갈등은 했지만 거절하지 못한 것은 또래들과 노는 게 너무 오랜만이기도 했고, 자신도 스트레스를 풀 이유가 충분하기에 잠시만 하고 나오리라 생각했다. 그런데 막상 게임이 시작되자 모든 걸 잊어버렸다. 휴대폰이 울리는 것도 모를 정도로 빠져들었다. 게임을 끝내고 나오니 밖은 이미 어둠이 내려와 있었다. 잠깐인 줄 알았는데 몇 시간이 훌쩍 지나가 있었다.

순간적으로 흠칫했다. 가슴을 뛰게 하는 놀라움이 어둠과 도통 섞여지지가 않았다. 엄마의 저녁밥이 떠올랐다. 놀란 가슴을 안고 뛰다시피 집으로 향했다. 조급한 마음에 골목으로 꺾어들자 집 쪽에서 강렬한 냄새가 맡아졌다. 너무나 익숙한 냄새였다. 대문을 박차고 현관문을 열자 부엌 싱크대 가스레인지 쪽에서 불이 일고 있었다. 매캐한 카레 냄새가 진동했다. 다급하게 엄마를 불렀다. 분명히 엄마는 안방 침대에 누워 있어야 했다. 신발도 벗지 않고 거실로 들어서는 순간, 가스통이 터지면서 그대로 쓰러졌다.

엄마는 그렇게 갔다. 아픈 몸으로 날 위해 만든 카레를 올려놓고는 독한 약기운에 취해 잠이 들었을 것이다. 가스후드에서 시작된 불꽃은 현관문을 열고 들어설 때, 산소가 들어오면서 확산되었다. 그렇게 불은 엄마를, 집을 순식간에 삼켜버렸다. 엄마와 집이 사라졌는데도 자신이 살아 있다는 것이 믿기지 않았다. 과연 이런 일이 어떻게 일어날 수 있는지 누구라도 붙잡고 캐묻고 싶었다. 뉴스에서나 나올 법한 일이 자신에게 벌어지리라곤 상상도 못했다.

오로지 자신 탓인 것만 같았다. 그날 PC방이 아니라 곧장 집으로 갔어야 했다. 저녁도 드시지 못한 채, 오지 않는 자신을 기다렸을 엄마를 생각하면 가슴이 터질 듯이 조여왔다. 아버지는 운명이라고 했지만, 자신이 원하지도 않았는데 왜 운명이 자기를 선택했냐고, 미친 듯이 대들었다. 사고를 칠 때마다 아버지는 타일렀다,

"어쩌려고 이러냐? 이런 짓거리를 한다고 뭐가 달라지냐?"

"나도 모르겠다고요? 어떻게 해야 하는지?"

늘 같은 문제로 다툼을 시작하고 답도 없이 끝났다. 불길을 잠재울 시간이 필요했다. 아버지는 부모로서 해야 할 경제적 지원만 했다. 자신도 꼭 전해줘야 할 것이 있을 때만 연락했다. 그렇게 거리를 유지해야만 지낼 수 있는 부자지간이 되었던 것이다. 아버지를 만나고 싶은 용기는 아직까지도 없다. 만날 그날이 언제인지도 모른 채 시간의 기차에 실려 마냥 흘러가고 있을 뿐이다.

진주에 도착하자마자 곧장 한우산이 있는 의령으로 향했다. 의령읍에 도착하니 점심시간이 훌쩍 지나 있었다. 지형이 산으로 둘러싸인 곳이어서인지 쌀쌀하기도 하고 배도 고팠다. 뜨끈한 것이 당겼다. 뭘 먹을까 싶어 검색을 해보니 의령은 메밀소바와 소고기국밥이 유명했다. 둘 다 입맛이 당기는 음식이었다. 낯선 지역에 오면 그 지역에서 생산되는 재료로 만든 음식을 먹는 것이 제일 맛있는 식사라고 하니 휴대폰의 지도가 가리키는 국밥집으로 향했다. 산촌 지역인데도 소고기국밥이 유명하다는 것은 소를 많이 키우는 지역이라는 뜻이다.

고민 끝에 들어선 곳은 평범한 가정집을 개조한 식당이었다. 군청 앞에 국밥집이 여러 곳 있지만 후기가 가장 좋은 집을 선택했다. 60년 전통의 맛을 지키는 집이라고, 대문 입구에 안내 간판이 있었다. 전통을 믿어보기로 했다.

주문을 하자 곧바로 토렴을 한 국밥이 뚝배기에 담겨져 나왔다. 반찬으로 나온 양념이 옅은 배추김치와 양파와 풋고추도 정갈했다. 소고기국밥은 깔끔하면서도 얼큰했다. 큼직하게 씹히는 고기 육질도 부드러웠다. 좋은 고기를 넣었다는 게 미각이 바로 알았다. 마장동 외삼촌 집의 국밥과는 색다른 맛이었다. 마장동 국밥이 담백한 맛이라면 이곳은 칼칼하고 얼큰했다. 소고기국밥 한 그릇을 깨끗하게 비웠다. 입안이 개운했다. 조미료가 들어가지 않은 재료 본연의 맛으로 오래 끓인 국밥이었다. 커피를 마시려다 생수만 들이켜고 상쾌한 공기를 마셨다. 배가 불러오니 마음이 편안해졌다.

뜻밖에 맛난 것을 먹고 나니 갑자기 이 고장이 매력적으로 다가왔다. 택시를 타고 대의면 소재지로 가자고 했다. 한우산은 의령과 합천의 경계에 있었다. 그러면 이쪽부터 찾는 게 맞는 순서였다. 반장님이 선택한 지역이 바로 이곳일 것 같다는 느낌이 이유 없이 들었다.

"어떤 집을 찾아갑니까?"

생각에 젖어 있는데 택시기사가 물었다.

"아, 네. 사람을 좀 찾아갑니다."

"나한테 물어보소. 내가 여기 토박이거든."

머리카락이 희끗희끗한 기사의 목소리는 시원스러웠다.

"보건소 아세요?"

"보건소장 찾소?"

"아닙니다. 옛날 보건소 자리 아십니까?"

"알지요. 그긴 지금 비어 있는데."

뜻밖의 정보였다.

"그래요? 그러면 혹시 그곳에 살던 남일우 씨라는 분 아세요?"

"내가 좀 아는 형님인데 젊은 사람이 무슨 일로 찾소?"

기사는 택시 속도를 늦추더니 힐끗, 쳐다보는 게 의심의 눈빛이 바로 느껴졌다.

"제가 그분을 마장동에서부터 알고 지냈습니다. 우리 외삼촌과 친구시고요. 여기 계신다는 것을 알고 뵙고 싶어 찾아왔습니다."

기사는 이런저런 일을 물어와 아는 대로 대답을 해주었다. 그래도 힘들이지 않고 쉽게 남 반장님 거처를 찾을 수 있어 다행이었다.

택시는 국도에서 벗어나 깊은 골짜기가 보이는 오른쪽 도로로 접어들었다. 도로 양옆으로 펼쳐진 논에는 추수가 시작되고 있었다. 청정 미나리 지역이라는 간판이 붙은 창고 건물과 낮고 오래된 집들이 도로 곁으로 이어지며 작은 초등학교가 보였다. 먼 산 밑으로는 새로 지은 전원주택들이 작은 타운을 이루고 있었다. 택시는 넓은 저수지를 지나 산모퉁이를 돌자 갑자기 넓은 평지가 펼쳐졌다. 입구는 좁았지만 산길을 따라 한참을 달려 들어오니 이렇게 넓은 곳이 있을 줄은 상상도 못했다.

동네가 산기슭에 오목하니 기대어 부채처럼 펼쳐져 있었다. 마주 보이는 산꼭대기에는 여러 대의 풍력발전기가 기운차게 돌아가고 있었다. 발전기는 눈짐작으로 세어도 열 개가 넘어 보였다. 발전기 아래로 산이 둥글게 동네를 감싸고 있었다. 엄마의 품같이 오목하니 햇살이 오래도록 머무는 곳이었다. 단풍으로 물든 산으로 인해 시골의 정취가 더 한층 정감있게 다가왔다.
"여기가 갑을골이라는 동네인데 소 키우는 동네로 유명해요."
기사의 말이 끝나기도 전에 동네 입구로 들어서는 길가 전봇대에 플래카드가 걸려 있었다.

전국한우경진대회 최우수 농림축산 식품부 장관상 수상
갑을골 번영회

기분이 묘했다. 전설의 발골사인 남 반장님을 찾아가는 길이다. 그런데 반장님이 머무는 곳이 전통 한우의 고장이며 최고의 맛을 가진 한우를 키우는 곳이라니, 숨겨둔 호기심의 불길은 흥분으로 타올랐다. 산 위에서 끊임없이 돌아가는 거대한 풍력발전기가 환영의 인사라도 하는 것 같았다. 돌다가 멈추고 또 돌아가는 풍력발전기가 산꼭대기에서 동네를 가만히 굽어보며 신성한 기운을 계속 불어넣어주는 것 같았다.
"여기가 상까지 받은 대단한 동네인가 봅니다."
"그럼요. 저 안쪽 축사에 키우는 소들은 모두 황토 한우입니다."
길 양쪽으로 축사가 계속 이어졌다. 규모가 꽤 큰 농장이었다. 축사를 지나자 빈 밭에 매여 있는 커다란 황소가 눈에 들어왔다. 생김새부터가 평범하지 않았다. 일반 한우와는 확연하게 달랐다. 한마디로 검투사의 모습이었다. 목덜미 주위는 황토색보다 더 짙은 검은 색에 가까웠다. 뿔은 예리하게 보이고 뿔 끝에는 하얀 색이 칠해져 있었다. 여태 동물이 멋지다고, 생각해본 적은 없었다. 귀여운 강아지는 봤어도 저런 카리스마 있는 싸움소는 생전 처음이었다. 홀린 듯이 소에게서 눈을 못 떼고 있자 기사가 알려줬다.

"저 소가 대회에서 우승한 싸움소일 거요. 우리 지역은 소싸움으로도 알아주는 곳이거든."

뜻밖에 지역 안내까지 받자 점점 더 이곳이 흥미로워졌다. 택시는 새로 지은 이층 건물인 보건소 앞을 지나 샛길을 따라 올라갔다. 기사는 공터에 차를 세웠다.

"저 끝집입니다. 나도 형님 안 본 지가 좀 되는데 같이 가봅시다."

기사가 가리킨 곳은 산 중턱에 대나무가 담처럼 둘러져 있는 붉은 슬레이트집이었다. 작은 다리를 건너야 했다. 고추밭을 지나자 대문 앞에 매매라고 적혀 있는 집이 있었다. 사람이 사는지 빨래걸이에는 빨래가 잔뜩 널려 있었다. 배추밭을 끼고 위로 올라갔다. 남 반장님의 집은 마을에서 외따로 떨어진 제일 끝집이었다. 대문 옆에는 주황색 대봉감이 달린 커다란 감나무가 한 그루 있었다. 집안은 의외로 넓었다. 안채는 슬레이트집이고, 아래채는 새로 지은 양옥이었다.

"형님, 안에 계십니까? 손님이 왔어요."

열린 대문 안으로 들어서도 아무런 인기척이 없었다. 마당에는 수돗가가 있고, 화단에는 가을국화가 무더기로 피어 있었다. 감나무가 있는 텃밭에는 배추와 채소들이 가지런히 심어져 있었다. 화단과 텃밭이 정돈된 것으로 봐선 사람이 거주하는 것으로 보였다. 기사는 아무런 인기척이 없자 신발을 벗고 안채 마루에 올라섰다. 축담에는 흙 묻은 장화와 슬리퍼만 있었다. 방문을 열어보더니 아무도 없다고 했다.

문득 반장님의 방이 궁금했다. 방안을 들여다보니 의외로 단출했다. 작은 옷장과 TV가 전부였다. 벽에 걸린 달력은 이번 달이었다. 그런데 붉은 색으로 오늘 날짜에 동그라미가 쳐져 있었다. 그 밑에는 굵은 펜으로 대가면 식육식당이라고 적혀 있었다.

"남 반장님, 요즘 일 하시는가요?"

"가까운 합천 삼가나 진주에 나가서 가끔씩 일을 하긴 하는가 보던데."

"그러면 여기 대가면 식육식당이라고 적혀 있는데 이곳은 멉니까?"

"바로 옆 동네요. 그 집에 일하러 갔나?"

"그곳으로 데려다주세요."

배낭을 내려놓고 다시 택시를 타고 갑을골을 나왔다.

골짜기를 벗어나면서 반장님이 어디 아프신 곳은 없는지 묻고 싶었지만 참았다. 오랜 세월, 노동으로 인해 어깨나 팔이 아프지 않을까 속으로만 짐작했다. 택시는 면사무소 앞을 지나 큰 당산나무가 있는 곳에 주차를 했다. 국도 쪽으로 간판이 크게 붙어 있는 것이 규모가 꽤 큰 식육식당이었다. 오래된 창고 건물을 개조한 것 같았다. 기사는 호출 신호를 듣고선 급하게 되돌아갔다.

곧바로 식당 문을 열고 들어서자 소주잔을 기울이는 중년 사내들이 보였다. 매장 옆에 있는 주방과 식육코너가 크게 자리잡고 있었다.

"실례합니다. 혹시 여기 발굴하시는 분, 좀 뵐 수 있을까요?"

주방에서 고무장갑을 낀 중년 여성이 나왔다. 이주 여성분 같았다.

"누구요?"

"남일우 씨라고 발굴하시는 분요."

혹시나 싶어 자세하게 설명했나. 이름을 모를 수도 있겠다는 생각이 미쳤기 때문이다.

"아, 창고에."

창고 쪽에 있다는 뜻인지 뒤쪽을 가리켰다. 곧바로 건물 뒤쪽으로 돌아갔다. 창고 문은 열려 있었다. 커다란 냉동창고 앞에 한 남자가 의자에 앉아 있었다. 남 반장님인 것 같았다.

"삼촌? 남 반장님?"

두근거리는 마음을 누르며 예전 부르는 호칭대로 불렀다. 과연, 이 사람이 자신이 알고 있는 반장님일까 싶었다. 남자가 고개를 돌리는 순간, 움찔했다. 왜소하고 주름진 얼굴의 노인이었다.

"누구를 찾소?"

아니다. 아니어서 천만다행이었다.

"발골하시는 남 반장님을 찾습니다."

"남 씨? 병원에 간다고 진주에 갔소."

"네? 어디 다치신 겁니까?

"다친 건 아니고. 근데 왜 남 씨를 찾소?"

의심스러운 눈빛으로 물었다. 젊은 사람이 반장님을 찾으니 의심이 가는 모양이다.

"아, 네. 저는 반장님 친구분 조카입니다. 인사를 드리러왔더니 집에도 안 계시고 해서 여기서 일하신다기에 찾아왔습니다."

"며칠 걸릴 테니, 그냥 집에 가서 쉬고 있으면 올 거요."

더 자세히 묻고 싶었지만 참았다. 이 정도 정보면 충분했다. 집도 알았겠다, 반장님은 병원에 갔고, 볼일을 본 뒤에 돌아온다는 것이다. 며칠 걸린다고 하니, 그러면 내 집이려니 하고 장이나 봐서 밥이나 해먹고 기다리는 게 자신이 할 수 있는 유일한 일이었다.

예전 마장동 시절에도 그랬다. 무턱대고 서울에 올라가면 자기 집처럼 반장님 집에서 밥을 해놓고 기다렸다. 의령읍내 마트에서 고기와 라면, 술까지 먹거리를 잔뜩 사서 택시를 타고 갑을 곧 집으로 향했다.

장을 봐온 것들을 정리하려 냉장고 문을 열어보니 김치통과 먹다 남은 소주병이 전부였다. 야채통에는 곯아버린 사과 몇 개가 굴러다니고 있었다. 냉동실에는 식빵과 고기 뭉텅이가 든 검은 봉투만 처박혀 있었다. 충분히 짐작이 갔다. 삼촌이 어떻게 살아가는지가 훤하게 그려졌다. 냉장고 청소를 하고 장을 봐온 식재료들을 챙겨넣었다.

 정리를 하다보니 슬슬 배가 고팠다. 저녁 준비를 해야 할 것 같았다. 솔직히 요리라면 자신 있었다. 혼자 살아온 지가 몇 년인가. 생존을 위해서 했고, 하다보니 솜씨가 늘어 지금껏 혼자 꾸려온 살림이다. 마트에서 사온 된장을 꺼내 텃밭에 심어진 대파와 고추를 넣고 된장찌개를 끓였다. 밥을 짓고 고기를 구웠다. 마루에 상을 차려 소주잔을 기울이며 주인도 없는 집에서 주인처럼 여유를 부렸다.

 상추쌈을 크게 싸먹으며 담 너머를 바라보니 가을이 먼 산에서 마을로 완연히 내려와 있었디. 집 담벼락에 기댄 감나무에는 대봉감이 주황색으로 짙게 물들어가고 있었다. 문득 편안하다는 생각이 들었다. 행복이란 게 별거 아니구나, 싶었다. 아마도 반장님 곁에 왔다는 안도감 때문일 것이다. 내일부터 이 동네를 슬슬 탐험이나 해보자 싶었다. 있는 게 시간이니 뒷산에 있는 풍력발전기까지 가볼 생각이었다.

 다음날, 아침 늦게까지 꿀잠을 잤다. 술 한잔한 것이 약이 되었는지 꿈 없는 잠이었다. 낯선 곳에서 이래도 되나 싶을 정도였다. 삼촌의 체취가 묻어 있는 이불을 덮고 자서 그런 것인가 싶었다. 싱크대 찬장을 열어보니 일회용 커피가 보였다. 머그잔을 들고 마당가를 서성거렸다. 산속이라서인지 서리가 내려 배춧잎에 물기가 가득했다. 담장 너머로는 아랫집 마당이 훤하게 내려다

보였다. 뜻밖에도 그곳에 십대로 보이는 여자애가 이쪽을 빤히 바라보고 있었다. 서로 어색하게 서 있다가 먼저 손을 들어보였다. 여자애는 아무 반응도 없더니 천천히 이쪽으로 향해 올라오는 것이 아닌가. 성큼성큼 올라오는 폼이 도둑인지 아닌지 확인이라도 할 태세였다.

"안녕하세요?"

어색했지만 예의상 먼저 인사를 건넸다.

"누구세요?"

대문 안으로 들어서자마자 인사에 대한 답도 없이 물었다. 당돌하게 묻는 것이 취조에 가까웠다. 가까이서 보니 화장을 해도 어린 티가 나는 게 학생 같았다. 청바지 주머니에 손을 찔러넣고 물어오는 것이 도발적이었다.

"아, 난 이곳에 사는 분을 찾아온 손님인데요."

"손님? 난 여태 우리 아저씨한테 손님 오는 것 본 적 없는데."

목을 빼서 열린 주방을 둘러보더니 빤히 얼굴을 주시한다.

"응, 그러니까 오래 전부터 알고 지냈던 사이죠. 정확히 따진다면 아저씨 성함이 남일우 씨이고, 나는 아저씨 친구분 조카지."

더듬거리며 삼촌과의 관계를 생각나는 대로 설명했다.

"아저씨 이름은요?"

"나? 아저씨 아닌데. 아직 이십대인데."

"아, 됐고요. 이름은요?"

"김혁."

"혁이 아저씨. 그냥 기다리세요. 우리 아저씨는 진주 나가셔서 오려면 며칠 걸려요."

"근데, 어디가 아프신가요?"

묻는 말에는 대답도 없이 마루에 걸터앉더니 마루 한 쪽에 던져놓은 담배를 찾아들었다. 놀란 눈으로 바라보자 한 개 얻어 피우는데 뭐 불만 있어, 라고 묻듯이 동그란 눈에 물음표를 달았다. 어이없는 행동이었다. 그래서 물었다.

"학생 아닌가?"

"먹는 음식에 자격 따지나?"

말발이 장난 아니게 셌다. 그렇다면 달리 뭐, 할 말이 있을 수가 없지. 기호식품이니 알아서 하세요, 라는 표정을 지었다.

"아마도 머리부터 발가락 끝까지 아플걸요."

담배 연기를 길게 내품고선 말했다.

"정확한 병명은 모르고요?"

"화병, 골병, 술병에다가 덤으로 애정결핍증. 기타 등등등."

담배를 피우는 폼과 말하는 게 장난스럽게 보이지만 삼촌에 대해 정확하게 아는 것 같았다.

"근데 아가씨 이름은?

갑자기 담배 연기를 날리며 뭐래? 하는 언짢은 표정을 지었다.

"촌스럽게 아가씨는? 하나예요. 지금 고3이고요. 몇 달만 지나면 이 지긋지긋한 촌구석을 떠나 서울로 갈 거라고요."

결의에 찬 표정으로 대꾸했다. 정보치고는 대단했다.

"아저씨는 어디서 왔어요?"

"나? 어제 서울에서."

"서울 냄새 안 나는데, 스타일 구린데."

휙, 피우던 담배를 마당으로 던지곤 급하게 일어선다.

"어쨌든 이웃집에 든 남자의 신원을 아는 것은 이웃사촌 간의 의무이니 기분 나빠하지 마시라고요. 나는 오늘 알바 갑니다. 고깃집에요."

휴대폰으로 누군가 통화를 하며 내리막길을 내려갔다. 당돌한 이웃사촌의 방문에 정신이 번쩍 들었다. 고3이면 지금 죽도록 공부해야 하는 시기 아닌가. 주말이라서 그런가? 수능이 곧이겠는데 싶었지만 남의 일이다. 자신의 앞길도 닦지 못하면서 오지랖은 싶었다. 아침으로 누룽지를 끓여먹고 생수병을 챙겨 집을 나섰다. 뒷산에 있는 풍력발전기를 향해, 시간도 죽일 겸해서 길을 나섰다.

며칠을 혼자 지냈다. 아침에 일어나면 뒷산을 오르고 저녁이면 텃밭의 상추 뜯어 고기 구워 한잔 하고 TV를 보다가 잠자는 게 전부였다. 편안했다. 번잡한 서울에서 한 달 정도 있었다고 조용한 생활이 그리웠나 싶었다. 오늘까지 남 반장님 집에서 잠이 든 게 나흘째다. 누군가를 기다리는 게 이런 기분인가 싶었다. 지겹지는 않았지만 오늘은 오시겠지 싶다가도 인기척이 없으면 허전해지곤 했다. 아랫집의 하나는 하루에 한 번꼴로 들러

내 담배를 축내고 갔다. 그러든지 말든지 내버려두는 게 이웃 간의 도리이지 싶어 모른 척했다.

  오늘도 시간이나 죽일 겸해서 아침을 먹고 등산을 세 시간 정도 하고 내려오니 피곤이 밀려왔다. 라면을 끓여먹고 곧바로 잠들어버렸다. 바깥의 인기척에 문을 열고 나오니 누군가 마당에 서 있었다. 남 반장님이었다. 머리카락은 반이나 셌고 몸은 말랐다. 깊은 눈빛은 여전했다. 세월의 흔적이 주름으로 묻혔어도 안온한 얼굴은 그대로였다.

  "반장님, 저, 혁입니다."

  자신의 존재를 속사포처럼 알렸다. 마루를 내려서서 마당에서 서로 마주봤다. 먼 곳의 누군가를 불러오는 듯, 눈을 깜빡이며 바라보는 반장님의 눈에 빛이 들더니 입매가 조금 일그러졌다. 마장동에서 재워줬던 김포집 조카라고 다시 말했다.

  "혁이? 그래, 혁이 맞구나."

  눈시울이 시큰했다. 뭐라 형언할 수 없는 기분이 들었다. 반장님을 힘차게 껴안았다. 왜소해진 몸에서 찬기가 느껴지는 순간, 한 남자의 삶이 저절로 읽혀졌다. 찬 기운처럼, 이 남자의 지나온 삶이 참 외롭고도 스산했구나, 싶어졌다. 뻣뻣하게 굳어 있는 몸을 이제는 따뜻하게 데워주고 싶다는 생각이 난데없이 들었다.

  "그래, 어쩐 일이냐? 나를 다 찾아오고?"

  "반장님이 보고 싶어서 마장동에 갔다가 겨우 주소 알아내서 찾아왔죠."

"반장님은 무슨? 예전처럼 부르지?"

"아, 네. 삼촌."

마당에서 올라와 마루에 앉으며 안부를 물었다.

"마장동 식구들은 여전하고?"

"네, 외삼촌은 암수술을 해서 외숙모가 걱정을 합니다."

"그 사람도 참, 건강이 제일인데."

"삼촌도 몸이 많이 편찮으시다고 하던데?"

삼촌의 얼굴을 살피며 조심스레 물었다.

"이렇게 칼 잡는 것 보면 모르냐?"

작업가방을 가리키며 말했다. 외삼촌의 걱정과는 달랐다. 폐인처럼 지내는 것은 아닌가 싶어 내심 걱정했는데 천만다행이었다.

"어깨나 팔은 괜찮으세요? 오래 일 하셨잖아요."

"살살 달래가면서 살아야지 별 도리가 있나? 그래서 딱 먹고살 만큼만 일한다."

이제 욕심은 모두 내려놓았다는 뜻으로 들렸다.

"이번에 김 사장님을 만나뵀는데 그곳 발굴사들은 모두 삼촌에게 배웠다고, 주 반장님이 말씀하시더라고요."

"같이 일하면 자연스레 배우는 거지. 근데 진짜 어쩐 일이냐?"

삼촌이 다시 물었다.

"제대하고 나서 삼촌도 보고 싶고 해서 마장동에 갔다가 소식 듣고 이렇게 왔어요."

"군대까지 다녀왔구나. 그래, 고생했다."

"필승!"

느닷없는 인사에 삼촌도 가볍게 인사를 받아줬다. 대선배와 같은 해병대 출신인 것을 보고한 것이다.

"어릴 적부터 삼촌 하는 일을 봐서 그런지, 저도 이 일을 한번 해보려고요. 그래서 삼촌을 찾아왔어요."

방으로 들어서든 삼촌이 갑자기 주춤하더니 정색을 했다.

"아서라. 이 일 배워 뭐하려고? 이미 한물간 나한테 뭐 배울 게 있다고? 정 하고 싶으면 농협에서 하는 학교가 있다. 축산업교육원이라고, 그곳에서 배워라. 자격증도 따고 해서 마장동에서 일해야 제대로 배운다."

"에이, 삼촌. 기억 안 나세요? 크면 발골 기술 배워준다고, 나랑 약속했잖아요?"

삼촌의 벗은 윗도리를 받으며 억지부리듯이 말했다. 희한하게도 외삼촌이나 아버지보다도 삼촌 앞에서는 늘 투정부리는 어린 녀석이 된다. 자신도 무슨 심사인지 모를 일이었다.

삼촌은 물끄러미 바라보더니 내가 너를 망칠지도 모른다고, 잘 생각해보라고 했다.

"생각은 천만 번도 더 했다고요. 난 잘하는 것도 없고, 하고 싶은 것도 없어요. 근데 발골은 해보고 싶다고요."

섭섭한 마음에 조금 퉁명스럽게 대꾸했다.

"마장동 외삼촌 집이나 김 사장 업체에서 배우는 게 빠른데, 왜 하필 골골대는 이 늙은이한테 배우려고 하나 말이다."

"나는 삼촌 밑에서 배워야 잘할 수 있어요. 마장동 김 사장님 업체는 공장이더라고요. 그런 곳에서 일하면 뛰쳐나가고 만다고요."

사실이었다. 공장 같은 그곳에서 일하면 갑갑증이 일어나 며칠도 못가서 그만둘 것을, 자신이 너무나 잘 알았기 때문이다. 삼촌은 고민에 빠졌는지 잠시 침묵했다.

"네 뜻이 정 그렇다면 하는 것은 어렵지 않다. 며칠 해보면 알 것이다. 결정은 그때 가서 해라."

삼촌은 한 발 뒤로 물러서준다는 듯이 말했다.

"받아만 주세요. 제가 잘할게요."

"하다가 아니다 싶으면 빨리 결정해라. 그래야 헛세월 안 보낸다."

삼촌의 누그러진 말에 마장동에 들어설 때의 설렘과 어떤 희망의 촉이 다시 마음속에서 살아났다.

"나는 딱 먹고 살 만큼만 일한다. 굳이 많이 할 이유도 없는데 허참, 몇 군데 더 잡아야겠군."

귀찮은 일이 생겼다는 말투지만 그렇게 싫지만은 않은 표정이다.

"삼촌, 시키는 대로 잘 배울게요."

"너는 눈빛이 너무 강해. 그 빛이 너를 빛나게도 하지만 자칫, 잘못했을 때는 너를 삼킬 수도 있다. 그걸 다스려야 된다 말이다."

자신의 눈에 있는 빛은 세상에 대한 원망과 반항이라는 것을 눈치채신 걸까? 삼촌은 알 것이다. 자신의 성장통을 곁에서 지켜봤으니까. 그건 자신도 어쩌지 못하는 세월의 흐름에 맡기는 수밖에 없는 부분이었다.

"평소에는 어떻게 지내세요?"

일이 일찍 끝나거나 쉬는 날에는 시골에서 삼촌이 무엇을 하는지 궁금했다.

"여기? 할 일 많다. 텃밭도 가꾸고 농번기에는 동네 일도 돕고, 촌에 일이 한두 가지가 아니지. 근데 밥은 먹었냐?"

지금에야 생각났다는 듯이 묻는 삼촌의 목소리가 착 가라앉았다. 예전 그대로의 목소리로 돌아온 듯했다. 저녁을 짓겠다며 주방 쪽으로 걸어가는 삼촌을 피곤하실 테니 쉬시라며 주방에서 밀어냈다. 삼촌은 텃밭에서 상추와 대파, 풋고추를 따와서 건넸다. 새로 지은 밥과 된장찌개와 텃밭에서 수확한 상추와 대패삼겹살을 구워 밥상을 차렸다.

"세월이 참 빠르기도 하다. 이렇게 청년이 되어 나를 찾아오다니."

"저도 삼촌하고 이렇게 앉아 있는 것이 꿈만 같아요. 마장동 집에서 같이 먹고 자고 했던 것이 어제 일 같은데요."

삼촌은 꼬마 녀석이 자라서 이제 술친구가 되었다며 어떻게 살았는지를 물어와서 이런저런 일을 하며 지냈고, 또 많이 힘들었다고 했다. 삼촌은 묵묵히 듣기만 했다.

저녁 설거지를 마치고, 방에 들어오니 삼촌은 TV에서 하는 당구 경기를 보고 있었다. 삼촌이 당구를 좋아했다는 게 떠올랐다.
"삼촌, 예전부터 당구 좋아하셨죠?"
"그래."
당구 전문 채널에서는 우리나라 강동궁 선수가 스페인의 산체스 선수와 상금이 상당한 대회의 마지막 결승 경기를 치르고 있었다.
"당구나 발골이나 같은 그림이다."
"어째서요?"
"넓은 당구대 위에 큐대를 잡고 내가 어떤 각도로 공을 치느냐에 따라 점수가 달라지거든. 한순간 잘못된 판단으로 공이 다른 곳으로 돌아가듯이 발골도 마찬가지거든. 봐라, 저것 봐라."
마침, 강동궁 선수가 판단 잘못으로 아쉽게 결승전에서 탈락하는 순간을 보고 있었다. 방심의 순간이 우승자와 패배자를 가린다고 설명했다.
"오호, 당구가 엄청 재밌어지는데요. 삼촌, 우리 시간 내서 당구장에도 가요."
"좋지. 집중도 되고 차분해지기도 하지."
삼촌은 잊었다는 듯이 한 움큼의 알약을 물과 함께 삼킨다. 약 봉투를 보니 정형외과와 신경정신과 약이 가득 들어 있었다. 술과 약을 먹어야 잠을 잘 수 있는 몸이 된 삼촌이었다. 자신이 곁에 있는 이상, 삼촌을 더 이상 외롭게 하고 싶지 않다는 생각이 느닷없이 들었다.

덜거덕, 거리는 소리에 눈을 떴다. 삼촌 잠자리는 이미 비어 있었다. 향기로운 커피 향이 방안까지 풍겼다. 삼촌은 주방에서 커피를 타고 있었다. 진한 블랙이었다. 늦가을의 기온 때문인지 커피 향이 더 진하게 맡아졌다. 보온병 가득 타는 커피를 보며 아침부터 웬, 커피를 이렇게나 많이 필요하냐고 물었다. 삼촌은 오늘 일용할 양식이라고 했다. 삼촌도 외삼촌처럼 카페인에 기댄 인생이었다. 간단하게 누룽지 끓인 것과 사과로 아침 식사를 했다. 출근 채비를 하던 삼촌이 방으로 들어서며 잘 벼린 작은 칼 한 자루를 건넸다.

"혁이, 앞으로 네가 쓸 칼이나. 예전에 혁이 아버지한테 칼 세 자루를 주문했거든. 너에게 한 자루 주마."

"아버지에게 맞춘 칼이라고요?"

"몰랐나? 아버지가 마장동 발골사들의 칼도 맞춰주고, 무딘 칼을 손질도 해주는 칼 전문이었는데."

아버지가 마장동에서 칼을 다루었다는 건 처음 듣는 소리다. 그만큼 서로에 대한 관심과 대화가 없었다는 뜻이다. 아버지와 따뜻한 일상의 대화조차 나눌 마음의 여유가 없었던 지난 날이 씁쓸하게 느껴졌다.

"칼은 주인을 닮아가니 처음부터 길을 잘 들여야 한다."

삼촌에게 받은 칼을 물끄러미 들여다보고 있으니, 얼마 전 마장동에서 있었던 일이 문득 떠올랐다.

"마장동에서는 삼촌이 장인의 반열에 오르는 전설의 발골사로 통하더라고요. 이렇게 영광스럽게 전설께서 주시는 칼을 받으니 영주에게 기사 작위를 받은 기분인데요."

"전설의 발골사?"

헛웃음을 웃는 삼촌의 입매가 쓸쓸하다.

건네주는 칼을 손가락 끝으로 쓰다듬었다. 대장간에서 잘 만들어진 칼이었다. 아버지의 손때가 묻은 칼이다. 그런 의미 있는 칼을 주는 것은 자신을 쓸모 있는 발골사로 만들겠다는 뜻일까?

"칼을 잡고 하는 일이다. 마음을 편안하게 다스려야 다치지 않는다."

따뜻한 당부의 말이 가슴에 와닿았다.

"내게 일을 가르쳐주는 최 영감이라고 있었다. 그 영감 밑에서 몇 달만 견디면 다들 성공이라고 했지. 어떻게나 성질이 급하고 무섭든지 발골된 소 뼈다귀로 두들겨 맞는 놈도 있었고. 비계로 뺨을 맞은 녀석도 수두룩했다. 나도 많이 맞았거든. 영감님이 그렇게 모질게 한 이유가 다 있었다. 그렇게 배워야 정신을 바짝 차려서 다치지 않거든. 지나고 나서 보니 그렇게 혹독하게 나를 다그쳐준 덕분에 지금까지 일을 할 수 있었는지도 모른다."

삼촌이 무슨 뜻으로 말하는지 바로 짐작이 갔다.

"삼촌, 저 혼내면서 가르쳐주셔도 됩니다. 전 이미 각오가 되어 있거든요."

"칼의 길이다. 어떤 일이 일어날지 장담 못한다."

"해병대 정도의 군기라면 얼마든지 견딜 수 있습니다."
"정신은 좋다만 마음을 비우고 집중해라. 힘을 믿고 설쳤다가는 반드시 칼의 경고를 받는다. 명심해라."
이런저런 당부의 말이 사회생활 초년생에게 건네는 엄마의 잔소리 같았다. 삼촌은 대충 걸치고 나온 내 옷차림을 보고선 윗옷이 얇다고, 또 나무랐다.
"아무렇게나 입고 출근하지 마라. 단정하게 입고 다녀야 준비된 사람으로 보인다."
"와, 삼촌! 진짜 꼰대 같아요."
"꼰대?"
삼촌은 처음 들어본다는 듯이 만눈했다. 할 말이 궁해졌다.
"그냥 삼촌이 멋있다고요?"
변명하듯이 둘러대며 삼촌의 허리를 덥석 안아버렸다. 자신의 부족함을 지적하는 삼촌을 꼰대삼촌이라고 놀리다니. 내가 생각해도 나란 인간은 아직 멀었구나 싶었다.

## 4. 발골의 장인

 이차선 국도를 삼십 분 정도 달려서 도착한 곳은 합천군 삼가면이었다. 식육식당들이 집중적으로 모여 있는 삼가 한우거리였다. 넓은 벌판을 바라보며 큰 개울이 마을을 빙 둘러 흐르고, 길가에 아름드리 벚꽃나무가 심어져 있는 오래된 동네였다. 마을 전체가 소고기 전문 식육식당이 들어선 단지였다. 당연히 소비가 되니 형성되었겠지만 한적한 시골 동네에 이렇게 많은 식육식당이 들어선 이유가 궁금해졌다.
 "이곳 합천 황토한우는 일반 한우보다 육질이 부드럽고 향미가 뛰어나다고 평가받고 있다."
 "황토한우라면 사료를 황토로 먹인다는 뜻인가요?"
 "그렇지. 축협 자체에서 항생제와 항균제가 포함되지 않은 사료를 개발해서 먹인 거세우인데 브랜드 중에서도 최고 수준이다. 오래 전부터 이 지역의 한우는 알아줬거든. 그래서 한우거리가 형성되었다."

지역마다 자체 브랜드를 내건 한우들은 많다. 횡성이나 나주, 장흥, 청도 지역의 한우는 전국적으로 알아준다. 합천 삼가도 다른 지역처럼 생산자와 소비자 모두에게 이득이 될 수 있는 한우거리가 자연스레 생긴 모양이다. 한우거리의 규모를 보니 합천 황토한우도 전국적으로 알아주는 한우가 확실했다. 그렇다면 16개월 이상씩 황토를 먹여 키운 합천 황토한우는 과연 어떤 육질과 육향을 품고 있는지 벌써부터 궁금해지기 시작했다.

오늘 작업은 도축되어온 암소의 발골부터 세세한 성형까지 이어지는 작업이다. 도축된 소 한 마리는 500kg 정도의 무게인데 머리와 내장을 제거하고 2분도체로 나눈 뒤, 냉동탑차에 실리면서 또다시 4분도체로 나눠서 들어온 지육이다. 몸통과 앞다리 두 개와 뒷다리 두 개 부분이다. 한 개당 무게가 100kg이다. 그러면 어른 한 명 이상의 무게다. 단단하게 냉동된 것이어서 자칫 잘못하면 살인무기가 될 수 있기에 정신을 바짝 차리지 않으면 얼음덩어리 지육이 언제 어디서 날아와 내 몸을 칠지 알 수가 없다. 삼촌의 당부가 아니어도 저절로 경계심이 생겼다. 작업할 지육은 걸쇠에 걸린 채 4분도체 분할 상태로 비닐 포장되어 있었다.

포장을 벗기자 소의 표면에 이웃 창녕 도축장에서 찍힌 투플러스(9) 표시가 선명했다. 그렇다면 마블링과 지방이 골고루 분포되어 있는 최고의 육질이다. 원 플러스(8) 정도여도 좋은 고기인데 암소의 육질이 투뿔이니 육질이 장난 아닐 것이다. 오늘 정신 바짝차리고 지켜봐야 할 엄청 기대되는 작업이었다.

삼촌은 크기가 다른 칼 세 자루와 작은 손도끼와 야스리를 가방에서 꺼내 작업대에 올렸다. 작업할 준비 작업이었다. 도끼를 보자 의아했다. 삼촌은 억센 뼈를 부술 때 사용한다고 했다. 작업 도구들이 전투를 치를 만큼 어마무시했다. 얼른 비닐 앞치마를 챙겼다. 막상 작업할 준비를 하고 작업대 앞에 서자 저절로 긴장이 되었다. 시작하기도 전에 나자빠질 순 없었기에 깊은 숨을 내쉬며 긴장을 풀었다. 마음을 굳건하게 다스리며 삼촌 옆에 버티듯이 섰다. 일을 맡긴 사장은 인사만 하고는 휑하니 나가버린다.

"지육이 끝내주는데요."

걸쇠에 매달린 덩어리를 손으로 툭, 치며 아무렇지 않은 듯이 말했다.

"오늘 작업할 양은 몸통과 지육 네 짝이니 정확히 소 한 마리다. 전체 작업시간은 일곱 시간 정도 걸릴 것이다. 어쩌면 더 걸릴 수도 있고, 최대한 빨리 마무리할 것이다. 그래야 고기의 신선함을 유지할 수 있거든. 오늘 잘 도와주면 최상급의 육회 맛을 보여주마."

상당히 설레는 제안이었다. 이런 죽여주는 기회를 놓칠 수는 절대로 없지. 기쁨의 탄성이 절로 터졌지만 침착해야 했다. 들뜬 모습을 보이면 삼촌에게 바로 아웃 당할 수가 있다. 흥분을 누르며 동영상을 촬영하기 위해 적당한 위치에 휴대폰을 고정시켰다.

"신세대 스타일이냐?"

지켜보던 삼촌이 한마디 던졌다.

"촬영해두었다가 공부 좀 하려고요. 카메라 의식하지 마시고, 삼촌은 그냥 하는 대로 하시면 돼요."

"오늘은 소 발골의 기본만 설명하고, 바로 작업으로 들어갈 것이다."

쇠고리에 걸려 있는 지육을 만지며 삼촌은 상체쪽 부위라고 설명했다. 먼저 1차 발골인 뼈에서 살을 발라내는 작업부터 시작한다고 알려줬다. 발골된 덩어리는 또 알맞게 정형된 뒤, 섬세한 손길을 요구하는 성형삭업을 거쳐야만 우리가 알고 있는 고기라는 이름으로 탄생할 수 있다.

첫 번째 작업이 곧바로 이어졌다. 먼저 이쪽이라는 듯이 삼촌은 들고 있는 야스리로 무심한 덩어리의 밑쪽을 툭, 쳤다. 초짜인 자신은 아무리 봐도 모를 부분이었다. 어떤 부위부터 시작하든 그것은 발골사의 자유지만 제일 밑에 매달려 있는 앞다리를 떼어낸 뒤, 시작하는 것이 바른 순서라고 알려줬다.

삼촌은 곧바로 앞다리 쪽 차가운 살덩이에 칼끝으로 둥글게 선을 그었다. 화선지에 날렵한 붓끝이 지나가듯 시원스럽게 이루어졌다.

"한마디로 보물찾기다. 대단히 위험하지만 그만큼 가치 있는 작업이다. 중요한 부분만 설명하면서 발골할 테니 잘 보렴."

그어진 선에 칼끝으로 힘을 줘서 작은 틈새를 벌렸다. 칼을 벼리는 쇠막대기인 야스리를 밀어넣어 고정시킨 뒤, 어깨 힘으로 리듬을 타듯이 껍데기 부분을 벗겨내는 것이 첫 번째 작업이었다. 근막과 껍데기를 분리하는 것은 힘을 쓰는 일이기에 재빨리 다가가 껍질을 벗겨냈다. 보는 것과 직접 만져보는 것은 천지 차이였다. 냉동된 지육이기에 힘을 어떻게 줘야 하는지가 감각으로 느껴졌다. 몇 번 움직였을 뿐인데도 벌써 숨소리가 거칠어지며 어깻죽지가 뻐근했다.

지육은 도축한 후, 24시간 동안 5도 이하로 냉동된 것이라서인지 단단하고 고집스러웠다. 한마디로 무뚝뚝한 얼음덩어리였다. 근막이 있는 부위를 정확하게 찾아내서 칼을 박아넣는 게 무엇보다 중요했다. 이건 어디까지나 경험에서 오는 감각으로 알아차려야 할 부분이었다. 삼촌의 작업을 하나라도 놓칠세라 정신을 집중했다. 칼은 벌어진 근막의 틈새를 또 비집고 들어가 뼈를 따라 앞다리 끝까지 내려가며 날개 부분을 열어젖힌다. 내뱉는 숨소리와 칼이 지나가며 내지르는 소리만 묘하게 들렸다. 길을 찾아가는 것이 아니라 새로운 길을 개척해 나가는 것 같았다. 삼촌이 건네주는 분리된 지육들을 받아 차례대로 작업대에 놓았다.

이제 몸통 차례다. 발골사라면 누구라도 긴장해야 할 부위였다. 먼저 양지를 떼고, 그다음으로 등심을 발라내는 작업이었다.

갈비 안쪽에 덜렁거리며 매달려 있는 특수부위인 토시살을 뗀 뒤, 안쪽 깊숙이 숨어 있는 안창살과 제비추리까지 떼어낸다. 양지 부분을 찾기 위해 칼을 뼈에 붙여 밀면서 나아간다. 힘차게 내려가다 만난 마구리뼈 옆으로 칼날이 비껴가며 근막을 벗겨냈다.

앞쪽 부위 작업이 끝난 것인지 삼촌은 갑자기 작업 위치를 바꾼다. 이제 뒤쪽 면을 손볼 차례였다. 마음을 다스리듯, 삼촌은 야스리에 칼을 재빠르게 벼린다.

"양지는 느낌으로 살을 따야 한다. 살들이 어떻게 이어질지를 생각하며 칼끝으로 뼈를 따라 훑듯이 내려가면 쉽게 막이 벗겨진다."

양지살을 당기면서 안쪽의 막을 열어주면서 양지를 떼어낸다. 다시 뼈를 따라 더 깊이 칼을 밀어넣는다. 안쪽의 차돌박이를 마구리뼈와 분리해준다. 칼은 뼈를 따라 계속 내려가다 만난 특수부위인 업진살을 마지막으로 따준다.

곧바로 등심쪽 발골로 이어진다. 등심이 시작되는 부분에서 시작하여 뼈를 따라 내려간다. 나로서는 짐작도 안 되는 부분이지만 삼촌은 감각으로도 알 수 있다는 듯이 과감하게 칼을 놀린다. 등심살이 보이는 뼈 모양을 따라 정확하게 훑어내려가다가 잠시 움직임을 멈춘다. 힘겹게 야스리를 꽂아 근막을 벌린 뒤, 다시 칼이 뼈를 따라 내려간다. 칼날이 정확하게 들어가야 다치지 않고 귀한 살들을 발라낼 수 있는 부위다. 하나둘씩 등뼈가 드러나는 끝에 드디어 목뼈 부분에 다다른다.

"등심 부분은 조금 있다가 설명하기로 하고, 목뼈는 걸쇠에 걸어놓고 작업할 테니 잘 보렴. 발골 중에서도 목뼈 부분이 가장 복잡하다. 뼈들이 촘촘하게 연결되어 있어 이쪽저쪽 안과 밖을 돌려가면서 작업을 해야 한다. 좀 고난도 기술이 필요한 부분이다."

칼이 지나가며 내는 소리와 삼촌의 숨소리만 들린다. 묘한 소리가 엇박자를 내다가도 다시 합일을 이루는 것이 중독성이 있다.

문득 최 셰프의 말이 생각났다. 발골사 경력 40년이면 신의 경지라는 말은 맞았다. 감사하게도 나는 지금 신의 솜씨를 직접 보고 있었다. 그저 감탄만 나올 뿐이다. 차고 무심한 덩어리가 쩍쩍 갈라지며 숨겨진 보물을 내줄 수밖에 없는 칼의 길을 삼촌은 집요하게 걸어가고 있었다. 정말 멋있다고, 어릴 적엔 감탄만 했다. 삼촌이 행하는 모든 행동들이 이제는 자신이 걸어가야 할 길이라고 생각하자 작업하는 모습 하나하나가 예사롭지 않게 보였다.

움직일 때마다 터져나오는 거친 호흡과 이마에 번지는 흥건한 땀, 긴장한 근육들이 이제야 눈에 들어왔다. 삼촌의 거친 숨소리를 계속 듣고 있자니 마음 한쪽이 착잡해졌다. 삼촌이 한사코 반대한 이유를 알 것 같았다. 어렵고, 힘든 길이 맞았다. 온몸의 신경과 힘을 모두 내주어야 할 거친 작업이었다. 그 멀고도 험한 길을 삼촌은 어떤 원망도 없이 오랜 세월 이렇게 순종하고 있었다. 눈속임도, 요령도 모르는, 오로지 곧이곧대로 한길만 가는 삼촌이 바보같이 느껴졌다.

힘든 목뼈 부분 발골을 끝낸 뒤, 삼촌은 잠시 숨을 내쉬며 허리를 폈다. 손으로 보온병을 가리켰다. 카페인이 필요한 시간이었다. 보온병에 가득 타온 커피를 물처럼 들이켰다. 생수도 아니고 커피를 물처럼 마시는 걸 보니 삼촌도 외삼촌과 같은 부류였다. 카페인의 도움으로 힘든 작업을 견뎌내는 것을 보면, 참고 인내하는 게 사는 일이라지만 살기 위해서는 견뎌내야 한다는 것을, 삼촌은 지금 온몸으로 보여주고 있었다.

건네주는 보온병을 사양하고 생수 한 병을 단숨에 들이켰다. 작업대에 흩어져 있는 덩어리 살과 뼈를 부분별로 모았다.

"시간 내서 수구레국밥 먹으러 창녕에 한번 가자."

삼촌이 느닷없이 말했다.

"수구레요?"

버리는 쓰레기인 줄 알고 있는 근막을 먹는다는 삼촌의 말에 깜빡 놀랐다.

"예전, 우시장이 열리는 곳에는 소의 부산물로 만드는 국밥집들이 많았지. 수구레는 소의 가죽 아래에 있는 피하지방 부위로 쫄깃한 맛이 일품이거든. 바로 이 부분이다. 충청도 지역은 갈빗살을 넣고, 창녕은 선지를 넣고 끓이거든."

삼촌이 가리키는 하얀 근막 부위를 봤다. 지방덩어리는 모두 비누나 화장품 회사에 들어가는 줄로만 알았는데 먹는다는 의외의 말에 놀랄 수밖에 없었다. 더구나 수구레무침은 미나리를 넣어 새콤달콤하게 양념해 먹는 맛이 일품이란다. 음식의 범위가 이렇게 다양하고도 넓게 확장되어 있을 줄은 몰랐다.
"마장동에 있었다면 스지탕을 먹으러 인천 단골집에 갔을 텐데."
"스지는 또 어떤 부위에요?"
"스지는 소의 다리 쪽 힘줄과 근육인데 푹 삶아 양념해서 먹으면 야들야들하니 술안주로 그저 그만이다."
"정말, 소는 버릴 게 하나도 없네요."
삼촌의 말대로 어떤 맛이 숨겨져 있는지 수구레국밥과 스지탕을 꼭 한번 맛보고 싶어졌다.
짧은 휴식 뒤 등심 해체 작업에 들어간다. 칼은 곧바로 등심살이 보이는 뼈를 향한다. 살치살 부위가 다치지 않게 조심하며 칼끝은 정확하게 뼈를 따라 훑듯이 내려간다.
드디어 목표물에 도달했는지 삼촌은 잠시 숨을 몰아쉰 뒤, 등심 저 안쪽에 숨어 있는 붉은 꽃살을 향해 과감하게 나아간다. 칼을 잡은 자세부터가 저돌적이다. 휘몰아치듯이 단숨에 작업을 이어나간다. 등심은 꽃살 팔 때가 최고로 긴장해야 할 부분이다. 칼이 지나가는 소리만 들린다. 뼈와 칼이 부딪히는 소리가 희한하게도 리듬감이 있다. 그 리듬감을 잃지 않으려 삼촌은 빠르게 칼을 놀린다. 순식간에 뼈 사이로 칼이 지나가자 등심살이 자연스레 떨어져 나왔다. 군더더기 하나 없는 깔끔한 발골이었다. 분리된 살덩이를 받아 작업대 위에 던져둔다.
"이번엔 안심과 채끝을 분리하마. 먼저 뼈에 붙어 있는 채끝을 분리해줘야 한다."

삼촌은 억센 뼈를 짚으며 말했다.

"이렇게 살을 분리하지 않고 뼈와 같이 자르면 티본이다."

순간, 얼떨떨했다. 처음 들어보는 이름이었다. 그러니까 소의 등심과 안심 사이에 있는 T자 모양의 뼈와 함께 자르면 티본스테이크였다. 발골사의 손은 마술사의 손이었다. 발골사가 부르는 칼의 노래에 따라 새로운 이름이 계속 나왔다. 미다스의 손을 가진 삼촌은 오로지 칼이 가는 길에만 집중한다. 나는 삼촌의 열정적인 수업에 못미치는 어설픈 제자이기에 고개만 끄덕일 뿐이다.

"자, 여기서 어떤 부위가 제일 맛난 부위겠냐?"

잠시 칼질을 멈추고 나란히 놓여 있는 갈비뼈를 짚으며 삼촌이 물었다.

"잘은 모르겠지만 중간 부위가 아닐까요?"

"1번부터 8번까지는 갈비찜용이다. 9번부터 13번은 갈비탕으로 선호하지. 하지만 갈비 결대로 자르지 않고 뼈와 함께 자르면 우대갈비다. 업소에서 원하는 대로 작업하면 된다. 오늘은 살을 발라낼 것이다."

"발골사가 어떻게 하느냐에 따라 고기의 이름도 다르게 태어나네요."

"그렇지."

삼촌은 갈비 안쪽에 있는 토시살과 안창살을 떼어낸 다음, 치마살이 있는 붉은 부위를 가리키며 육회로 먹으면 좋은 맛이라고 했다. 갈빗살 근처에 가까워졌는지 갈비뼈 사이사이를 지나가는 것이 곡예에 가까웠다. 칼끝의 움직임이 그만큼 중요한 부분이었다. 조각가가 작품을 다듬는 것처럼, 칼을 세울 때와 누울 때를 신중하게 선택하며 나아갔다. 원하는 부위를 찾아 탐험하듯이, 석탄을 찾아 갱 깊숙이 들어가는 광부처럼, 삼촌의 몰입된 모습은 신중하면서도 비장하기까지 했다. 숨결은 갈수록 거칠어졌다. 삼촌의 야윈 몸 어디에서 저런 힘이 나오는지 신기할 따름이었다.

드디어 피아노 건반의 흔적이 남아 있는 갈빗살을 뽑아내자 억센 뼈들이 불쑥, 튀어나왔다. 감탄이 나올 만큼 탄탄한 산맥이었다. 갈비뼈만 죽 이어져 있는 것이 흠잡을 데 없는 완벽한 발골이었다. 손으로 갈비뼈 하나를 건드리면 억센 외마디가 곧바로 튀어나올 것만 같았다. 참을 수 없는 호기심에 뼈를 슬쩍, 건드렸다. 어떤 소리도 들리지 않았다. 하지만 마음속으론 느껴졌다. 살을 잃고 당황해하는 뼈들의 아우성이 붉게 물들어 있었기 때문이다.

억센 뼈들은 침묵하고 있다. 모든 것을 내준 허탈한 표정이다. 단단한 뼈를 쪼개는 것은 내 몫이다. 과감하게 뼈를 동강내어 플라스틱 박스에 던져둔다. 몇 번의 도끼질에도 벌써 속이 허해졌다. 노동의 강도가 장난 아니었다.

꼬리뼈가 있는 소의 뒷다리 부위를 발골할 차례다. 뒷다리는 앞다리 발골과 어떤 차이가 있는지 궁금했다. 분포되어 있는 살의 이름만큼이나 발골 순서도 다를 것이다. 억센 껍데기를 벗겨내자, 본격적인 작업에 들어가려 삼촌은 칼을 야스리에 빠르게 다스린다.

"뒷다리는 먼저 채끝뼈와 꼬리뼈를 나눈 후에 시작한다."

삼촌은 작은 칼로 찢듯이 살들을 단번에 분리한다. 다리를 지탱하고 있는 튼실한 사골 부위를 빼내는 게 우선이었다. 살 속 깊이 파묻혀 있는 왕사골을 빼내는 작업이 곧바로 이어졌다.

삼촌은 빠르게 야스리에 칼을 벼리고 살 속 깊이 칼을 박았다. 날렵한 중간 칼이다. 삼촌은 연골 사이로 깊숙하게 칼을 밀어넣고는 또 칼을 바쁘게 움직인다. 좍좍, 살이 찢어지는 소리와 투둑, 거리며 연골이 나자빠지는 소리가 경쾌하다. 가만히 귀를 기울이자 삼촌의 거친 호흡과 칼이 지나가는 소리가 희한하게 박자가 맞았다. 이 소리가 바로 삼촌이 말하는 칼의 노래인가? 오로지 한마음으로 집중해야만 들을 수 있는 칼의 노래는 들으면 들을수록 사람의 마음을 홀리는 것 같다.

뒷다리에 있는 마지막 뼈인 왕사골 뼈다귀를 뽑아내며 삼촌이 물었다.

"이게 뭐로 보이나?"

"와, 야구방망이나 아령 같은데요?"

모양으로 본다면 왕사골은 커다란 아령이었다. 근육운동을 해도 될 만큼 묵직하고 튼튼했다. 작은 칼 하나로 이렇게 커다란 아령을 뽑아내는 것이 대단하게 느껴졌다.

삼촌은 커다란 살덩이를 짚었다. 다음 작업을 알리는 신호였다. 엉덩이 쪽 근처에 있는 살은 우둔과 설도이다. 삼촌은 우둔을 '볼기살'이라고 불렀다. 이번에는 큰 칼을 들었다. 깊고 묵직한 살 사이로 스윽, 칼이 지나가자 우둔과 설도가 완벽하게 갈라졌다.
"와, 홍해의 기적인데요? 어떻게 이렇게 완벽하게 분리되죠?"
삼촌은 대꾸도 없이 작업에만 몰두한다. 왕사골을 빼낸 설도 속의 특수부위는 설깃살이다. 이 부분은 성형작업 중에 손볼 부위였다.

몇 시간 만에 소 한 마리 전체 발골을 끝냈다. 이제부터는 좀 더 섬세한 정형을 할 차례다. 앞다리에는 특수부위인 부챗살과 꾸리살이 있다며, 삼촌은 칼끝으로 위치를 짚었다.
"이렇게 항상 칼이 뼈에 붙어 있어야 한다. 뼈의 방향으로 따라가면 실수가 없다."
부챗살은 뼈가 부채처럼 펼쳐져 있어 조심스레 살을 걷어내야 한다. 빠르게 칼을 놀리지 않고 신중하게 움직인다. 칼날이 아닌 칼등으로 뼈에서 살을 밀어내며 나아가자 부채 모양의 뼈가 하나씩 튀어나왔다. 이름은 그냥 붙여진 게 아니었다. 어원의 유래가 절로 이해되었다. 깔끔하게 나온 뼈를 플라스틱 박스에 담았다. 살은 살대로 작업대에 모아두고 사골과 잡뼈는 따로 박스에 정리해둔다.
암소 한 마리 발골과 정형작업을 완벽하게 끝냈다. 이제 섬세함을 요구하는 성형작업만 남았다. 한마디로 먹기 좋게 다듬어 우리가 아는 고기의 이름으로 탄생되는 순간이었다.

느긋하게 야스리에 칼을 벼린 삼촌은 짙붉은 색깔의 우둔과 설도를 큼직하게 몇 점 썰었다. 축복의 시간이라며, 육사시미를 한 점 건넸다. 한입 넣고 우물거리자 달달한 육향이 순식간에 입 안에 퍼졌다.

"어때, 육향이 느껴지나?"

"와, 이렇게 신선하고 풍부한 맛이 느껴지는 부위가 있는 줄 몰랐어요? 완전히 미친 맛인데요."

쫀득한 바다 횟감을 씹는 느낌이었다. 처음 먹어보는 육사시미 맛에 마음이 올라당 뺏겨버렸다. 이렇게 맛있는 부위가 소의 몸에 있다는 게 신기했다.

"우둔과 설도는 지방이 적고 살코기가 많아 육회와 육사시미로 많이 먹는 부위다. 우둔은 고기의 결이 곱고 연해서 맛이 담백하지. 이쪽 설도는 고기의 결이 굵어, 깊게 느껴지는 육향이 좋거든. 이렇게 큼직하게 썰어 먹어야 풍미를 제대로 느낄 수가 있어. 작업하다 힘들 때, 한 점 씹으면 다시 작업할 기운이 나거든."

고소하게 씹히는 생고기의 신선함이 입안에 오래도록 머물렀다. 담백한 우둔도 좋지만 풍미가 좋은 설도가 더 입맛을 당겼다. 집에 가서 소주랑 같이 먹으면 하루의 피로가 깨끗하게 사라질 맛이었다. 아무래도 오늘 기대에 부응해주는 합천 황토한우 맛에 제대로 홀린 기분이었다.

점심과 간식 시간을 빼고 여덟 시간 동안 동영상을 켜놓고 작업을 지켜봤다. 숨겨진 고기를 찾아내는 발골사라는 직업이 보물을 찾아떠나는 모험가처럼 느껴졌다. 오늘 작업을 통해 너무 많은 고기의 종류를 알게 되었다. 고집센 얼음덩어리가 이렇게 많은 고기의 이름을 품고 있다는 것부터가 놀라웠다.

대충 중요한 부위만 떠올려 봐도 열세 가지 부위로 나뉠 수가 있었다. 꽃등심, 채끝등심, 안심, 갈빗살, 치마살, 부챗살, 안창살, 토시살, 차돌박이, 업진살, 불고기, 국거리, 제비추리 등이다. 더 세세하게 파고들면 덧살이나 삼각살, 넥타이살이라든지 설깃살과 꾸리살 등 많은 부위가 있겠지만 이 정도는 꼭 외워둬야 할 중요 부위였다.

붙여진 이름만큼이나 고기가 품고 있는 맛도, 먹는 방법도 달랐다. 부분 성형을 하며 삼촌이 일일이 설명해준 고기의 맛은 이름만큼 달랐다.

그것뿐인가? 오늘 삼촌이 설명해준 고기들이 어느 부위에 있는지도 머릿속에 단단히 입력시켜야 된다. 떨어져 나온 붉은 살덩어리들이 그게 그것처럼 보이지만 이름과 부위는 모두 다르다. 삼촌처럼 모양과 색깔만으로도 어떤 부위인지를 가려내는 건 어림도 없지만 알아채기라도 해야 한다.

부위별 위치 정리를 하다보니, 앞으로 가야 할 길이 아득하게 느껴진다. 많기도 한 부위를 외워도 맛을 아는 부위는 몇 개 되지도 않는다. 천천히 가다보면 언젠가는 골고루 맛볼 기회가 찾아오겠지. 그날까지 묵묵히 이 길을 가는 수밖에 없다. 과연 삼촌만큼 긴 세월을 견뎌낼 수 있을지는 모르겠지만 이 길을 포기하지 않겠다는 생각만은 확실하게 들었다.

힘든 작업을 마치고 나오자 비가 내리고 있었다. 겨울을 재촉하는 늦가을 비였다. 어둠이 깔린 걸 보니 늦은 저녁이다. 삼촌이 말했던 소의 울음소리가 들리는 그런 날이다. 이런 날은 뜨끈한 국물이 최고다. 삼촌을 모시고 의령읍 내의 국밥집으로 향했다. 수육과 국밥에 소주까지 시켰다.

"삼촌은 제가 평생 먹을 고기와 사랑을, 마장동 시절에 다 해줬어요. 이제부터 세사 스승님으로 모실게요."

"그렇게 생각한다면 다행이지만 아니라는 생각이 들면 언제든지 떠나라."

"삼촌! 아직도 몰라요? 제가 똥고집이란 걸? 열심히 배워 삼촌처럼 최고의 발골사가 되고 싶다고요."

"뭣 때문에 최고가 되고 싶냐?"

"그래야 살 것 같아서요."

상처 있는 자만이 상대의 상처를 알아본다고 했던가. 삼촌은 물끄러미 내 얼굴을 들여다보며 말했다.

"화풀이하듯이 살면 안 된다. 그러면 칼날이 자신을 향한다."

삼촌이 지적한 대로 나의 내면엔 화가 많다. 그러면 어떻게 대처해야 할까? 아직은 자신조차도 모를 막막한 일이었다. 더 많은 시간만이 답을 알 것 같았다.

"그래, 오늘 작업에 참여한 소감은 어떤가?"

"그냥 멋지기도 하고, 고생하는 삼촌이 바보같기도 하고, 복합적인 생각이 들었어요."

"그러면 너는 발골이라는 게 뭐라고 생각하냐?"

발골이란 무엇일까? 어릴 적 보았던 강렬한 이미지 때문인가? 아니면 직업적인 선택 때문일까? 먹고 살기 위한 선택 때문만은 아니다. 여기까지 오는 동안 많은 생각이 들었다.

"고기란 발골 전의 모습은 사막이 오아시스를 품고 있듯이 귀하고 맛난 부위를 품고 있는 무심한 덩어리잖아요. 그런 덩어리를 해체하면 새로운 고기의 이름으로 태어나듯이 어쩌면 그 덩어리가 나 같거든요. 나라는 문제투성이가 하고 싶은 일을 진심으로 하다보면 내 안에 있는 모난 부분들이 잘 다듬어져 괜찮은 부분이 나오지 않을까, 하는 생각이 문득 들더라고요. 어쩌면 발골 작업은 나를 알아가는 과정인지도 모르죠."

"그런 생각을 했다면 앞으로 너는 나보다 나은 발골사가 되겠다."

"왜 그러세요? 부끄럽게. 생각만 그렇게 했다고요?"

"우리 때는 먹고 살려고 칼을 잡았지. 칼을 잡으면 자투리로 나오는 고기로 짜글이라도 해서 먹을 수 있었으니까. 난 지금도 그때 먹었던 짜글이 맛을 잊지 못하지."

"그래요? 삼촌, 제가 내일 바로 해드릴게요."

미소를 띤 삼촌의 주름 잡힌 얼굴이 스산하다.

"아무리 비싸고 귀한 꽃등심이라도 발골 전에는 알아볼 수가 없다. 힘든 과정을 거치지 않으면 맛볼 수가 없거든. 인생도 그렇다."

삼촌의 당부가 무슨 뜻인지 조금은 알 것 같았다.

"가르쳐만 주세요. 조심해서 잘 배울게요."

"욕심부리지 말고 하루하루 매 순간에 충실하면 된다. 그래야 내 꼴이 안 된다. 나를 봐라. 가진 것 하나 없이 아픈 몸뚱이만 남은 독거노인 꼴을."

삼촌의 자조적인 말이었다.

"삼촌, 끝나야 끝난 것이잖아요. 아직 삼촌은 늙지 않았다고요. 그리고 비싼 인생 수업료 내고 이렇게 제자를 얻었잖아요. 그리고 삼촌을 존경하고 만나고 싶어하는 셰프나 정형사들이 얼마나 많다고요?"

낯간지러운 소리지만 도저히 참을 수가 없었다. 영국에서 온 최 셰프가 삼촌을 만나고 싶어한다는 얘기를 솔직하게 말씀드렸다.

"그 사람이 잘못 알았겠지?"

"아니라니까요? 삼촌 이름도 정확하게 알더라고요. 나는 삼촌이 TV에 나온 줄도 몰랐어요. 그 사람이 방송을 보고 삼촌 제자가 되고 싶다며 간곡하게 부탁까지 하더라고요."

투정이었다. 아무리 술을 마셨다 해도 삼촌에게 어리광을 부리다니. 만약 아버지와 이런 시간을 한번이라도 가졌다면 어땠을까? 삼촌과의 시간이 깊어질수록 아버지의 그림자가 자꾸만 머릿속에서 서성거렸다.

"혁아, 이 일을 하면 앞으로 결혼하는 데 지장이 있을 텐데? 괜찮겠나?"

난데없는 질문이었다. 그건 삼촌 자신이 가정을 가지지 못한 것에 대한 두려움 때문에 묻는 것 같았다.

"삼촌, 요즘은요. 돈이 그 사람의 값어치를 결정하는 시대라고요. 돈 많이 벌면 그때 한번 생각해볼게요."

사실이었다. 여자애들을 만났더니 연봉을 대놓고 물었다. 자본주의 시대에 걸맞는 질문에 준비가 전혀 없었기에 뒤통수를 한 대 크게 맞은 것 같아 연애할 생각이 사라져버렸다.

"전, 그냥 삼촌이랑 이렇게 살래요."

지금은 아무것도 확신할 수 없다. 오로지 일에 집중하고 싶을 뿐이다. 수육 한 접시가 금방 바닥이 났다. 예전 같으면 그냥 무턱대고 마셨을 텐데, 삼촌과 함께하니 저절로 절제가 되었다.

차는 읍내에 두고 택시를 타고 집으로 돌아왔다. 그 사이 비는 그쳐 있었다. 습기를 머금은 찬 공기가 술기운을 확, 깨게 했다. 공터에서 내려 집으로 들어오는 길에 시끄러운 소리가 들렸다. 조용한 시골 동네에 무슨 일이지 싶었다. 삼촌의 유일한 이웃인 맹랑한 하나의 집에서 나는 소리였다. 교복을 입은 하나와 엄마가 마당에서 말싸움을 하고 있었다.

"하나야, 왜 또 그래?"

늘 보던 모습인 듯, 삼촌이 가던 걸음을 멈추고 대문 앞에서 말을 건넸다.

"아저씨는 몰라도 돼요."

쏘아붙이는 목소리에 독이 잔뜩 올라 있었다.

"하나 엄마, 오늘은 또 무슨 일로 하나가 저리 화가 났어요?"

"학교에서 전화가 왔어요. 수능이 별모레인데 저래요."

"나, 대학 안 간다고 했잖아!"

씩씩대며 방문을 발로 차는 모습을 보니 예전, 자신의 모습을 보는 것 같았다. 자신도 모르게 피식, 웃음이 나왔다. 웃는 모습에 하나가 발끈했다.

"아저씨, 왜 웃어요?"

"나, 아저씨 아닌데."

"쳐다보지 말라고요. 개짜증나게."

"예뻐서 쳐다봤어!"

귀여운 동생을 달래듯이 말했다.

"신경끄시라고요."

하나는 방문을 부술 듯이 닫고는 사라졌다.

삼촌은 모두 지나간다고, 기다려주라며 하나 엄마를 다독였다. 자연스레 하나 엄마와 인사를 나눴다. 그러고보니 며칠 전, 찾아간 대가면 식육식당에서 뵌 분이었다. 집으로 오면서 하나의 집은 다문화가정이라고, 삼촌이 알려줬다. 필리핀에서 시집온 하나 엄마는 아이들 어릴 적에 남편이 사고사로 떠난 뒤, 하나랑 연년생인 남동생을 키우고 있었다. 필리핀에서 대학까지 다녔기에 밤에는 영어학원 강사로, 점심시간에는 읍내 식당에서 알바를 뛰며 어떻게든 하나를 대학교에 진학을 시키고 싶어하는데 하나가 말을 듣지 않아 고민이라는 것이다. 저 정도의 고집이라면 하나는 분명히 자신의 꿈을 잘 찾아갈 것이다. 자신도 그런 시간을 거쳐왔지 않은가. 크게 걱정할 일은 아닌 것으로 보였다.

삼촌이 자신의 건강만 챙기시지 웬 옆집까지 걱정하나 싶었지만 여기는 시골이고, 이웃사촌이 존재하는 곳이다. 삼촌도 누군가를 걱정하고, 또 하나도 삼촌을 걱정하는 것이 가족 같은 분위기다.

점점 깊숙하게 삼촌의 세계로 들어서고 있었다. 이웃의 고민은 알겠는데 아직까지 삼촌이 왜 이곳에 자리를 잡았는지는 모른다. 그 이유가 정말 궁금해졌다.

## 5. 어느 발골사의 고백

혁이 왔다. 그것도 며칠이나 떠나 있었던 빈집에서 예전 마장동 시절처럼 기다리고 있었다.

자연인처럼 살고자 해서 외딴곳에 머물렀던 것은 아니다. 그냥 내 본성대로 행동했을 뿐인데도 은둔자냐고, 누군가 물었던 적이 있었다. 어떤 모임도 없었고, 누군가 찾아올 정도로 친분도 맺지 않았기에 그 물음은 맞기도 하고 틀리기도 했다. 그런 나에게 젊은 친구가 찾아온다는 것은 있을 수 없는 일이었기에 선뜻, 알아차리지 못했다.

청년이 된 혁은 낯설었다. 마장동에서 만난 혁이라는 말에 녀석의 눈을 들여다봤다. 순한 얼굴에 빛나던 눈빛은 그대로였다. 혁인 것을 알아챈 순간, 가슴 한쪽이 뭉클해졌다. 마냥 어리기만 했던 녀석이 이렇게 훤칠한 청년이 되어 찾아올 줄은 상상도 못했다. 가끔씩 혁의 안부가 궁금해지면 마음속으로 잘 살아주기만을 바랐다.

혁을 보자 새삼 시절인연이라는 게 느껴졌다. 인연은 해병대 입대 동기인 녀석의 외삼촌을 통해서였다. 혁의 외삼촌은 나랑 죽이 잘 맞는 해병대 동기였다. 제대 후, 마장동에서 일하고 있을 때였다. 나를 만나러 서울에 올라왔다가 발골을 배우겠다며 눌러앉은 혁의 외삼촌과 그렇게 인연이 시작되었다. 혁의 외삼촌은 밥을 대먹던 먹자골목 안의 김포집 딸과 결혼을 한 뒤, 장모가 하는 식당일에 전념했다. 혁이 외삼촌을 찾아 서울에 오면 늘 우리 집에서 지냈다. 그때 친구인 외삼촌은 처가살이를 하고 있었다. 나는 혼자 사는 처지인지라 어린 녀석과 며칠을 같이 지낸다고 해서 불편할 일은 전혀 없었다. 그래서 데리고 있겠다고 자처했던 것이다.

같이 지내다보니 자연스레 집안 사정을 알게 되었다. 알게 되니 점점 녀석에게 연민의 정 같은 것이 생겼다. 자식이 없는 나로서는 처음 느껴보는 감정이었다. 엄마를 잃고 방황할 때는 내 젊은 시절을 보는 것 같았다. 내가 체념의 눈빛이었다면 녀석은 반항과 원망의 눈빛이었다. 아버지와 사이가 안 좋은 것도, 젊은 날의 내 모습 같아 더 애틋했는지도 모른다. 그때도 지금처럼 퇴근하고 집에 오면 어린 녀석이 밥을 해놓고 기다리고 있었다. 황당하기도 했지만 내심 기특하기도 했다.

희한하게도 그때나 지금이나 혁이 오면 적막했던 집안이 순식간에 변한다. 캄캄한 동굴 같은 집이 갑자기 마법을 부린 듯, 따뜻한 불빛과 수다로 환해져버린다. 밥상머리에서 이런저런 일들을 종알거리며 말할 땐 말썽쟁이 아들 녀석을 둔 기분이었다. 친구 녀석들의 못된 짓거리를 들을 때는 같이 욕도 해줬다. 일찍 오라며, 인사말을 건넬 땐 가슴 한쪽이 먹먹해지곤 했다. 그런 따뜻함이 좋았는지 방학 때나 명절이 다가오면 괜히 기다려지곤 했다. 같이 잠을 자고 밥을 먹는 시간이 늘어날수록 내가 이루지 못한 가족이라는 것에 대해 깊이 생각하게 했다.

그렇게 잊고 있던 녀석이었는데 청년이 된 모습을 보니 새삼 세월의 무상함이 실감났다. 왔다가 멀어져간 인연에 연연하지 않지만 또다시 인연을 따라 찾아온 녀석이다. 죽기 전에 볼 수 있겠나 싶었는데, 갑자기 혁의 얼굴을 보자 굳었던 마음이 와르르, 무너져 내리는 것 같았다. 그때나 지금이나 녀석은 온다는 예고도 없이 온다. 어느 날 불쑥 내 삶에 뛰어드는 것이다. 고작 녀석 한 명이 왔을 뿐인데도 벌써 집안은 생기가 돌았다. 차갑기만 한 냉장고까지 활기차게 돌아가고 있는 것만 봐도 알 수가 있었다. 예전 마장동 시절이 다시 재현되는 것 같았다.

그런데 느닷없이 발골사가 되고 싶다며, 고집을 부렸다. 정말 생각지도 못한 일이었다.

"발골을 배우고 싶다고? 미친 짓이다."

단박에 거절했다. 안 될 말이었다. 발골은 평범하고 단순한 일이 아니다. 칼을 잡고 하는 일이다. 칼은 경고도, 예고도 없다.

아차, 하는 순간, 자신의 몸을 치고, 어떨 땐 옆자리 동료까지 다치게 한다. 내 몸에 난 무수한 상처들만 봐도 충분히 짐작할 수 있다.
"무슨 마음으로 그러는지는 모르겠지만 내 몸에 있는 상처를 봐라."
옷소매를 걷어 팔뚝의 상처를 보여줬다. 상처는 붉은 지렁이처럼 꿈틀거리며 다른 상처들과 함께 문신처럼 온몸에 새겨져 있다. 작업을 하며 스스로 낸 상처도 있지만 옆자리 동료의 칼이 상처를 낸 적이 무수했기 때문이다.
진심으로 철없는 녀석을 말리고 싶었다. 무엇보다도 혁의 눈빛이 걱정스러웠기 때문이다. 칼은 사람에게 이로운 일을 하는 도구도 되지만 일순간에 사람을 해치는 무지막지한 흉기도 된다. 그 눈빛을 다스리지 않으면 스스로를 해칠 수 있고, 타인에게 상처를 입힐 수도 있다. 그게 염려스러웠다. 그런데 혁의 생각은 바위같이 단단했다. 뭔가 큰 결심을 한 것 같았다. 설득을 해도 막무가내였다. 고집을 꺾을 수가 없었다. 달리 방법도 없었기에 한 발 물러서주기로 했다. 며칠만 따라다니며 생고생을 하다보면 슬그머니 꽁지를 내릴 것이다. 그런 녀석을 숱하게 봐왔지 않은가. 내 곁에서 견딘 녀석들이 여태 몇이나 되나 말이다.
그래, 어디 한번 해봐라, 하는 심정이었다. 과연 적성에 맞는지 이것으로 밥벌이는 할 수 있겠는지 스스로 겪어보면 안다. 더 이상 설득이나 지루한 입씨름을 하고 싶지 않아서 기회를 준 것이다. 그래서 노동의 강도가 심한 정육점만 골라서 다녔다. 힘든 일을 빡세게 시키는데도 포기할 기색이 없어 보였다. 처음이라서 그렇겠지. 한 달만 견디면 다행이다 싶은 마음으로 시작했는데 어느새 몇 달이 훌쩍 지나가 있었다.

이제는 현장에서 재빠르게 움직이며 일손을 덜어주는 행동이 자연스럽다. 눈치도 빠르고 호기심도 많아 부위별 쓰임새에 대한 질문을 할 땐, 슬그머니 입가에 미소가 지어진다. 쉬는 날엔 마당의 채소밭도 돌보고 솜씨를 부려 만든 반찬도 입에 맞았다. 더구나 아랫집 하나와 티격태격하는 모습이 무엇보다 보기 좋았다. 이 나이에 즐거울 일이 뭐가 그렇게 있겠냐마는 혁이 오면서부터 사주 웃을 일이 생겼다.

"삼촌, 저 초등학생 때 만들어줬던 짜글이 기억나세요? 제가 부대에서 훈련 마치고 누우면 어떻게나 먹고 싶든지. 짜글이가 떠오르면 삼촌이 생각났어요."

"그게 그렇게도 먹고 싶었다고?"

먼 곳에서 고생하고 돌아온 자식에게 맛있는 것을 해먹이고 싶은 부모 심정이 이럴까? 혼자일 땐 끼니를 거르거나 대충 때우기 일쑤였다. 이젠 주부처럼 반찬거리를 걱정하며 매일 먹거리를 장만해야 했다. 누군가와 밥상을 같이하는 소중함을 다 늙은 지금에야 알게 된 것이다.

"알았다. 내가 해줄 테니 기다리렴."

그게 뭐라고, 고작 짜글이가 먹고 싶었다는 말에 마음이 아렸다. 짜글이는 좋은 고기도 아니다. 고기를 다듬을 때 생기는 잡육과 자투리를 뭉쳐두었다가 양념으로 자작하게 지져내는 조림이다. 냉동실에 박아두었던 고기 뭉텅이를 끄집어냈다.

무슨 조화인지는 모르겠지만 혁에게만큼은 한없이 너그러워진다. 정드는 것이 무섭다는 것을 알게 해준 셈이다. 예전처럼 곁에 앉아 이런저런 이야기를 들려준다. 혁의 말을 묵묵히 들으면서 마늘 껍질을 벗기고, 대파를 손질했다. 사고를 쳐서 시골 학교로 전학가고, 해병대를 거쳐 일식 요리사가 되기까지의 과정을 덤덤하게 들려준다. 많이 힘들었다는 말에는 달리 위로할 말이 없었다. 내 손으로 만든 따뜻한 음식으로 지친 심신을 달래주고 싶었다. 그것만이 내가 해줄 수 있는 유일한 위로였다.

두서없는 얘기를 듣고 있으니 혁이 고집을 부리는 이유를 조금은 알 것 같았다. 저렇게 고집스레 발골사가 되려고 하는 것은 어쩌면 어릴 적 기억 때문인지도 모른다. 소심한 녀석이었으니 커다란 소나 돼지 한 마리를 쇠고리에 척하니 걸어두고 작업하는 모습이 대단하게 보였을 것이다.

세상물정을 조금씩 알아가는 지금은 더할 것이다. 현재의 모습에 초조함이 들고 미래가 막막한 청년 시절이다. 주위의 시선과 친구들과 보이지 않는 격차나 경쟁도 민감하게 느낄 나이다. 혁의 입장에서 생각해보면 자신도 단단한 뭔가를 쥐고 싶을 것이다. 그 기억만으로 칼을 잡으려고 한다면 굳이 말릴 필요가 없다. 경험을 해보면 저절로 알아지기 때문이다.

내가 처음부터 쉽게 마음을 열지 않은 것은 앞으로 살다보면 별별 일을 다 겪게 된다. 그때 왜 자신을 말리지 않았느냐고, 혹시나 원망의 마음이 생기지 않을까 싶어서다. 그래서 작업에 들어가면 매섭게 대하는지도 모른다. 칭찬도 인색하고 자상하게 설명도 해주지 않는다. 수습 기간처럼 기회를 주고 지켜보는 것이다. 다시는 이쪽 일에 미련이 안 생기게 말이다.

그런데도 군말 없이 따라다니는 혁이 안타깝기도 하고, 또 고맙기도 했다. 어쨌든 해보겠다고, 애를 쓰는 모습을 보면 젊은 날의 내 모습을 보는 것 같았다. 나는 혁의 나이보다 더 어린 나이에 발골사의 길로 들어섰다. 중학교를 졸업한 그해, 서울로 올라와 외가 쪽 친척인 김 사상의 아버지가 운영하는 식육업체에서 발골사 생활을 시작했다.

그러고보니 이 길에 들어선 지가 벌써 사십 년이 훌쩍 지나 있었다. 그때는 오로지 먹고 살기 위해서였다. 달리 다른 길을 선택할 재능도 기술도 학벌도 없었다. 칼을 잡고 고기를 다루면 밥은 먹을 수 있겠다는 생각뿐이었다. 기술만 배우게 해준다면 월급이 적어도, 일이 고되어도 아무 문제가 되지 않았다. 부모님도 돌아가셔서 돌아갈 집도, 기댈 형제도 없었기에 그만큼 절박했다. 일을 배워 미래에 어떤 일을 하겠다는 꿈은커녕 포부도 없었다. 작업 중에 생기는 자투리 고기를 모아 짜글이를 끓여 허기를 달랠 수 있는 것만으로 만족했다.

오죽하면 내 별명이 '사막의 낙타'였을까? 죽을 때까지 등짐을

지고 뜨거운 모래밭을 걸어가는 낙타에 비유한 후배의 말은 지금 와서 보면 전혀 틀린 말은 아니었다. 육십이 훌쩍 넘은 이 나이가 되어도 번듯한 집도, 가정도, 돈도, 자식도 없다. 있다면 내 몸에 있는 병뿐이다. 혈압과 당뇨, 우울증과 불면증은 늘 따라다니는 친구 같은 존재다. 어깨 관절이 닳아 핀을 박은 어깨를 달래면서 가끔씩 연명할 수준의 일만 한다. 꿈도 희망도 없지만 그래도 나이가 들어 좋은 것은 더 이상 헛된 꿈을 꾸지 않는다는 점이다.

혹시라도 혁이 나처럼 한세월 보내고, 병든 독거노인 꼴이 될까 봐서 그게 제일 우려스러웠다. 그래서 더 반대했는지도 모른다. 이제 선택은 혁에게 맡길 것이다. 겉멋에 홀렸다면 미련 없이 떠날 것이다. 말리면 더 오기를 부릴 것이다. 그러니 자신에 대한 탐구의 시간을 가지도록 지켜보는 수밖에 없다.

요즘 들어서 자주 잠에서 깬다. 이유도 없이 잠이 깬 새벽녘이면 곤히 잠든 모습을 물끄러미 바라본다. 며칠을 따라다니다 관두겠지 싶었는데 아니었다. 신세대라고 하지만 작업하는 전 과정을 촬영까지 했다. 집에 와서 동영상을 들여다보며 익히려고 애쓰는 모습이 기특했다. 그런 절실한 모습이 단순히 먹거리를 해결하기 위한 선택이 아닌, 만만치 않는 세상에 자신만의 길을 찾고자 하는 뜻이 느껴졌다. 이젠 말려야 할 명분도, 돌려보낼 어떤 이유도 찾을 수가 없었다.

더 두고 볼 일이지만 희망이라고 해야 하나? 그런 기미가 보여도 겉으로는 내색하지 않는다. 때론 혼자 있을 때 반문도 해본다. 내가 너무 사람이 그리웠나? 그럴 수도 있겠지 싶다가도 고개를 젓는다. 이 녀석도 나 같은 놈이겠거니, 싶었는데 아니었다. 자신의 의지대로 선택한 길이라는 것을 혁의 행동이 말해주고 있었다. 같이 지내는 시간이 길어질수록 나보다 나은 놈이 될 수도 있겠다는 생각이 점점 짙어졌다. 그렇게만 해준다면 더 이상 바랄 게 없었다. 갈수록 믿음이 생겨 조금씩 마음이 열리기 시작했다. 옆에서 조금만 다듬어준다면 괜찮은 인간이 되겠구나 싶어졌다.

나는 시키는 대로만 했다. 무서운 선배로부터 소 뼈다귀로 맞으면서 발골을 배웠다. 감히 내 의견을 꺼낸다는 건 상상조차도 못했다. 인생을 이렇게 살아야 되는지를 맞으면서 배웠기에 어떤 반항이나 주장도 할 수 없었다. 오로지 순종만이 살 길이었다. 부당한 일을 당해도, 못배운 내 탓이려니 하고 참았다. 나이가 들어 되돌아볼 때면 그게 늘 억울하고 아쉽게 느껴졌다. 그때 좀 더 적극적으로 나섰다면 아니면 격렬하게 저항이라도 했더라면 어땠을까? 지금보다는 조금이나마 나은 삶이지 않았을까? 그래서 더욱 애정 어린 마음으로 지켜보는지도 모른다.

과연 저 녀석을 올바른 꾼으로 만들 수 있을까?

나는 외길만 갔다. 한 사람을 믿으면 다른 사람의 충고는 들리지 않았다. 좋게 보면 의리겠지만 솔직히 말한다면 사람 보는 눈이 없었다고나 할까? 혁은 달라야 한다. 시절인연처럼 혁이 내게 온 것은 내가 놓친 것들을 알려주도록 하늘이 내게 준 마지막 임

무인지도 모른다.
　혁은 내가 하는 당부의 말을 잔소리처럼 느꼈는지 꼰대, 라고 자주 놀린다. 꼰대여도 괜찮다. 쓸모 있는 꼰대가 되어 도움을 줄 수만 있다면 그까짓, 놀림은 귀여운 애교였다. 혁의 말대로 깐깐한 꼰대가 되어 내가 가지고 있는 것들을, 나눠줄 그때까지만 내 팔과 어깨가 견딜 수 있다면 더 이상 바랄 것이 없을 것 같았다.
　"삼촌은 발골 기술은 최고지만 돈벌이는 빵점이라고요."
　왜 좋은 기술을 가지고도 돈을 쫓지 않았느냐고, 혁이 추궁하듯이 물었다.
　"그럴 그릇이 아니었겠지."
　나도 해보았다. 모아둔 돈을 가지고 벌인 식육식당은 빈털터리로 만들었다. 재물은 쫓을수록 멀어진다고, 스스로 오도록 해야 한다는 말은 나를 두고 하는 말이었다. 후배 녀석의 말대로 묵묵히 낙타처럼 살았어야 했다. 지금 생각해보면 사람을 단순하게 믿은 내 잘못이 컸다. 이곳으로 들어온 것도 그 일을 겪고 난 후였다. 지리산과 가야산을 거쳐, 안온한 이곳에 터를 잡고 자굴산과 한우산을 매일 오르내렸다. 산과 들에서 뜯은 산야초로 술과 청을 만들었다. 자연스레 우리의 먹거리가 내 몸과 마음을 안정시켰는지 점점 심신이 편안해졌다.
　생활비가 떨어지면 가까운 합천 삼가의 식육식당에 연락해 일을 했다. 많이도 아니고, 딱 한 달 정도 견딜 만큼만 했다. 돈을 모은다든지, 다시 가게를 차린다든지, 취직을 하고 싶은 생각은 사라져버렸다. 그냥 흘러가는 대로 살고 싶었다. 어쩌면 잃은 것이 사람과 돈이라면 얻은 것은 마음 비우고, 노년을 보낼 수 있게 된 것이다. 이제는 원망도 미움도 모두 잊었다고 생각했는데 혁의 원망 섞인 투정이 그때의 일을 다시 떠오르게 한다.

군 제대 후, 마장동에서 칼을 잡은 시기는 86아시안게임과 88올림픽이 시작되는 시점이었다. 우리나라가 신흥 경제대국으로 발돋움하는 시절이었다. 그때는 군기가 세서 고참 발골사의 말이 곧 법이었다. 처음 일을 배울 때, 비계 치우는 것과 선배들 칼 벼리고 청소와 식사 준비는 모두 내 몫이었다. 섬세한 기술이 요구되는 빌골과 성형은 선배들이 했고 나는 겨우 근막 제거나 부분 발골만 했다.

그렇게 시작해서 마장동 최고 발골사인 최 영감 밑에서 꼬박 십 년 넘게 일을 배웠다. 집안 대대로 이어오는 발골사 집안 출신인 최 영감 밑에서 일을 한다는 것은 영광이기도 했지만 때론 고통이었다. 자신 밑에 일꾼을 함부로 두지도 않았지만 두더라도 혹독하게 다뤘다. 어쩌다 실수라도 하면 뼈다귀가 바로 날아왔다. 쌍욕은 기본으로 들었고, 동료들끼리 싸움이라도 하는 날은 끝장나는 날이었다. 같은 놈들끼리 뭉쳐도 사람들이 무시하는데 어디서 싸움질이냐며, 정신교육을 들먹이며 비곗살로 얼굴에 불이 나도록 맞았다. 과음을 했다거나 어떤 고민거리가 있어 보이면 절대 칼을 못 잡게 했다.

때론 무서운 아버지 같고, 어떨 땐 변덕 심한 상사였지만 까다롭기로 소문난 최 영감에게 배운 덕분인지 발골 솜씨는 점점 좋아졌다. 전통방식 그대로였지만 성실성과 깔끔한 일처리가 업계에서 입소문나게 했다. 그러다가 어깨를 다쳐 수술을 한 이후에 이십 년을 보낸 마장동을 떠나게 되었다. 그 후, 따르는 후배와 팀을 꾸려 신도시 위주로 프리랜서로 일하기 시작했다. 신도시 아파트 상가의 정육점이나 식육식당에서 들어오는 일거리가 차고 넘치던 시절이었다. 단골 정육점 관리만 해도 괜찮았는데 전국의 거래처를 업체로부터 계속 소개받았다. 즐거운 시절이었다. 감사한 마음으로 일만 했다. 그러다가 조금씩 마음의 여유를 찾기 시작했다. 이쯤해서 한곳에 정착도 할 겸, 정육점을 한번 해볼까 싶은 욕심이 생겼다. 그런데 그 생각을 기가 막히게 알아챈 놈이 있었다. 후배 박 군이었다. 같이 손을 맞춰 일한 지는 몇 년 되었다. 마장동을 떠나면서부터 인연이 시작되었다.

박 군과 한 팀이 되어 신도시 정육점과 식육식당을 단골로 정해놓고 일을 했다. 박 군은 술만 마시면 말이 많은 것을 빼고는 크게 나무랄 일도, 부딪칠 일도 없었다. 내 호주머니 사정을 누구보다 잘 알고 있었다. 바쁘게 일하느라 돈 쓸 곳도, 가정이 있어 생활비가 크게 나갈 일도 없었기에 모인 돈이 꽤 되었다. 우연히 술자리에서 사업 이야기가 나온 게 계기가 되어 곧바로 의기투합했다. 나는 청결하고 질 좋은 고기를 파는 정육점을 열고 싶었다. 정형사 몇 명을 두면 승산이 있겠다 생각했는데 박 군은 식육식당을 하자며 고집을 부렸다.

    의논 끝에 신도시에 한우전문 식육식당을 차리기로 결정했다. 들어가는 비용은 모두 내 돈이었다. 모자라는 부분은 대출과 식육업체를 운영하는 김 사장의 도움을 받아 식당을 차렸다. 나는 고기를 손질하는 육코너를 맡았다. 박 군은 곧 결혼할 동거녀와 같이 홀의 서빙과 주방을 담당했다. 주로 경영과 계산은 박 군이 했다. 식당은 고기가 좋다고 소문이 나서인지 늘 만석이었다. 주말도 없이 일했다.

    매달 내 몫으로 이익금은 들어왔다. 몇 달 동안은 재정 상태와 한 달 수입과 지출 내역서를 보여줬다. 그 다음부터는 알아서 하라며 일절 경영에는 나서지 않았다. 일 년 동안 장사는 호황이었다. 자리가 없어 돌아가는 손님이 부지기수였다. 가끔씩 녀석이 육우나 수입고기를 섞어 팔자고, 부추겨도 신뢰가 우선이라며 무시했다.

    그때부터였다. 돈이 벌리는 것에 홀려 너무 무리를 해서인지 어깨가 또 말썽을 부렸다. 임시방편으로 치료만 하면서 지내다가 그해 여름, 어깨 수술을 하러 병원에 입원했다. 한 달 뒤에 나간 식당에는 낯선 사람이 장사를 하고 있었다. 알고 보니 권리금까지 두툼하게 챙겨 해외로 떠나버린 뒤였다. 그 동안 들어온 이익금을 탈탈 털어 은행 대출을 갚았다. 또다시 빈털터리가 되고 나니 허탈했다. 사실 배신감도 들었다. 하지만 내 탓이었다. 후배에 대한 믿음이 있었기에 모든 걸 맡긴 것이다. 주위에서는 사기죄로 경찰에 고소하라고 부추겼지만 그러고 싶지 않았다. 도리어 돈 때문에 후배를 잃은 것이라고, 생각하니 미운 마음이 사라졌다. 그때부터 인생을 좀 다르게 살아보고 싶었다.

"삼촌, 고기 녹았는데요."

마늘을 까서 다지고, 양파와 대파를 손질해 양념장을 만들고 나니 고기의 냉기가 그사이 사라졌다. 발골사들은 힘을 쓰는 직업이라 잘 먹어야 한다. 그런데도 그 시절엔 자투리 고기를 모아 짜글이를 끓여 먹는 게 유일한 호사였다.

짜글이는 일을 배울 때부터 끓였던 음식이다. 최 영감은 유난히 매운 고추를 넣은 짜글이를 좋아했다. 최 영감도 일을 배우면서 많이 끓였다고 했다. 짜글이는 선배들이 대를 이어오면서 먹었던 추억의 음식이며, 힘든 노동을 하고 자투리 고기 몇 점으로도 작은 행복을 느꼈을 발골사들의 한과 그리움이 담긴 음식이다. 지금도 가끔씩 생각나는 것은 지친 육신이 위로받았던 영혼의 음식이었기 때문이다.

특별한 양념도 필요 없다. 고기에 간장과 후추로 밑간을 한 후, 고기를 볶다가 고춧가루와 대파나 마늘만 넣어 자작하게 지져내면 끝이다. 묵은지를 넣으면 김치찌개가 되고, 볶다가 기름기를 제거하고 된장 한 숟가락을 넣어 끓이면 된장찌개가 된다. 바쁜 발골사에겐 언제든 휘리릭, 해먹을 수 있는 라면과 같은 음식이었다. 혁이 식탁에 수저를 놓으면서 물었다.

"근데, 삼촌은 왜 결혼을 안 했어요?"

"그러게 말이다."
"외삼촌이 그러던데 삼촌도 결혼할 뻔했다면서요."
"그런 적도 있었지."

지숙은 결혼을 약속한 여인이었다. 명절 대목을 맞아 휴일도 없이 일하다가 쉬는 날, 남산공원에 놀러갔다. 그때 혁의 외삼촌이 아이스크림을 사서 공원에 놀러온 처녀들에게 주면서 이야기를 나누다가 자연스레 알게 되었다.

지숙은 남동생 두 명의 학업을 위해, 경기도 시골에서 서울에 올라와 영등포공단의 전자 조립공장에 다니며 동생들 뒷바라지를 하고 있었다. 자주는 아니고 한 달에 한두 번 정도 만나고, 주로 편지를 히머 사귀있나. 가끔씩 모아둔 부속 고기를 가져다주면 그렇게 기뻐할 수가 없었다. 먹을 게 부족했던 시절이었기에 남동생들은 가져다주는 고기를 늘 기다렸다.

동생들이 차례로 군대를 가면서 자연스레 지숙과 동거를 했다. 시골에 사는 지숙의 부모님도 알게 되어 사위가 될 사람으로 인정도 받았다. 곧바로 결혼을 하자는 지숙의 의견을 가진 것이 없으니, 일 년만 기다려달라며 달랬다. 작은 정육점이라도 내고 싶은 욕심 때문이었다. 그래야 가장의 역할을 제대로 할 것 같았다.

그런데 무슨 운명인지 모르겠지만 지숙의 집은 서울과 가까운 경기도 외곽이었는데 그녀의 친정 동네가 관공서와 아파트가 들어오는 신도시 지역에 포함되었다. 산과 밭이 고스란히 개발지역에 들어갔고, 근처의 논과 집이 하루아침에 몇 십 배씩 뛰어올랐다. 지숙의 집은 한마디로 벼락부자가 된 것이다. 동생들은 미국 유학을 서둘렀고, 지숙은 곧바로 집으로 불려갔다. 그리고 삼촌이 살고 있는 미국으로 가족 전체가 이민을 가기로 결정했다고 통보했다.

"아버지가 나도 공부하라고 하네. 큰 딸 공부 못시킨 것이 한이 된다면서. 자기가 이해해줘, 내가 얼마나 공부하고 싶어했는지 잘 알잖아."

전화로 들려주는 얘기를 듣고선 이별을 직감했다. 공부를 핑계로 그녀 역시 돈에 마음이 휘청거린 것이다. 이미 모든 절차를 끝내고 나서 통보를 한 것이다. 하늘이 무너져내리는 것 같았지만 좋게 보내주는 것이 예의 같았다. 내가 할 수 있는 일은 아무것도 없었다. 지숙의 부모님이 헤어지는 조건으로 정육점을 차릴 정도의 거금을 주겠다는 제의도 거절했다. 그렇게라도 해야 무너진 자존심을 지킬 수 있을 것 같았다.

그 후, 술을 먹고 지내는 날이 많았다. 그냥 흘러가는 대로 살았다. 우연히 만나는 여자랑 잠시 만나기는 했지만 정을 오래 주지는 못했다. 스스로 마음 단속을 했다는 것이 맞았다. 서서히 마장동을 떠날 때가 되었다는 것이 느껴졌다. 그즈음이었다. 어깨를 다쳐 수술하는 계기가 미련 없이 마장동을 떠나게 했다.

"삼촌, 진짜 이 맛이에요. 대박!"

상추쌈을 크게 싸서 입이 터지도록 먹는 모습이 흐뭇하다. 내

입에 억지로 상추쌈을 넣어주는 행동이 살갑다.

"혁아, 아직도 발굴사가 되고 싶나?"

"네. 삼촌 곁에 있어서인지 지금이 제일 마음 편해요."

차분하게 말하는 혁의 말이 진심으로 느껴졌다.

"아버지와 연락은 자주 하나?"

"서해 안면도 근처 섬에서 살림을 차렸다는 것만 알고 있어요."

"아버지도 외로우니깐."

"이제는 이해해요."

그래도 혁에게는 피를 나눈 아버지와 외삼촌과 외사촌들이 있다. 나는 홀로 고아같이 살았다. 혼자 있을 때가 좋을 때도 있었다. 돈을 벌 목석도, 책임질 가족도 없으니 홀가분했다. 하지만 어깨 수술을 하러 병원에 갔을 때는 조금 서글펐다. 보호자가 없다는 것에 대한 외로움이었다.

혁과 같이 텃밭을 일구고, 낡은 차를 끌고선 일터를 다니며 장을 봐서 밥을 해먹는 일상이 즐겁다. 갈수록 혁의 얼굴이 둥글어지며 해맑게 웃는 모습을 자주 보게 된다.

"삼촌, 저 소들 중에 어떤 소가 괜찮은 소인지 아세요?"

이른 저녁을 먹고 산책을 나와 우사 옆을 지날 때였다. 싸움소가 아닌 사육소를 가리키며 물었다. 혁은 아무래도 나처럼 고기만 만질 녀석은 아닌 것 같았다.

"대충 알지. 축산농가에서 키우는 소들은 등급이 있다. 얼마나 소를 잘 키우는지에 따라 급이 다르거든. 자신들의 브랜드를 걸고 사업하는 사람들은 축협에서 경매하는 소들을 높은 가격에 낙찰받지. 전국 우시장에서 노는 큰손들이 제법 많아. 나도 한때는 몇 번 소를 보러 다녔지만."

"식육업체와 관련된 일들이 의외로 많네요."

"여러 일들을 경험하다보면 자신에게 맞는 길이 보인다. 한우 마이스터 자격증도 있어. 축협 쪽에서 일하는 분들이 주로 따기도 하더군. 왜 소 키우는 일 배우고 싶냐? 농장에 바로 소개해줄 수도 있다."

"아니요. 전 발골 배우는 것만으로도 충분해요."

"외고집만 부리면 나처럼 산다."

"삼촌이 어때서요? 우리에겐 발골계의 장인이라고요."

혁이 치켜세웠지만 사실이었다. 신세지지 않는 개인주의가 되고 싶었지만 결국 이렇게 주위 사람들에게 걱정이나 끼치는 독거노인이 되었다. 가끔 내가 알고 있는 것들을 알려주는 것이 과연 옳은 것일까, 싶은 의구심이 들기도 한다. 자신과 혁의 시대는 다르기 때문이다. 체계적으로 배우도록 기회가 많은 마장동으로 보내고 싶어도 혁은 요지부동이다.

어제는 일을 마치고 단골 목욕탕을 갔다. 늘 혼자이다가 혁을 데리고 들어서니 등을 밀어주던 세신사가 다가와서 물었다.

"형님, 오늘은 아들하고 왔네요?"

순간 당황스러웠다. 아니라고 말하기도 전에 혁이 나섰다.

"네, 오랜만에 아버지 등 밀어드리려고요."

달리 아니라고 말하고 싶지도 않았다. 헛웃음을 몇 번 웃고 넘어갔다. 서로의 등을 밀어주고 바나나우유를 나눠 마시고, 뜨거운 국밥 한 그릇을 나눌 수 있어 좋았다. 혁은 늘 내게 여태 느껴보지 못한 것을 느끼게 해준다. 그러면 나는 무엇을 줘야 할까? 아무것도 없다. 있다면 나의 경험과 기술을, 살아오면서 느낀 회한과 후회되었던 일을 그대로 알려줄 일만 남았다. 이제 와서 숨길 것도, 보탤 것도 없다. 지나친 욕망을 자제하며 자신이 선택한 길을 묵묵히 가는 것을 알려주는 것은 얼마든지 가능하다. 반항적인 눈빛은 여전하지만 자신을 믿고 순리대로 유연하게 변화해준다면 더 이상 바랄 것이 없겠다.

내일은 혁신도시에 있는 후배 박 사장이 운영하는 정육점에 갈 것이다. 혁이 잘 배울지는 자신에게 달렸지만 기회는 주고 싶다. 본인 스스로 얼마나 열심히 하는가에 따라 인생은 달라질 수 있기 때문이다.
"일찍 자거라. 내일 아침 일찍 진주에 가야 된다."
자리에 눕자마자 혁의 코고는 소리가 낮게 들린다. 젊을 때는 그 나름대로 고민도 많다. 지나고 보면 별것도 아니었는데 무얼 그리 걱정했을까 싶은데도 혁은 아직 모른다. 부는 바람은 지나가기 위해서 부는 것이다. 겸허히 자신의 자리에서 묵묵히 견디면 된다.
오른쪽 어깨의 통증이 저릿하게 팔을 타고 내려온다. 일어나서 뿌리는 스프레이 파스를 듬뿍 뿌린다. 뜨거운 물주머니를 만들어 팔에 올린다. 오랜 세월, 칼을 쥐고 얼음덩이리 같은 지육을 다루는 일은 늘 어깨와 팔에 고통을 주었다. 이유 없이 팔이 떨리고 늘어질 때가 있다. 그땐 할 수 없이 칼을 내려놓는다. 고통이 끝날 때까지 마냥 기다려야 했다.

어깨 수술을 두 번이나 해도 정도의 차이만 있을 뿐이다. 인대와 근육이 파열된 것을 심으로 박았다. 칼을 쥐면 더하고, 칼을 놓으면 서서히 좋아졌다. 의사는 심리적인 것일 수도 있다고 했다. 그래서 팔이 시키는 대로 했다. 산으로 바다로 낡은 차를 몰고 돌아다녔다. 돈이 필요하면 근처 식육식당에 들어가 짧게 일을 했다. 어쩌면 이 나이에도 칼을 놓지 못한 것은, 내 곁에서 세상 모르고 자고 있는 혁을 기다린 것인지도 모른다.

몸부림이 심해 이불을 끌어와 덮어준다. 잠든 혁의 얼굴에서 가끔 내 모습이 보일 때가 있다. 해병대 수료식 얘기를 할 때는 잊고 있었던 그날의 쓸쓸함을 떠오르게 했다. 나 역시 아무도 오지 않은 수료식이었다. 그 시절에는 식당도 없어 부모님이 가져온 도시락으로 점심을 때워야 했다. 부모가 오지 않은 군인들은 동기의 부모님이 싸온 도시락을 얻어먹어야 했다. 부끄러움을 무릅쓰고 옆 동기 가족의 점심 자리에 끼여 체하듯이 점심을 먹은 기억이 났다.

그래도 낯선 이의 포옹을 말할 때, 혁은 나보다 나은 삶을 살 것 같았다. 누군가와 따뜻한 온기를 나누고, 그 따뜻함을 느낀 마음이 있다는 것은 사랑이 있는 사람으로 살아갈 수 있기 때문이다.

　잠꼬대하는 혁을 물끄러미 바라본다. 시절인연처럼 찾아온 녀석이다. 앞으로 얼마 동안 혁을 데리고 있을지는 모르겠지만 있는 만큼은 마음껏 욕심을 부려보고 싶다. 나의 욕심은 내 작업용 가방을 혁에게 물려주는 것이다.

# 6. 육의 꽃을 만드는 자

　　삼촌 후배 박 사장의 정육점은 진주혁신도시에 있었다. 수많은 공기업 빌딩과 산뜻한 아파트와 개성 있는 주택들이 구역별로 단정하게 자리잡기 시작한 신도시였다. 차를 공터에 세우고 삼촌을 따라 정육점으로 향했다. 나이스정육점은 메이커 아파트들 사이에 위치한 5층짜리 상가 1층이었다. 1층 전체를 사용하는지 규모가 상당했다. 다른 상가는 아직 입주 전인데도 유독 정육점만 눈에 띄는 게 규모만 크고 실속은 없는 게 아닌가 싶었지만 삼촌이 인정한 집이다. 섣불리 의심의 마음을 가지는 건 첫 출근하는 자가 가져야 할 예의가 아닌 것 같아 조심스레 의심의 마음을 접었다.

　　도로 건너편에서 바라보니 아파트들이 정육점이 있는 상가를 에워싸고 있었다. 더구나 아파트 출구들이 모두 통과하는 사차선 도로가였다.

"대박이네."

어설픈 풋내기가 봐도 위치 하나는 끝내줬다. 이곳은 신도시 지역이라 주로 공기업 직원들과 근처 사천공단에 근무하는 주민들이 대부분이다. 식육식당이면 중심 지역에 있겠지만 정육점은 아파트와 주택단지를 낀 상가 지역이 유리하다. 곧 식당이나 카페가 들어와 상가가 활성화되면 앞으로가 더욱 기대되는 곳이었다.

정육점은 외관부터가 눈에 확, 띄었다. 한마디로 위압적이었다. 커다란 간판과 바람에 펄럭거리는 플래카드와 유리창에 붙여진 선전 문구까지, 온통 붉은 고기로 도배되어 있는 게 이름처럼 나이스했나.

삼촌은 집에서부터 오는 내내 박 사장을 칭찬했다.

"잘되는 집은 다 이유가 있다. 오늘 겪어보면 알겠지만 박 사장은 먹거리에 대해서는 철저한 사람이다."

"타고났는가 보죠?"

삼촌의 말에 좀 삐딱하게 대꾸했다.

"장사 수완 가지고 태어나는 사람이 어디에 있어?"

삼촌은 지금 세상 물정 모르는 철없는 자식에게 하나씩 알려주듯이 심각했다.

"여러 모로 배울 게 많은 집이다."

"근데, 박 사장은 어떻게 알게 됐어요?"

진짜 궁금해서 물었다.

"내가 식육식당 할 때 찾아왔더군. 일을 배우고 싶다기에 태도가 반듯해서 한번 해보라고 기회를 줬지. 얼마나 버티나보려는 마음도 있었지만. 근데 힘든 일을 시켜도 싫은 내색을 안 하더군. 작업을 할 때는 살갑게 대해주지 못했는데도 늘 근무 태도가 좋았어. 힘든 일을 마친 다음 날도 어김없이 제 시간에 도착해서 작업 준비까지 해놓더군. 하나를 보면 열을 알아. 될성부른 나무는 떡잎부터 보인다더니 박 사장이 딱 그런 사람이다."

박 사장은 삼촌 밑에서 꾸준히 일을 배운 뒤, 월급쟁이 정형사를 거쳐 지금의 혁신도시에 정육점을 낼 수 있었다. 삼촌은 처음 일 년 동안은 상주하다시피했지만 지금은 바쁜 명절 때나 매달 박 사장이 부를 때만 찾는다고 했다.

"너도, 박 사장처럼만 하면 내가 더 이상 바랄 게 없겠다."

삼촌의 당부가 조금 부담스럽지만 그만큼 나를 아낀다는 뜻으로 들렸다.

"삼촌, 그냥 박 사장 집에서 고정적으로 일하면 안 돼요?"

삼촌이 힘들게 합천 삼가의 식육식당과 이곳저곳을 다니며 작업하는 것이 안타까워서 제안한 것이다.

"쓸데없는 소리!"

삼촌은 딱 잘라 말했다. 예의를 지키라는 것이다. 후배가 클 수 있도록, 부담을 주지 않는 것이 선배라는 것이다. 지금 내게도 해당되는 말이었다. 배울 수 있는 것은 알려줄 수는 있다. 그것을 가지고 자신의 것으로 만들어가는 것은 본인 몫이라는 것이다. 이런저런 생각이 뒤엉키자 머리가 복잡해졌다. 생각을 비우려고 고개를 들자 삼촌은 벌써 횡단보도를 건너가고 있었다. 잔소리 듣기 전에 얼른, 삼촌 뒤를 따라갔다.

정육점 문을 열고 들어서자, 여덟 시 전인데도 직원들이 바삐 움직이고 있었다. 삼촌은 카운터로 가서 사장을 찾았다.

"사장님, 지금 냉동창고에 가셨어요."

젊은 아가씨가 반갑게 맞아주었다. 삼촌은 내게 소개를 시켜줬다.

"아, 여기는 박 사장 동생이며 매장 총괄담당인 박여름 씨, 서로 인사나 하지."

"반갑습니다. 초보 기사 김혁입니다."

초보 기사라는 말에, 여름 씨가 여름날의 녹음처럼 싱그럽게 웃음을 터트렸다. 젊은 아가씨가 이렇게 큰 매장을 책임지는 게 당차고 멋지게 보였다. 예쁜 여름 씨가 건네주는 커피를 마시고 있자 젊은 남자가 박스를 들고 매장으로 들어서며 삼촌에게 깍듯하게 인사를 했다.

"반장님, 오셨습니까?"

박 사장이었다. 젊은 나이에 이런 매장을 운영하는 사람이라면 도대체 우리와 어떤 차이점이 있을까, 궁금했는데 그냥 이웃에서 마주치는 형 같은 인상이었다. 누가 저 사람을 하루 매상 일천만 원씩 찍는 사장으로 볼까? 슬쩍, 유리창에 비친 내 얼굴을 훔쳐봤다. 자신도 평범했다. 뭔지는 모르겠지만 조금 용기가 생기는 것 같았다.

"박 사장, 이 친구 일 한번 시켜봐보게."

"김혁입니다. 잘 부탁드립니다."

"만나서 반갑습니다. 박대석입니다."

악수하는 손에서 힘이 느껴졌다. 마주 보는 눈빛이 목소리만 큼이나 진중하고 차분했다. 삼촌이 입에 침이 마르도록 칭찬할 만한 이유를 그 순간, 알아챘다. 얼굴은 평범했지만 결코 평범하지 않다는 것을. 한마디로 아우라라고 할까? 어떤 단단한 기운이 느껴졌다. 내공이 깊다는 게 이런 것인가?

"반장님이 추천하는 사람이라면 믿어야죠."

박 사장은 요즘 젊은 친구들은 폼나는 것을 중시하는지 겉멋에만 치중한다며, 조금 일을 한다 싶으면 그만두곤 해서 직원을 잘 채용하지 않는다고 했다. 왠지 나를 향한 경고 같았다.

"이 친구는 믿고 알려주어도 되네. 필요할 때 연락하게."

박 사장이 염려하는 것이 무엇인지 알 것 같았다. 자신도 스스로 경계해야 할 부분이었다.

"보시다시피 저희 가게 직원은 모두 청춘들입니다. 나름대로 자기 사업을 꿈꾸는 친구들이죠. 한번 잘해봅시다."

"네, 열심히 하겠습니다."

자신 있게 대답했다. 내 자신의 성장도 중요하지만 삼촌의 믿음과 기대를 저버리지 않도록 정말 열심히 배우고 싶었다.

"박 사장, 이번 작업은 어떻게 되는가?"

"작업실에 가시면 게시판에 적혀 있습니다. 이번에도 일주일 넘도록 꼬박, 수고해주셔야겠습니다."

삼촌은 가방을 들고 작업실 쪽으로 향했다. 삼촌은 매달 일주일에서 이 주일 정도는 박 사장 집의 일을 돕는 것 같았다. 삼촌의 형편을 아는 박 사장과 박 사장의 바쁜 사정을 아는 서로의 이해와 애정이 만들어낸 아름다운 거래로 보였다.

사장을 따라 밀키트를 만드는 가공반으로 향했다. 대충 머릿속으로 그려보니 판매하는 매장을 중심으로 왼쪽은 지육을 발골하고 성형하는 작업실이고, 오른쪽은 밀키트 위주로 가공하는 곳이었다. 매장에는 여름 씨를 포함해서 두 명의 직원이 보이는데 근무하는 식원들이 많은 것으로 봐서 업무량도 장난 아닐 것 같았다. 좀 전에 매장을 둘러볼 때, 비어 있는 커다란 진열 냉장고와 오픈 쇼케이스 전체가 밀키트 제품이 놓일 자리 같았다. 대충 계산해봐도 판매량이 상당해 보였다. 양념갈비와 불고기, 밀푀유나베와 돈마호크, 곰국과 참나무 숯불에 익힌 삼겹살이 놓일 자리라고, 안내 표시만 봐도 짐작할 수 있었다.

아무래도 박 사장이 지역의 흐름을 잘 읽은 것 같았다. 혁신도시의 특성상 젊은 사람들이 많은 곳이다. 원룸이나 오피스텔에서 생활하는 젊은이들이 많다면 간편하게 포장된 음식들이 매상을 올리기엔 효자 상품이다. 그렇다면 삼촌이 입에 침이 마르도록 칭찬하는 박 사장의 제품들은 도대체 어떻게 만들어지는지가 궁금했다.

박 사장을 따라 작업장 문을 열고 들어서자 작업이 한창이었다. 가공실장은 직원과 함께 싱크대에서 바쁘게 야채를 손질하고 있었다. 배추와 숙주, 깻잎의 양이 커다란 대소쿠리로 세 소쿠리가 넘었다. 박 사장은 바로 실장에게 뭔가를 지시하고는 곧바로 나가버렸다.

실장은 오늘 만들어야 할 나베가 정확히 백 개라고 했다. 실장이 시키는 대로 위생모자와 마스크를 하고, 손을 씻은 뒤 작업에 합류했다. 시범으로 보여준 대로 깨끗하게 씻은 야채들의 물기를 건조기에서 뺀 뒤, 넓은 도마에 배추를 깔고, 얇게 썬 차돌박이와 깻잎을 차례대로 두툼하게 얹었다. 시범을 보여주는 대로 손마디 두께 정도로 잘랐다. 둥근 일회용 용기 바닥에 성성한 숙주를 깔고, 잘라둔 재료들을 꽃잎처럼 돌려가며 빼곡하게 통을 채워나갔다. 그리고 화룡정점처럼 손질한 표고버섯을 중앙에 놓고 뚜껑을 닫으면 완성이었다.

위생장갑을 낀 손이 둔한 것인지, 처음 해보는 것이어서인지는 몰라도 손이 뜻대로 움직여지지가 않았다. 가공실장과 직원이 만드는 나베는 물오른 꽃처럼 통 안에서 화사하게 피어나는데, 내가 만드는 통은 떨어져 나간 꽃잎처럼 엉성했다. 눈치껏, 빈 곳을 채우니 그럭저럭 봐줄 만했다. 속도를 내어 작업에 집중했다. 소스와 육수까지 챙겨 팩을 포장하느라 몇 시간을 보냈다. 들어가는 재료들이 하나같이 성성해서 집에 갈 때, 한 통 사가고 싶을 만큼 욕심이 났다.

나베 작업이 끝나자 휴게실에서 돼지고기 두루치기로 이른 점심을 먹었다. 삼촌은 보이지 않았다. 돌아가면서 식사를 하는지 가공반이 먼저 먹었다. 다들 힘을 쓰는 일이라서인지 직원들의 덩치가 장난이 아니었다. 다들 바쁜 와중에도 지육봉에 턱걸이 정도는 가뿐하게 하는 걸로 봐서 자기 관리를 철저히 하는 것 같았다. 그래야 견딜 수 있는 일이기도 했다.

　점심을 먹고 잠시 휴식을 취한 뒤, 가공반은 곧바로 다음 작업을 이어갔다. 냉동된 우둔살덩어리를 가져다놓고, 실장은 세절기에 넣는 방법을 알려줬다. 육회를 만들기 위해서였다. 손으로 일일이 칼질을 할 줄 알았는데 세절기를 이용하고 있었다. 하기 저 많은 육회를 손으로 작업을 한다면 며칠 만에 손목이 작살날 것이다. 가늘되 가늘지 않게 정확한 두께로 썰어져 나온 고기를 그램 수에 맞게 포장하는 작업이었다.

　육회용 우둔살은 냉동된 상태도 좋았지만 고기의 빛깔은 영롱하게 빛날 정도였다. 계란 노른자와 섞으면 한 팩 정도는 가볍게 해치울 정도로 맛깔스럽게 보였다. 생각만으로도 침이 꼴까닥, 넘어갔다. 세절기 덕분인지 빠르게 작업이 이어졌다. 뭉텅이 육고기가 세절기에서 붉은 꽃잎처럼 자잘하게 떨어져 내렸다. 사람의 온기가 조금이라도 덜 닿게 면장갑을 낀 뒤, 그 위에 비닐장갑을 또 꼈다. 비닐장갑을 낀 손으로 살코기를 한 움큼 쥔 뒤, 포장용기에 담아보니 200그램이었다. 몇 시간 동안 지겹도록 반복 작업을 했다.

다음 작업은 스테이크 작업이다. 요즘 유행인 캠핑문화 덕분인지 양이 상당했다. 토마호크와 돈마호크는 소나 돼지의 뼈 등심 부위를 이용하며, 손도끼 모양으로 잘라져 있는 게 특징이다. 토마호크는 소고기 부위 중에서 꽃갈비와 꽃등심, 새우살을 동시에 즐길 수 있지만 가격이 만만치가 않다. 돈마호크는 돼지의 등심이나 등갈비, 삼겹살과 가브리살이 포함된 서민들이 즐겨 먹는 부위여서인지, 오늘 만들어야 할 숫자가 토마호크보다 훨씬 많았다.

스테이크는 부드러움을 살리는 게 포인트다. 도장을 찍듯이 작은 손절기로 결의 틈새를 두드린 뒤, 소금과 후추로 양념을 하고 진공 포장지에 넣으면 끝이다. 유통기한을 늘릴 수 있는 수축 진공지에 스테이크를 넣은 뒤, 공기를 빼자 모양이 정말 손도끼처럼 잡혔다. 곧 주말이니 오후 작업으로 돈마호크를 백 개 정도는 만들어야 한다며, 실장은 빠르게 작업을 독촉했다. 작업은 쉴 새 없이 이어졌다. 같이 일하는 직원과 번갈아가며 매장으로 포장된 제품을 가져다 나르는데도 진열 냉장고를 채우기에는 역부족이었다. 밀키트 가공실 게시판에는 오늘 작업을 해야 할 제품과 숫자가 차례대로 적혀 있었다. 노가다가 달리 노가다가 아니었다. 집에 가서 돈마호크를 바싹하게 구워, 소주 한잔 하고 싶은 생각이 간절해졌다.

스테이크 작업이 끝나자 곧바로 바비큐 준비를 했다. 실장은 청결을 유지해야 한다는 이유로 제품이 바뀔 때마다 새 장갑을 내밀었다. 사용하는 도마와 칼도 종류마다 달랐다. 귀찮을 만큼 철저하게 위생을 지켰다. 두툼하게 잘린 통삼겹살이 작업실에서 계속 날라져왔다. 이번에 할 작업은 참나무 통구이였다. 먼저 소금과 후추로 고기 표면에 꼼꼼하게 밑간을 한 뒤, 손으로 양념이 잘 스며들게 두드렸다. 양념된 통삼겹살은 넓은 트라이에 담아 참나무가 타고 있는 오븐에서 이십 분 정도 익혀 내는 작업이었다. 삼겹살을 오븐에 넣자마자 익어가는 냄새가 식욕을 자극했다. 반복 작업에 지쳤는지 체력이 금방 바닥나는 것 같았다. 피로가 밀려들자 커피 생각이 간절했다. 삼촌이 커피를 물처럼 들이키는 이유를 이제야 알 것 같았다.

시간에 맞춰 알맞게 구워져나온 통삼겹살은 겉면은 바싹하고, 안은 촉촉하게 수분을 머금었다. 손님은 도마에 적당한 두께로 썬 뒤, 살짝 굽기만 하면 된다. 밀키트 제품마다 들어가는 정성이 보통 정성이 아니었다. 삼촌 말대로 진심으로 먹거리를 대하는 것이 느껴졌다.

여태 반찬가게에서 미역국이나 마른반찬 정도의 음식을 사먹거나 편의점에서 도시락으로 끼니를 때우는 수준에서 본다면, 이건 진짜 고급 요리였다. 삼촌이 박 사장을 칭찬하는 이유를 인정하지 않을 수가 없었다. 통삼겹살이 익는 동안, 잠시 휴식을 취하고 있는데 같이 일한 직원이 말을 걸어왔다.

"오늘, 처음 왔어요?"

"네. 김혁입니다. 잘 부탁드립니다."

"저도 잘 부탁합니다. 김기영입니다."

옆자리의 동료와 인사를 나눌 사이도 없이 일을 했기에 늦은 감은 있어도 인사를 나눴다. 동료는 이곳에서 일한 지는 육 개월 정도 되었고 나이는 나보다 네 살 위의 형이었다. 지방의 국립대학을 나와 9급 공무원으로 근무하다 그만두고 여기서 일을 배우고 있다고 했다.

뭐, 공무원을 그만뒀다고? 깜짝 놀랐다. 안정된 직장이라고, 얼마나 많은 청춘들이 선호하는 직장인가. 고등학교 동기인 혜인과 몇몇 친구들도 몇 년째 공부하고 있는 것으로 안다. 적성이 맞지 않는 것은 알겠지만 도무지 이해가 되지 않았다.

"저 같은 사람은 꿈도 꿀 수 없는 공무원을 왜, 그만뒀어요?"

"모두의 꿈이 나의 꿈이 아니잖아요."

알긴 알겠는데 그래도 납득이 되지 않았다. 우리 사회가 경쟁 사회인 것은 맞다. 그래도 그렇지? 도대체 어떤 계기가 있었기에 쉽지 않은 결정을 내렸는지 진짜 궁금했다.

"공무원 되려면 엄청나게 오래 공부했을 것 아니에요? 그 많은 시간과 돈이 아깝지 않았어요?"

"내가 생각했던 거랑 다르더라고요. 경직된 작은 사회 같다고나 할까? 한마디로 성취 욕구를 느낄 수 있는 구조가 아니라는 거죠. 그냥, 나란 인간이 공무원 조직과 맞지 않다는 것을 알게 된 것이 소득이라면 소득이죠."

"그래도 부모님이 계신다면 식육업계에 뛰어들기가 쉽지 않았을 텐데요."

이 부분이 정말 궁금했다. 흥미와 적성을 최우선으로 생각하더라도 결국 주위의 시선과 부모의 눈높이에 맞는 직장을 구해야 한다는 게 젊은이들을 힘들게 하는 부분이다.

"아직 부모님한테는 알리지 못했어요. 친구나 동기들만 봐도 놀면 놀았지 힘든 일이나 시시한 일은 시도 자체를 안 하려고 하죠. 저는 아마도 돈키호테 같은 놈이거나 꼴통인 거죠."

언론이나 매체를 통해 알고는 있었다. 중소기업과 중견기업은 외면한 채, 오로지 대기업이나 공기업에 들어가기 위해 대학을 졸업하고도 이런저런 시험에만 매달리는 청년들이 수두룩하다는 뉴스를 자주 접하기 때문이다.

"그렇다면 이곳의 일은 도전할 만한 가치가 있다는 건가요?"

"저는 그렇게 믿고 있어요. 이곳에서 일하는 직원이 열 명인데 다들 목적이 있어 왔지만 정말 열심히들 하거든요. 사장님이 솔선수범하시니까 자연스레 따를 수밖에 없기도 하고요. 지금의 노력은 미래의 나를 위한 투자로 보니까 내 일처럼 하는 거죠."

"아, 형. 말 놓으세요. 불편해요."

"그래? 그렇다면 동생이라고 생각할게."

"형은 그러면 앞으로 밀키트 매장을 열고 싶다는 거네요."

"현재로서는 그렇지만 아직 뚜렷하게 정해진 것은 없어. 혁은?"

"저는 외삼촌이 마장동에서 식육식당을 해서인지는 모르겠지만, 어릴 적부터 봐온 발골이 배우고 싶더라고요."

"마장동에 친척이 있다고? 그러면 육수저잖아?"

"육수저요?"

놀라서 되물었다. 금수저는 알아도 육수저라니? 처음 들어보는 말이지만 귀에 쏙 들어왔다. 웃자고 한 말이어서 기분은 나쁘지 않았다. 몇 달 전, 마장동에 들어섰을 때 젊은 정형사들을 보며 조바심에 마음을 졸였었다. 그건 욕심에서 시작된 초조감이었다. 하고 싶은 목표가 있다면 어떤 조건에서라도 조바심낼 필요가 없다는 것을, 기영 형을 통해 알 수 있었다.

통삼겹살 작업이 마무리되자 곰탕 포장이 기다리고 있었다. 저녁 장사를 위해 빨리 움직여야 했다. 어제부터 잡뼈와 사골뼈를 넣어 뭉근하게 끓인 육수와 수육용으로 삶은 고기를 둥근 일회용 용기에 담아내면 되었다. 커다란 들통 두 개 분량이었다. 국물도 뽀얗고 고명으로 들어가는 고기도 큼직했다. 뭐, 하나 흠잡을 게 없는 재료들이었다. 박 사장은 처음부터 이렇게 밀키트 제품이 대박날 것을 예상하고 만들었는지 궁금했다.

"형, 여기 처음부터 대박집이었어요?"

"나도 궁금해서 물어봤더니 처음엔 손님이 없었다고 하더라고. 사장님이 SNS를 활용해 회원들을 유치하는 노력을 엄청했다더군. 고기가 들어오는 날에는 특별 이벤트도 만들고, 밀키트 제품도 하나씩 추가하면서 오늘날 하루 매출 일천만 원을 찍는 나이스정육점이 탄생한 것이지."

와우, 탄성이 절로 나왔다. 사장은 아무나 하는 게 아니라는 말이 실감났다.

"근데, 어떻게 이 집에서 일하게 되었어요? 직원을 잘 뽑지 않는다는데요?"

"내가 공무원 때려치운 날이었지. 이 집에 와서 포장 고기를 사 갔거든. 기분이 꿀꿀해서 술 한잔하려고. 고기를 구워 먹는데 진짜 맛있더라고. 다음날, 또 이것저것 사 가서 해먹었지. 먹고 있는데 갑자기 벼락같은 계시가 오더라고."

"어떤 계시가요?"

궁금했다. 기영 형은 도대체 어떤 계시를 받았을까? 손은 빠르게 수육과 곰탕을 담으면서 형의 말에 귀를 기울였다.

"바로 이거다. 앞으로 내가 해야 할 일이 이것이다, 싶더라고. 그래서 그날 저녁에 바로 사장님 찾아뵙고 말씀드렸지. 여기서 일하고 싶다고. 저번 주에 공무원 때려치운 백수다. 여기서 먹은 밀키트 제품 먹고 결정했다고 하니 사장님이 그러더라고?"

"뭐라고요?"

"그러면 한번 배워보라고, 하는데. 와, 그때 눈물이 다 나오더라고. 거절할 줄 알았거든."

자신의 꿈을 찾기 위해 사표를 낸 결단력도 용기지만 하고자 하는 일을 찾아 도전하는 것도 용기다. 자신의 미래를 위해 과감하게 결정을 내리는 기영 형이 정말 달리 보였다.

"그런 아름다운 입사 스토리가 있었군요."

"혁은 처음부터 발골사가 꿈이었어?"

"그런 것 같아요. 일식 요리를 하다가 때려치우고, 지금은 삼촌을 따라다니고 있죠."

"친 삼촌이야?"

"우리 외삼촌 친구여서 어릴 적부터 그렇게 불렀어요. 박 사장이 우리 삼촌에게 배운 수제자잖아요."

"와, 진짜 육수저 맞네."

웃음이 빵 터졌다. 일하면서 이렇게 크게 웃어보기는 처음이다.

"원, 웃음소리야? 작업할 때는 집중하라고!"

실장이 들어와서 나무랐다. 우리가 만들어놓은 물량을 체크하더니 모두 매장으로 가져다놓도록 지시했다. 그리고는 택배 물품내역서를 기영 형에게 내밀었다. 곧 택배기사가 실어갈 것이라며 작업을 독촉해서 박스 포장하는 손놀림을 더 빠르게 움직였다. 전국으로 배달까지 하다니, 정말 장난 아니구나 싶었다. 명절엔 아르바이트생을 열 명이나 쓴다는 게 충분히 이해가 됐다. 매장에는 벌써 장을 보러 나온 주부들이 보였다.

택배 포장 작업이 끝나자마자 내일 나가야 할 선물 포장이 있다고, 실장이 알려줬다. 포장 작업을 돕기 위해 삼촌이 있는 작업실로 향했다. 기영 형과 창고에서 고기를 담을 나무트라이와 디스플레이할 스티커랑 플라스틱 꽃까지 챙겼다.

"삼촌, 오늘 약 드셨어요?"

삼촌은 고기를 다듬느라 우리가 들어온 것도 모르고, 성형 작업에만 몰두하고 있었다. 작업대에 트라이를 올리자 힐끗, 한번 쳐다보고는 칼질만 계속할 뿐이다.

삼촌의 작업을 돕던 박 사장은 선물 포장하는 법을 시범적으로 보여줬다. 삼촌이 성형한 구이용 소고기를 종류별로 나무 트라이에 담아내는 것인데 먼저 눈이 화려해지는 게 포인트라고 설명했다. 보기 좋게 모양을 잘 꾸며야 한다며 주의를 줬다.

선물 포장은 네모난 트라이에 비닐랩을 팽팽하게 깔고, 그 위에 살치살과 꽃등심, 부챗살과 안심 등 구이 위주의 마블링이 좋은 고기들을 차례대로 데커레이션하는 작업이었다. 한 점 정도로 잘리진 살치살을 비닐 포장지에 잘 싸서 차례대로 놓은 뒤, 긴 나무젓가락을 가지런히 옆에 놓았다. 젓가락을 맞추는 것은 간격과 종류별 고기를 구분하기 위해서였다. 작업에 들어가자 바쁜 마음과는 다르게 손놀림이 굼떴다.

"비닐에 구멍을 꼭 뚫어야 됩니다. 그래야 핏물이 고이지 않거든요."

작은 핀셋으로 비닐 포장지의 구멍을 뚫은 뒤, 선을 따라 고기를 차례대로 놓았다.

"선물 포장은 눈으로 먼저 먹고, 두 번째는 느낌으로 먹습니다. 보는 순간, 입안에 군침이 돌 수 있도록 오밀조밀하게 잘 진열해야 됩니다."

박 사장의 나무트라이는 손놀림 몇 번에 잘 꾸민 꽃밭같이 화사해졌다. 마지막으로 비어 있는 공간을 가리키며 말했다.
"안심으로 꽃을 만드는 게 선물 포장의 핵심입니다."
박 사장은 손놀림도 경쾌하게 짙은 색의 안심으로 꽃을 만든 중앙에 살짝 꽂았다. 활짝 핀 꽃봉오리들을 차례대로 놓자 트라이 전체가 장미꽃밭처럼 화사해졌다. 붉은 고기가 꽃송이가 되는 과정을 눈으로 보고도 믿기지 않았다. 박 사장은 더듬거리는 우리를 위해 한번 더 시범을 보여줬다. 먼저 썰어놓은 안심 네 점을 겹친 뒤에 돌돌 말았다. 중간쯤에 알루미늄 호일을 잘게 잘라 흩어지지 않도록 묶어준 뒤, 윗부분을 잡고 손끝으로 바깥을 향해 조금씩 젖혀주자 꽃 모양이 나왔다. 네 개의 꽃송이를 중앙에 배치하는 것으로 한우 1등급 선물 포장은 완성되었다.

마블링이 최상급인 소고기로 채워진 선물세트는 환상적이었다. 이런 선물을 받으면 기분이 남다를 것 같았다. 어릴 적, 딱 한 번 어린이날에 과자 선물세트를 받은 기분을 떠오르게 했다. 감동을 주는 선물을 생각하며 작업에 임하면 될 것 같았다.

박 사장은 시범만 보여주고는 또 바쁜 듯이 나갔다. 여기저기 곳곳에 그의 손길이 기다리고 있었다. 기영 형과 둘이서 선물 포장에 매달렸다. 금액에 따라서 포장되는 고기 품목도 다르기에 신경을 바짝 써야 했다. 삼촌이 작업해놓은 고기를 한 점씩 비닐 포장지에 싸서 구멍을 내고 돌돌 말아 채우는 일은 그럭저럭하겠는데, 중앙에 꽃송이를 만드는 게 쉽지 않았다. 힘보다 섬세함을 요구하는 작업이었다. 옆에서 지켜보던 삼촌이 답답해 보였는지 시범을 보여줬다.

"손에 힘을 빼고 부드럽게 젖혀야 모양이 잡힌다."

이론은 알겠는데 고기와 손끝이 따로 놀았다. 무딘 손이 고기를 주물럭거리는 꼴이었다. 끈을 조금 더 밑에 묶어보라고 해서, 시키는 대로 했더니 그제야 꽃 모양이 갖춰졌다. 꽃이 완성되자 조금씩 손길이 안정되었다. 몇 시간 동안 애를 쓰며 완성한 선물세트는 화사한 꽃밭을 뚝 떼서, 가져다놓은 것 같았다. 선물을 받는다면 누구든지 만족할 최고급 일등급 한우 선물세트였다. 내가 만들어놓고도 믿기지 않아서 선물세트를 홀린 듯이 바라봤다.

선물 포장을 끝마치고 나니 퇴근시간이었다. 정직원은 아직 멀었지만 삼촌과 나는 아르바이트이니 여섯 시에 퇴근했다. 퇴근하면서 보니 그 많던 스테이크나 나베는 흔적도 없이 사라졌고 곰국만 몇 개 남아 있었다.

"그래, 할 만하냐?"

차에 앉자마자 삼촌이 물었다.

"와, 대박인데요. 장사할 맛이 절로 나겠어요."

"힘들진 않고?"

"네. 장사가 잘되는 집이라서 그런지 힘은 들어도 기분은 좋은데요. 이런 기분에 다들 장사하나봐요. 삼촌은요?"

"내 걱정할 필요 없다."

무뚝뚝하게 삼촌이 말했다.

"삼촌이 왜, 박 사장 칭찬을 하는지 알겠더라고요."

"폼잡는 사장이 아니라고 했잖아."

"근데 삼촌, 오늘 일을 빡세게 해서 그런지 배가 무지하게 고픈데요."

정말이다. 배에서 시끄러운 소리가 아까부터 계속 났다.

"그러면 저녁을 먹고 들어가자."

"어디로 모실까요?"

"'삼부옥'으로 가자. 그 집 고기가 좋거든."

차가 혁신도시와 구도심을 잇는 김시민대교를 지나 남강변을 따라 달리자 서쪽 하늘에 노을이 붉게 물들고 있었다. 노을빛에 반짝이는 강물이 너무나 아름다웠다.

"삼촌, 진주는 논개의 도시 맞죠? 조용하니 살기 좋은 도시 같아요."

"그래, 진주는 충절의 도시다. 그리고 발골사라면 이 도시를 꼭 기억해야 한다. 이 강변을 따라 계속 올라가면 형평운동기념탑이 있다. 진주 백정들이 신분 해방을 위해 저항한 것을 기념한 탑이다. 차별에 저항한 그들의 정신을, 나는 진주에 올 때마다 느낀다."

"네에? 진주가 그런 도시였어요?"

정말 깜짝 놀랄 정보였다. 그가 배운 상식으로는 조용한 교육도시인 줄만 알았는데, 백정들이 자유와 평등을 위해 저항한 도시였다는 게 듣고도 믿기지 않았다.

"형평운동이 진주에서 시작되어 전국으로 퍼졌기에, 그나마 우리가 수월하게 일을 할 수 있었는지도 모른다."

"그 시절엔 차별과 편견이 엄청 심했겠죠?"

"오죽하면 '사람 위에 사람 없고, 사람 아래 사람 없다'라는 인권운동이 일어났겠냐? 갑오개혁으로 신분제도가 없어져도 백정은 최하위 계급이었으니 얼마나 힘든 삶을 살았는지 지금으로서는 짐작도 할 수 없지. 그래도 깨어 있는 분들이 있었기에 형평운동이 일어난 거지. 진주는 그때나 지금이나 깨어 있는 어른들이 많은 도시다."

오늘 처음으로 삼촌을 통해 진주에서 일어난 형평운동을 알게 되있나. 백 년의 세월이 흘러도 아직도 우리 사회엔 형평운동이 일어나야 할 부분이 곳곳에 있다. 정의를 위해 늘 깨어 있으라는 말의 뜻을 조금은 알 것 같았다. 기술만 배우는 게 전부가 아니었다. 내가 칼을 잡은 이상 형평운동의 역사를 정확히 알아야 했다. 그래야만 나의 길, 발골사의 정체성을 잃지 않을 것 같았다.

일반 백성과 백정들이 처음으로 같은 교회에서 예배를 봤다는 진주교회와 그들의 집단 거주지였던 옥봉동과 형평운동기념탑을 삼촌을 모시고 꼭 한번 둘러보고 싶어졌다. 몸은 고단했지만 정신은 또렷해졌다. 아는 만큼 보인다는 말은 자신을 두고 하는 말이었다. 진주에 오지 않았다면 발골사의 역사를 알 수 없었을 것이다.

갑자기 발골사의 역사가 깃든 이 도시가 다정하고도 따뜻하게 다가왔다.

"노을, 참 좋다."

남강을 물들이는 노을을 보며 삼촌이 혼잣말인 듯이 중얼거렸다. 그 말 속에는 축축한 얼룩이 묻어 있었다. 지나가는 말이라도 삼촌의 말은 그냥 넘길 수가 없었다. 삼촌의 마음이 어떤지 바로 와닿았다. 이럴 땐 농담이라도 던져야 퍼져나가는 얼룩에서 벗어날 수가 있다.

"삼촌도 저 노을처럼 잘 물들고 있다고요. 저랑 같이 있으니까요."

"그러냐?"

삼촌은 조금 웃었다. 혼자 지내는 삶에서 같이 사는 삶이 얼마나 따뜻한 것인지 노을이 알려주는 것 같았다. 지금처럼만 살 수 있으면 된다. 더 이상 바라는 것은 욕심이니까. 그나저나 배가 정말 고팠다. 배에서 꼬로록, 소리가 계속 났다.

국도를 삼십 분 정도 달려 도착한 고깃집은 슬레이트 촌집이었다. 오래된 동네 버스정류장 건너편에 있었다. 가게 이름은 삼부옥. 문 위에 걸려 있는 간판은 낡아서인지 글씨체만 겨우 알아볼 수 있었다. 가게 문도 삐딱하니 낡아보이는 게 한 백 년은 넘은 집 같았다. 덜컹거리는 유리문을 열고 들어서자 살림집을 식당으로 만든 듯, 두 개의 방과 다섯 개의 테이블이 전부였다. 그런데 의외로 손님들이 테이블마다 꽉 차 있었다. 화장실 쪽의 비어 있는 이인용 테이블에 겨우 앉을 수 있었다. 어라, 싶었다. 단골들만 아는 노포 맛집이었다. 꾸밈하고는 거리가 멀어도 한참 먼 식당치고는 좀 하는 집 같았다.

자리에 앉아 둘러보니 밖이나 식당 안이나 낡고 촌스러운 건 마찬가지였다. 벽면에 발라져 있는 페인트의 색깔은 바래질 대로 바랬고, 주방 벽면엔 깨진 초록색 타일이 얼룩덜룩 붙어 있었다. 나무 기둥에 붙어 있는 낡은 선풍기는 이미 지친 것 같고, 검은 기름때에 절은 환풍기만 기를 쓰고 돌고 있었다. 식당 분위기로 봐서는 그다지 입맛 당기는 집은 아니었다. 화장실에 다녀와 자리에 앉자 익숙한 목소리가 들렸다.

"아저씨, 오셨어요?"

아랫집 하나가 앞치마를 두르고 서빙을 하고 있었다.

"너, 여기서 일해?"

반가움에 불쑥, 튀어나온 말이었다.

"일 다녀오는 길이세요?"

하나는 사람 민망하게 삼촌에게만 인사를 했다.

"오늘은 어떤 고기가 좋을까?"

"목살이 좋아요. 소주는요?"

"고생했으니 한잔 해야지."

"멀리 다녀오세요?"

"오늘 진주까지 가서 작업했으니 진짜 맛있는 부위 주세요. 하나 씨?"

진심이었다. 허기에 지쳐 반찬으로 주는 꼬막 껍데기도 씹어 삼킬 것만 같았다. 밑반찬으로 나온 열무김치와 콩나물무침과 두부구이를 허겁지겁 집어먹었다. 하나같이 맛깔스러웠다. 의외였다. 집 꼴로 봐서는 전혀 아닌데, 반찬 하나하나가 혀에 착착 감겼다. 벽에 적혀 있는 메뉴판에는 소고기도 보이고, 삼겹살과 뒷고기 등 부위별로 이것저것 다 있었다.

"원하는 대로 주는 고깃집인가요?"

"이 집은 식육식당이라 소, 돼지 구분이 없어."

오늘은 확실히 돼지 목살이 좋은 모양이다. 옆 테이블에서 두툼한 목살을 굽고 있는데 풍기는 냄새가 이미 맛을 증명하고 있었다. 특수부위는 이미 절판이었다. 세련하고는 거리는 멀어도 맛집인 것은 확실한 것 같았다. 주방에서는 주인으로 보이는 나이든 남자가 고기를 손질하고, 서빙을 하는 하나는 주인아주머니와 함께 바쁘게 움직이고 있었다. 맛도 보기 전인데도 흥분이 되었다. 그리고 하나까지 있으니 첫날인데도 단골이 된 기분이었다.

뭉텅이 고기를 커다랗게 잘라주는 일을 하는 사람이 멋져보이던 시절이 있었다. 야스리에 칼을 벼린 뒤, 냉동고에서 꺼낸 고기를 육절기가 아닌 칼로 스윽, 썰어내는 것을 볼 때면 야릇한 흥분이 일곤 했다. 그 느낌 때문인지 솜씨 좋은 정형사가 되어 마음껏 고기를 만지고 싶었다. 어서 빨리 칼을 쥐고 싶었다. 자신의 손으로 고집센 뭉텅이 고기를 거칠게 다루고 싶은 마음에 몸살이

날 지경이었다. 내 조급한 마음과는 달리 삼촌은 느긋하다. 벼가 익기 전의 그 지난한 과정을 생각하라며, 서두르면 낭패를 본다며 천천히 가자고만 한다. 충분히 알아듣고 수긍도 했지만 이런 곳에 오면 또다시 마음이 충동질한다.

"무슨 생각 하냐? 고기 다 타겠다."

삼촌이 소주병을 들고 바라보고 있었다. 얼른 고기를 뒤집은 뒤, 삼촌이 따라준 술을 단숨에 마셨다. 목젖을 타고 내려가는 알코올이 가슴 저 밑바닥에 도사리고 있는 욕심까지 희석해주기를 바라는 마음으로 넘겼다.

"이런저런 생각이 많을 때다."

삼촌은 내 고민을 안다는 듯이 말했다. 그러면서 잘 익은 고기를 앞접시에 자꾸만 가져다놓는다. 숯불에 익은 두툼한 목살이 장난 아니게 맛있었다. 소금만 뿌렸는데도 입안에서 터지는 육즙이 기대 이상이었다.

"진짜 고기 좋은데요?"

"이 집이 아마 오십 년도 더 되었을 거야. 지금 사장의 어머님 때부터 했으니까."

"이런 촌구석에도 사람들이 찾아오는 것을 보면 맛이 승부를 좌우하는 건 맞는가봐요."

"먹고사는 시대를 지나 즐기는 시대잖아. 맛집이면 어디든지 찾아가지. 그러니까 정직하게 장사해야 돼. 그게 오래도록 단골을 만드는 법이야."

"삼촌, 저랑 다음에 이런 식당 한번 차려요. 힘들지 않게 적당히 장사하면서 살면 되잖아요."

"적당히? 그런 마음으로 장사하려면 애초에 접어라. 그게 망하는 지름길이다."

"아, 취소에요, 취소. 하루에 열 팀만 받는 집, 아니면 고기 떨어지면 문 닫는 집 어때요?"

"네가 하는 것 봐서."

"약속했어요? 삼촌."

숯불 위에서 끓고 있는 뚝배기 된장도 기대 이상이었다. 두부와 호박을 넣고 끓인 된장찌개를 쌀밥에 살짝, 끼얹어 비벼먹는 맛은 기가 막혔다. 집에서 해먹는 것보다 더 맛있었다. 오늘 하루 피곤을 잊게 해주고도 남을 맛이었다.

"아저씨, 반찬 더 가져올까요?"

하나가 다가와서 빈 접시를 들여다보며 물었다.

"저는 잘 익은 갓김치만 가져다주면 너무나 감사하겠습니다."

하나를 보면 자신도 모르게 자꾸 놀리고 싶어진다. 주섬주섬 빈 그릇을 챙겨 주방으로 향하는 하나를 바라보다 삼촌의 눈길이 느껴졌다. 고개를 돌리자 삼촌이 슬쩍, 미소를 지었다.

"삼촌, 전 그냥 하나 놀리는 재미에."

"나는 아무 말도 안 했다."

"아, 삼촌 아니라고요."

하나가 접시에 사과까지 예쁘게 깎아서 우리 자리에 가져다준다. 삼촌을 위해서, 아니면 나 먹으라고? 기분이 점점 좋아지는 걸 감출 수가 없었다.

"하나야, 몇 시에 마치노? 집에 갈 때 같이 들어가자."

"괜찮아요. 늦으면 사장님이 태워다줘요."

"권 사장도 힘들다. 우리야 여기서 천천히 밥 먹으면서 기다리면 되지."

그러고보니 삼촌의 잔은 그대로다. 혼자서만 계속 술을 마시고 있었다.

"어이, 알바! 누구는 입이고, 우리는 주둥이가? 우리는 왜 과일 안 주는데?"

하나가 돌아설 때, 뒷자리에서 들리는 말이었다. 목소리를 들어보니 이 동네에서 좀 노는 녀석인지 말투가 상당히 무례했다.

"내 맘이거든."

"알바 주제에 이 따위로 서비스를 하면 되나?"

거들먹거리는 소리가 제법 귀에 거슬렸다. 지나가는 하나의 손목을 잡아챘는지 어쨌는지 하나의 앙칼진 목소리가 곧바로 들렸다.

"손은 왜, 잡고 지랄인데?"

"뭐, 지랄? 이게 그냥, 확?"

이제 성추행까지 서슴없이 하고 있었다. 도저히 참을 수가 없었다. 곧바로 뒤를 돌아봤다. 세 명의 녀석들이 건달 포스로 앉아 내게 시비를 거는 것인지, 하나에게 시비를 걸고 싶어하는지 모를 자세로 건들거리고 있었다. 지금으로 봐서는 하나가 봉변을 당하기 일보 직전이었다.

하, 이 새끼들 봐라.

갑자기 가슴 저 밑바닥에 눌러두었던 분노 같은 것이 치밀고 올라왔다. 엄마를 보내고 혼자일 때 느꼈던 외톨이의 심정이었다. 싸움을 불러오는 징조였지만 도저히 모른 척할 수가 없었다.

"거기, 좋은 말로 얘기하시죠?"

힐끗, 쳐다보는 녀석의 눈매가 더럽게도 사납다. 관상은 과학이라더니, 아무리 잘 봐주려고 해도 딱, 저 정도 수준으로 살다가 사라질 찌질이의 꼬락서니였다.

"뭔데?"

"나? 하나 오빠!"

왜 불쑥, 그런 말이 튀어나왔는지 모르겠다. 녀석은 헛웃음을 날리더니 가소롭다는 듯이 쳐다봤다. 허세부리는 꼴로 봐선 이 동네에서 좀 노는 놈이라는, 그래서 알아서 기세요, 수준의 경고 같았다.

"오빠? 그럼 너도 반쪽이냐?"

순간, 구정물 같은 얼룩이 가슴으로 확, 퍼졌다. 분명 하나의 처지를 알고 있는 놈이었다. 이죽거리는 녀석의 얼굴을 보자 손이 부르르 떨려왔다. 터질 것 같은 분노에 짚고 있는 테이블을 꽉 움켜 잡으며 일어섰다.

"뭐, 반쪽? 이 새끼가 나오는 대로 씨불이네?"

도저히 이 새끼를 그냥 놔두면 안 될 것 같았다. 이런 새끼가 바로 약자를 괴롭히는 인간말종 같은 놈이었다. 만약 이대로 둔다면 하나는 앞으로 계속 놀림과 괴롭힘을 당할 것이다. 맑은 우리 사회를 위해, 쓰레기 정리 차원에서 오늘 꼭 손 좀 봐줘야 할 놈이었다. 건달 수준도 안 되면서 건들거리는 이런 찌질한 새끼랑 같은 공간에서 숨을 쉰다는 자체가 용납이 안 되었다.

"와, 진짜 내가 개병대 안 되려고 했는데 오늘 몸 좀 풀어야겠네."

기다렸다는 듯이 허세를 부리며 녀석이 일어섰다. 개병대? 그러면 해병대를 나온 녀석인가? 먼저 선수를 쳐야 했다.

"그래? 몇 기냐?"

녀석이 당당하게 기수를 말했다. 자신보다 딱 한 기수 위였다. 녀석이 재촉하듯 물었다.

"넌, 몇 기냐?"

삐딱하게 물어오는 질문에 바로 답해야 되나? 그것도 하나 앞에서? 이건 내가 그리는 그림이 아니었다.

"나, 까마득한 기수다."

"이 새끼가 장난하나? 기수가 어찌 되는데?"

큰소리로 녀석이 떠들자 주방에 있던 사장이 바로 달려나왔다.

"병수야, 여기 이분 앞에서 너 이러는 군번 아니다. 저분이 어떤 분이냐면."

늙수그레한 주인이 삼촌의 이력을 말하기도 전에 기선 제압을 하겠다는 듯이 녀석은 우리 테이블에 놓인 의자를 발로 차버렸다. 마침 의자 위에 얹어둔 삼촌의 가방이 의자와 같이 바닥에 내동댕이쳐졌다. 떨어지는 충격에 가방의 지퍼가 열리며 발골하는 칼과 야스리가 뎅그르르, 굴러 식당 바닥에 적나라하게 펼쳐졌다. 싸움의 시작을 알리는 알람 소리 같았다.

순간, 녀석의 눈이 휘둥그레졌다. 커다란 눈은 의문을 품은 채, 칼과 삼촌, 그리고 나를, 마지막으로 사장의 얼굴을 번갈아 쳐다봤다. 이게 뭐지, 하는 물음은 곧바로 알아챘다는 듯이 시건방진 허세를 또다시 불러왔다.

"뭔데, 이거? 하, 이깟 칼 들고 고기나 썰어대는 놈이었어. 아, 시발! 별것도 아닌 것들이 칼춤 추고 있었네."

순간, 머리 뚜껑이 펑, 하고 열렸다. 묵직한 어깨 힘과 함께 손의 뼈마디가 우두둑거렸다. 삼촌 앞이라는 생각은 이미 저 멀리 사라지고 없었다. 폭발하듯 분노가 터져 나왔다.

"이 새끼가 죽으려고 환장을 했나!"

고함 소리에 그때까지 조용히 테이블에 앉아 이 모습을 주시하던 삼촌이 벌떡 일어섰다. 분노로 떨리는 손이 녀석의 멱살을 잡기도 전이었다. 성큼, 걸어들어와 나와 녀석의 중간에 버티듯이 섰다. 어리둥절한 채 삼촌의 뒷모습을 바라봤다. 도대체 이 상황이 뭐지 싶었다. 활화산 같은 성질머리로는 얼른 감이 안 잡혀 몇 발자국 옆으로 비켜났다. 두 사람을 관찰하기 딱 좋은 위치에 섰다. 삼촌은 식당 바닥에 초라하게 흩어져 있는 것들을 가리키며 말했다.

"자네, 저기 흩어져 있는 것들 모두 주워 가방에 그대로 모셔놓게. 그리고 나 해병대 000기다. 어디서 해병대를 팔고 있어! 진짜 해병은 이런 양아치 짓거리를 하는 게 아니란 말이다."

낮지만 힘 있는 말투였다. 삼촌의 단호한 말에 같이 있던 일행들이 서로 눈치를 보며 쭈뼛쭈뼛 일어나기 시작했다.

"자네가 해!"

삼촌이 가리킨 녀석은 사장이 병수라고 부른 녀석이었다. 진짜 하늘 같은 해병대 대선배의 지시였다. 작업가방은 삼촌의 분신과도 같은 것이다. 그 존재를 업신여겼다는 것은 삼촌에 대한 지독한 모욕이었다. 아무래도 녀석은 오늘 삼촌의 심사를 잘못 건드렸다. 녀석은 똥 밟았다는 표정으로 칼과 야스리를 주워 조심스레 가방에 넣었다. 무리 중 한 명이 변명하듯이 말했다.

"죄송합니다. 저 친구가 하나 씨랑 친해지려고, 그냥 폼 좀 잡은 겁니다. 원래 그런 놈이 아닌데."

"됐고, 자네, 이리 좀 오게."

녀석은 낭패와 짜증이 가득 섞인 표정을 지으며 무리와 함께 삼촌 앞으로 다가왔다. 사장이 얼른 테이블을 정리하며 우리 테이블에 다가와서 해명했다.

"남 반장이 이해해주게. 후배 아들 녀석인데 얘가 요즘 뜻대로 되는 게 없어 오늘 욱, 했는가보네. 병수야, 너도 대선배님께 얼른, 사과드려!"

삼촌은 손을 들어 사장의 말을 제지했다.

"좀 전에 칼춤 추는 것들이라고 했나?"

"죄송합니다."

"자네, 지금 고기 구워서 소주 잘 마셨지? 자네가 먹고 있는 고기 누가 발골하고 다듬어서 입에 들어오게 하는가? 바로 이 칼을 가지고 힘들게 일을 하는 사람들이 있어야만 자네 입에 고기가 들어가는 거야."

삼촌은 윗소매를 걷어올렸다. 삼촌의 왼쪽과 오른쪽 팔뚝에 무수히 난 상처들이 불빛 아래에서 그대로 드러났다. 붉게 부풀어오른 상처의 흔적들이었다.

"여기 내 몸에 흉터가 생길 만큼 칼질을 해서 고기를 만들었네. 그게 그렇게 자네한테 무시를 당해야 하는 일인가? 발골은 유명한 셰프들도 배우는 멋진 일이야. 뭣도 모르고 설치는 자네는 오늘 자신이 아주 못난 놈이란 걸 스스로 인정한 꼴이야."

삼촌은 낮은 목소리로 자분자분 녀석을 설득시키고 있었다. 고개를 숙이고 있는 세 녀석들의 고개가 점점 더 깊게 숙여졌다. 잔뜩 긴장하고 있던 내 어깨도 스르르, 풀어져 내렸다.

"폼나는 일만 직업이 아니네. 자신의 노동으로 정직하게 살아가는 사람이 진짜 직업인이야. 그리고 자신이 무슨 잘못을 저지른 줄 안다면 하나에게 바로 사과하게."

"죄송합니다."

녀석들은 일제히 입을 모아 하나에게 사과했다. 하나는 진심이 없는, 그런 억지 사과는 받을 수 없다는 듯이 쌩하니 주방으로 가버렸다.

"자네는 무슨 일을 하는지는 모르겠지만 젊은 사람이 그런 편견에 빠져 있으면 변화무쌍한 세계화시대에 어떻게 살아가겠는가? 타인의 삶을 존중하고 배려하는 마음부터 가지게."

녀석들은 더 깊이 머리를 숙였다.

"그만 가보게."

세 녀석이 꾸벅, 인사를 하곤 주인이 열어주는 문을 통해 휑하니 사라졌다.

순간, 조용하던 식당 안에 갑자기 박수가 터졌다. 옆 테이블에 앉아 있던 중년의 남자가 먼저 박수를 치자 여기저기 테이블에서 연속으로 이어졌다.

삼촌은 폐를 끼쳤다고, 손님들의 테이블을 향해 일일이 고개를 숙였다. 나도 삼촌을 따라 고개를 숙여 인사를 했다.

"옳은 말씀입니다."

누군가 외쳤다.

"맞습니다. 우리가 먹는 이 고기, 선생님 같은 분들이 아니면 어떻게 우리가 이 맛을 볼 수 있겠습니까? 선생님, 제가 한잔 올리겠습니다."

양복을 입은 중년의 남자가 큰소리로 맞장구를 치며 술병을 들고 우리 테이블로 다가왔다. 삼촌은 멋쩍은 표정을 지었다. 순간, 머리에서부터 어떤 전기 같은 것이 흘러 심장을 강타하는 것이 느껴졌다. 지금껏 살면서 이렇게 강렬한 충격은 처음이었다.

충격과 감동이 빛의 속도로 번져 마음속 얼룩을 단번에 쓰윽, 닦아주고 있었다. 코가 시큰거리며 눈시울이 붉어졌다. 삼촌이 걸어왔던 길, 그 위의 최 영감님과 또 그 위의 선배 발골사들이 걸어왔던 그 힘든 길이 결코 헛되지 않았다고, 이 자리에서 확인할수 있었다. 두 주먹이 불끈 쥐어졌다. 앞으로 가야 할 길에 대한어떤 확신 같은 것이었다.

최 셰프가 그렇게 제자가 되고 싶어하는 삼촌은 진짜 스승이었다. 자신의 일에 대한 자부심도 대단했지만 젊은 혈기에 어떤 사고를 칠지도 모를 제자를 위해, 삼촌은 나이도 잊은 채 나서서 우리 모두에게 감동을 준 것이다. 스승의 속 깊은 그 따스함이 활화산같이 타오르던 성질머리를 대번에 꼬랑지를 내리게 했다. 조심스레 의자를 끌어당겨 스승님 앞에 공손히 앉았다.

## 7. 칼의 노래를 들어봐

　일주일 넘도록 진주 나이스정육점 작업에 매달렸다. 이름만큼이나 나이스하게 바빴다. 잘 나가는 집은 잘 되는 이유가 백만 가지 있다는 삼촌의 충고는 맞았다. 몸소 겪어보니 저절로 인정이라는 말이 튀어나왔다. 취급하는 고기의 질도 우수했지만 직접 만든 밀키트 제품은 유명 프랜차이즈 제품만큼이나 훌륭했다. SNS를 활용해 고객과 끊임없이 소통하는 박 사장의 사업수완은 정말 본받고 싶은 리더의 자질이었다. 박 사장은 앞으로 형으로 부르라고 했지만 쉽게 형, 소리가 나오지 않았다. 스스로가 위축되어 형이라고 부르면 안 될 것 같았다. 선배님이라면 또 모를까?
　그 열기 때문인지 퇴근하고 집에 와서도 허투루 시간을 보낼 수가 없었다. 꼼꼼하게 하루의 일상을 기록해야만 잠들 수가 있었다. 살면서 지금처럼 이렇게 뭔가를 하고 싶은 열정이 솟은 적은 없었다. 몸은 힘들어도 그건 아무 문제가 되지 않았다. 고될수록 만족도가 더 높아졌다. 솔직히 정식 직원이 되어 성실히 근무하고 싶어질 만큼 욕심나는 곳이었다.

십여 일 가까이 빡세게 일을 한 뒤, 겨우 하루 휴식을 취할 수 있었다. 삼촌은 복용하는 약을 타러 외출했다. 느긋하게 늦잠을 자고 일어나 뒷산에 올랐다가 집으로 돌아오니 오후 2시가 넘어 있었다. 대문을 들어서니 마루에 커다란 덩치가 있었다. 배낭을 베고 신발도 벗지 않고 누워 있어 도대체 누군가 싶어 다가가보니 최 셰프였다. 깜짝 놀랐다. 한동안 최 셰프를 까마득하게 잊고 있었는데 당황스러움을 감출 수가 없었다.

"최 셰프님, 연락도 없이 여긴 어쩐 일이세요?

더듬거리며 묻자 최 셰프는 귀찮다는 듯이 일어나 앉았다. 무슨 일인지 얼굴이 퉁퉁 부어 있었다.

"내가 할 소리! 삼촌 만나면 연락준다고 했잖아? 그래놓고 함흥차사?"

화가 난 목소리였다. 서운함을 느낄 만도 했다. 그동안 삼촌과 함께 일에 빠져 사느라 최 셰프의 존재를 까맣게 잊고 있었다. 어쨌든 약속은 했었기에 사과는 해야 했다.

"죄송해요. 저도 여러 사정이 있었어요."

"아, 됐고. 나, 배고파."

산길을 몇 시간 헤매고 왔더니 나도 배가 고팠다. 최 셰프의 식성을 아는지라 먹다 남은 돼지목살과 양파와 대파까지 넣어 김치찌개를 한 냄비 가득 끓였다. 햇살 좋은 마루에 퍼질러 앉아 둘이 정신없이 밥을 먹었다.

"찌개 솜씨가 장난이 아닌데?"

"제가 자취한 세월이 얼마인데요? 근데, 어떻게 알고 여길 찾아오셨어요?"

진짜 궁금해서 물었다. 늘 일에 치여 바쁠 텐데, 이렇게 쉽게 내려올 수 있나 싶었다.

"응. 그만뒀어. 연락하고 오려다가 그냥 김포집 사장님께 물어서 내려왔어."

외삼촌에게 전화로 근황을 알려드렸더니 최 셰프에게 알려줬는가보다.

"삼촌은 언제 오시냐?"

"저녁쯤 오실 거예요. 근데 제가 최 셰프님 얘기는 대충은 했지만 정확하게 온다고는 말씀을 드리지 못했는데 오면 놀라실 것 같은데요?"

"그래? 좀 많이 섭섭한데."

나무라듯이 힐끗, 쳐다보고는 배낭에서 주섬주섬 뭔가를 꺼냈다. 커피를 내리는 기구와 원두를 꺼내더니 뜨거운 물을 끓여 커피를 내렸다. 마치 자기 집에 온 사람처럼 편안하게 커피 타임까지 즐기는 최 셰프를 보자 할 말이 없었다.

"근데, 동생은 받아줬어?"

"무작정 매달렸죠. 어제까지 진주혁신도시에 있는 정육점에서 삼촌과 정신없이 일했어요."

"그곳은 어떤 곳인데?"

"하루 천만 원을 찍는 정육점인데 사장이 삼촌한테 배운 제자라서 그런지 굉장히 운영을 잘하더라고요. 젊은 세대 취향을 저격한 밀키트 제품은 대박이고요. 한우 선물세트를 포장했는데 보실래요? 한마디로 예술 그 자체죠."

최 셰프에게 자랑하듯이 촬영한 것을 보여줬다.

"오호, 이 정도라면 전국구 같은데."

"맞아요. 주문받은 택배도 장난 아니게 많아서 고생 무지하게 한 집이에요."

"좋은 경험했네. 이제 슬슬, 저녁 준비나 할까? 삼촌 오시면 제자로서 인사를 드려야 하니깐."

자기 마음대로 벌써부터 제자라니, 배짱 한번 좋다 싶었다. 갑자기 오늘 뜨끈한 샤브샤브나 한번 해먹자며 냉동실에서 검은 봉투를 꺼냈다.

"마장동 제일 핫한 정육점에서 사온 거야."

봉투를 열어보니 붉은 기름기가 자르르 도는 게 딱 봐도 최상급의 육질이다. 양지머리 부위 아니면 채끝인가 싶었다.

"와, 고기 좋은데요."

"부드러운 채끝이야. 준비해놓았다가 오시면 바로 상을 차리자고."

마트에서 산 일회용 티백으로 육수를 진하게 우렸다. 최 셰프는 마당가를 어슬렁거리며 텃밭에 있는 대파와 배추와 시금치를 뽑아서 건넸다. 밥도 새로 밥솥에 안쳤다. 김장김치도 알맞게 썰어놓고 느긋하게 드러누워 TV을 보고 있었다.

"혁아, 누가 왔나?"

삼촌이 온 모양인지 마당에서 기척 소리가 들렸다. 벌떡, 곰 같은 덩치가 먼저 방문을 열고 나갔다.

"안녕하십니까? 서울 마장동에서 선생님 뵈러 찾아온 최진우 셰프입니다."

삼촌은 당황한 모습으로 최 셰프를 아래위로 쳐다보다 눈길이 내게로 향했다. 누구인지 설명을 해야 할 차례였다.

"삼촌, 제가 일전에 말씀드렸던 최 셰프님요. 삼촌을 꼭 뵙고 싶어한다고, 얘기 드렸잖아요."

"추우니 일단 들어가지."

방에 버너와 냄비가 놓인 상이 차려져 있자 삼촌은 놀라는 눈치였다.

"최 셰프가 마장동에서 고기를 가져왔어요. 샤브샤브 해드린다고요."

"뭘, 이런 것까지?"

"맛있게 드시기만 하면 됩니다. 별 뜻 없습니다."

별 뜻이 없긴? 최 셰프의 넉살에 웃음이 절로 터졌다. 최 셰프는 삼촌을 만나고 싶었던 이유를 근사하게 설명했다.

"〈요리하는 발골사〉라는 TV 프로그램을 통해 선생님을 알게 되었습니다. 발골사가 사랑하는 음식을 소개하는 취지였는데 텃밭에서 딴 채소를 넣고 이렇게 샤브샤브를 해 드시는 모습과 산에서 취나물을 뜯어, 산초 잎을 얹어 고기와 함께 쌈을 싸먹는 봄날의 풍경이 너무나 인상 깊어서 오래도록 선생님이 제 기억에 남아 있었습니다."

정말 몰랐다. 텃밭에 뭔가를 심고 요리를 하는 것은 삼촌의 취미라고만 생각했다. 그런데 최 셰프의 말을 듣고 있으니 삼촌이 정말 평소와 다르게 보였다.

"별 것 없네. 우리 산과 들에 피고 지는 것들로도 충분히 몸을 살리는 보약 같은 음식이 될 수 있다는 걸 보여줬을 뿐이네. 그리고 앞으로 남 반장이라고 부르게."

"아, 네. 반장님."

삼촌은 겸손하게 말했지만 우리 것에 대한 애정이 듬뿍 묻어 있었다.

"진정한 맛을 찾아 여기저기 만행 중이었는데 드디어 반장님을 만나 뵙게 되었습니다."

최 셰프의 고백 같은 말에 삼촌이 물었다.

"만행 중이라? 참 멋진 말이네. 그러면 어디까지 가봤는가?"

"육식맨들의 천국인 홍콩부터 시작해서 고기의 나라 아르헨티나와 호주, 미국을 거쳐 런던과 파리까지 가봤습니다."

"그런데 이제 다시 마장동을 거쳐 경상도 산골까지 온 이유가 고작, 별 볼 일 없는 이 늙은이를 만나러 왔다고?"

"우연히 TV에서 반장님을 뵙게 된 인연이 절 여기까지 오게 했습니다."

"인연 따라왔다니, 어쨌든 반갑네."

삼촌이 환영의 의미인 듯, 소주잔을 들어 건배를 하고 식사가 이어졌다. 고기가 부드러워 입에서 절로 녹았다. 뜨거운 국물에 텃밭에서 수확한 야채까지 넣었더니 별미였다. 재료가 신선하니 국물까지 깔끔했다.

"반장님을 스승님으로 모시고 싶습니다. 그러면 앞으로 제가 살아가는 데 큰 도움이 될 것 같습니다."

"내가 뭔 도움을 드릴 게 있다고 그러는지?"

"그냥 하는 일 하시면서 저를 부려먹으면 됩니다."

삼촌은 난감해하는 눈치더니 웃으면서 말했다.

"멀리서 온 손님을 거절하는 것도 도리가 아니지만. 괜히 시간 낭비하는 건 아닌지 걱정스러워서 하는 말이네."

"고기 다루는 것은 마장동에서 배웠고, 영국에서 식당도 맡아서 해봤습니다. 그런데 나만의 것이랄까? 뭔가 부족한 것이 느껴져서 이렇게 찾아왔습니다."

삼촌은 고개를 끄덕였다.

"먹고 살기 위해 칼을 잡는 시대는 지났지. 자신이 뭘하려고 하는지를 정확하게 알아야 방향을 잡고 자신의 일을 즐기면서 할 수가 있지."

"그래서 반장님께 살아가는 법을 배우고 싶습니다."

"촌로가 사는 게 뻔하지. 특별한 것이 뭐가 있겠나? 고기의 맛을 알고 싶으면 지역의 고깃집을 찾아다니며 맛을 보는 게 우선인데."

"서울, 수원, 대전, 제주도까지 유명하다는 전국의 고깃집, 찾아다녀도 봤습니다."

삼촌은 최 셰프의 말에 잠시 생각에 잠기더니 말문을 열었다.

"최 셰프가 원하는 것은 자신만의 것을 찾고 싶다는 것인가?"

"네. 그렇습니다."

"그렇다면 자신감을 가지게. 자신의 뿌리가 어디인지를 알면 답이 나올 걸세."

삼촌도, 최 셰프도 정말 멋져 보였다. 저런 대화를 할 수 있는 것이 바로 프로다운 면모구나 싶었다. 내가 지금껏 과거의 감정에 끌려다니는 중이라면 최 셰프는 자신의 재능 위에 철학까지 얹겠다는 것이다. 그래서 배움을 위해 저렇게 노력하는 것인가 싶었다. 묘한 질투심이 일었다가 피시식, 꺼져버렸다. 어림도 없다는 것을 바로 알아챘다. 내 곁의 모든 이들이 멘토로 다가왔다. 길을 나서면 모두가 스승이란 말이 진심으로 와닿았다.

최 셰프가 합류한 뒤부터 여유 시간이 많아졌다. 세 명이 한 팀이 되어 움직이니 작업시간이 그만큼 단축되었다. 여유 시간이 늘어나자 최 셰프가 삼촌에게 특별 과외를 요청했다. 일터에서는 정해진 시간 안에 마무리를 하느라 시간에 쫓기다보니 실습 삼아

해볼 수도, 삼촌이 세세하게 설명할 여유도 없었다. 그런 점이 늘 아쉬웠기에 건의를 한 것이다. 여러 모로 좋은 경험이 될 것 같아서인지 삼촌도 흔쾌히 승낙했다. 자신감을 가지기 위해서라도 직접 칼을 잡는 실전이 초보에겐 꼭 필요하다. 무엇보다 대선배님에게 맞춤형으로 배울 절호의 기회를 잡은 것이다.

며칠 뒤, 삼촌은 납품업체에서 암소갈비 한 짝을 주문했다. 오늘 작업은 삼촌이 우리에게 실습할 기회를 주면서 부위별 고기의 맛도 볼 수 있도록 해주고 싶은 뜻에서 이뤄진 것이다. 갈비 쪽 부위를 어떻게 하는가에 따라 기술자인지 아닌지를 알 수 있기에 우선적으로 갈비를 선택한 것이다.

요 며칠 계속 추웠는데 오늘은 날씨도 포근하게 풀려 야외에서 작업을 해도 무방할 것 같았다. 점심은 국밥 한 그릇으로 때운 뒤, 승용차 뒤칸에 비닐 포장된 지육을 싣고 집으로 왔다. 냉동된 지육을 커다란 고무 대야에 내려놓은 뒤, 최 셰프와 산길을 걷기 위해 길을 나섰다. 삼촌은 한숨 주무시기로 했다. 한우산 풍력발전기가 있는 산 정상까지 가볼 생각으로 출발했다. 힘든 작업을 하려면 체력이 뒷받침되어야 한다는 삼촌의 주장이 먹힌 산행이었다. 최 셰프는 초반부터 헉헉거렸다. 혼자서는 두 시간이면 충분히 다녀올 거리를 세 시간이나 헤맸다.

집으로 돌아와 가볍게 샤워를 한 후, 바라본 서쪽 하늘은 이미 노을이 붉게 물들고 있었다. 산골이어서인지 해가 빨리 지는 것 같았다. 삼촌이 작업할 수 있도록 만반의 준비를 해놓아야 할 시간이다. 부엌의 식탁을 바깥으로 꺼낸 뒤, 창고에 있는 긴 도마를 가져다놓았다. 삼촌의 작업가방을 가져와 토시와 앞치마, 작업용 칼 세 자루와 야스리를 꺼내 도마 위에 올려놓았다.

마당에 설치되어 있는 아궁이에 장작을 넣고 가마솥에 물을 끓였다. 숯불은 나중에 고기를 구울 때 쓸 것이다. 작업용 비닐 앞치마를 두르고 장갑을 꼈다. 지금부터 시작이다. 그동안 삼촌의 작업은 동영상으로 충분히 봤다. 삼촌을 따라다니면서 직접 보기도 했다. 노트에 그림을 그려놓고 부위별 이름과 특징과 맛까지 필기해두었다. 발골 순서도 메모해두고 수시로 외웠다. 하지만 결국 이론이다. 내가 칼을 잡고 직접 해보는 것이 중요했다. 실전을 앞두고 있자니 긴장이 되었다. 부디 내가 이끄는 대로 칼날이 자신의 길을 갈 수 있기를 바랄 뿐이다.

실습용 갈비 한 짝을 들어보니 묵직했다. 얼었기 때문에 더 무게가 나가는 것 같았다. 한 마리 소의 무게가 500킬로 정도 나가면 갈비의 무게는 30킬로 정도다. 무게로 본다면 23개월 정도 자란 소다. 거기다가 암소다. 한 짝이라도 뼈 무게 10킬로와 지방 10킬로를 제하고 나면 살은 10킬로 정도밖에 나오지 않는다. 한우가 비싼 이유가 충분히 이해됐다.

삼촌은 작업용 앞치마를 두르고 야스리에 천천히 칼을 벼른다. 삼촌이 사용하는 칼은 세 자루다. 긴 칼은 주로 지방 제거용이다. 중간 칼은 안창살이나 업진안살 등 특수부위를 제거할 때 쓴다. 작은 칼은 섬세한 부위용이다. 칼은 오래도록 사용해서인지 많이 닳아 있었다. 삼촌은 정성을 다해 칼을 벼린다. 혁과 최 셰프의 칼도 꼼꼼하게 손질해준다.
 까다로운 부위이기에 오늘은 정신 똑바로 차리고 실습에 임해야 한다. 삼촌과 최 셰프 앞이라도 긴장하지 말자. 실수만 하지 않으면 충분히 초보의 체면은 세울 수가 있다. 동영상 촬영을 위해 적당한 위치를 찾았다. 최 셰프는 의외라는 듯이 쳐다봤다.
 "촬영을 해둬야, 혼자서도 공부하죠."
 휴대폰을 삼각대 위에 얹으며 변명하듯 말했다.
 "준비됐냐? 도축된 도체에서 뼈를 발라내는 발골과 발골된 정육에서 작은 뼈와 지방이나 근막 등을 제거하는 정형괴 세세하게 다듬는 성형까지를 할 수 있어야 제대로 된 발골사다."
 오늘 삼촌은 발골과 성형까지 이어지는 작업을 풀코스로 보여줄 모양이다. 최 셰프는 삼촌의 왼편에, 나는 오른쪽에 섰다.
 "칼은 희한하게도 주인을 닮아가거든. 내가 어떤 기분으로 칼을 잡느냐에 따라 고기 모양도 다르게 나오니까 집중하기 바란다."
 삼촌은 주의해야 할 사항을 세세히 알려준다. 어떤 일이 있어도 작업을 할 때는 마음을 집중해서 오로지 칼의 길을 가야 한다고, 다른 생각에 빠져 옆길로 가면 칼은 어김없이 경고를 보낸다며 다시금 주의를 줬다.
 "손이 칼보다 앞에 서면 안 된다. 그러면 늘 경고가 따르거든. 다치면 더 큰 손해가 따르니 차분한 마음으로 진행해라. 그러면 칼은 자기의 길을 간다."

칼이 스스로의 길을 가게 하려면 앞으로 얼마의 시간이 필요한 걸까? 칼과 발골사가 한몸이 되어야 한다는 삼촌의 당부가 아득하게만 들린다.

삼촌은 갈비짝을 덮고 있는 비닐을 벗기고는 도마 위에 놓인 지육을 지긋이 내려다본다. 어떻게 보물을 찾아낼지를 고민하는 것 같았다.

"이 부분을 봐라. 여기가 포인트다."

삼촌은 툭, 불거지듯이 솟은 뼈 쪽을 가리켰다.

"여기 위로는 소의 목뼈가 일곱 개가 있다. 그 옆으로 연결되는 등뼈는 열세 개다. 여기서 1번 등뼈에서 5번까지 본갈비이다. 여기는 질긴 부위라서 주로 샤브샤브를 하거나 국거리용이다. 이 부위를 등심과 연결하면 질겨서 구이로는 실패다. 이 밑의 부위가 살치살이다."

삼촌은 칼날을 빠르게 야스리에 다스린 뒤, 다시 설명했다.

"6번째 뼈에서 10번째, 여기가 꽃갈빗살인데 마블링이 좋은 부위다. 11번째부터 13번까지는 참갈비이다. 엄청 부드러운 부위거든. 여기 위쪽 부위는 등심 부위다. 윗등심, 꽃등심, 아랫등심으로 불리는 부위랑 연결되어 있다."

삼촌은 소 한 마리 전체를 그림을 그리듯이 갈비를 중심으로 설명을 이어나갔다. 그리곤 차가운 지육을 만지게 했다. 지육은 고집 세고 뻣뻣한 얼음덩어리였다. 아무래도 오늘 수업은 만만치 않을 모양이다. 삼촌은 먼저 갈비 안쪽에 붙어 있는 안창살과 업진안살을 제거한 후, 두 부위를 들어 비교했다.

"어때? 확실히 차이가 있어 보이지? 굵기도 다르고 색부터 차이가 나잖아. 안창살은 검붉은 색이고, 업진안살은 밝은 붉은 색이다. 그래서 업진안살을 가짜 안창살이라고 부르기도 하지. 간혹, 업진안살을 안창살이라고 섞어 파는 업장도 있다."

"맞아요. 장난치는 업장도 간혹 있더라고요."

최 셰프가 맞장구를 쳤다.

"다음은 마구리살이다. 이 부위도 뼈막을 제거하면 구워먹기에 좋아. 식감이 쫄깃쫄깃하거든."

갈비뼈 밑에 있는 마구리뼈를 발라내며 삼촌이 말했다.

"특별히 기억할 것은 마구리뼈를 발라낼 때 사고가 제일 많이 난다. 각별히 조심해야 할 부위다. 칼을 세우고 자신의 배 쪽을 향해 당길 때, 너무 힘을 주면 탄력을 받아 칼이 바로 치고 들어온다. 배나 사타구니를 다치는 놈을 여러 명 봤거든. 그러니 여기선 바짝 붙어서 작업하는 게 아니라 옆으로 돌려서 거리를 두고 작업을 해야 한다."

삼촌의 설명은 잊지 않고 꼭 기억해야 할 부분이었다.

"살이 마구리뼈를 감싸고 있기에 차돌박이를 분리하고 난 뒤, 업진살을 떼어내면 된다. 그 다음으로 마구리뼈를 발라내는 게 순서다. 마구리뼈로 육수를 내면 국물이 시원해서 냉면집이나 설렁탕집에서 선호하거든."

삼촌의 설명은 명료하면서도 알찼다. 갈비 안쪽을 다듬은 뒤에 몸통을 곧바로 뒤집었다. 처음으로 보이는 게 갈비딱지와 덧살이다. 붉은 갈비딱지는 억세다. 푹 삶은 뒤, 살을 찢어서 끓여 먹는 육개장용이다. 덧살은 국거리용으로도 좋고, 장조림하면 쫄깃하게 씹히는 맛이 일품이다. 덧살과 갈비딱지를 떼어내자, 뜻밖에도 하얀 지방이 갈비를 온통 덮고 있었다. 이것 봐라, 싶은 감탄이 절로 나왔다. 붉은 살 속에 어떻게 이런 탐스러운 지방을 품고 있는지 신기할 따름이다. 소의 발골은 양파처럼, 한 껍질 벗기면 또 다른 부위가 나오는 놀라움의 연속이었다.

"좋은 고기는 이렇게 지방이 눈처럼 뽀얗다."

멀리서 본다면 초가 지붕에 눈이 쌓인 모습이다. 가까이서 봐도 지방덩어리는 맑은 우유 빛깔이었다. 삼촌은 지방을 제거하는 방법을 시범으로 보여줬다.

"거세육이라 지방이 많다. 여기선 어깨 힘을 빼는 게 포인트다."

살이 발라져 나오지 않도록 팔목을 가볍게 움직여나가는 모습이 경쾌하다. 다음으로 최 셰프가 작업을 이어나갔다. 역시 칼놀림이 자연스럽다. 이제 내 차례다. 냉동이 되어 있어서인지 고기는 돌덩이같이 단단했다. 덩어리는 아직 칼을 받아들일 준비가 되어 있지 않다는 듯 고집을 부렸다. 어쩌면 신출내기의 어설픈 칼질을 거부하는 것인지도 모른다. 힘으로 밀어붙이는 것보다 팔목을 부드럽게 돌리며 조금씩 하얀 지방을 걷어냈다. 거세 암소라서인지 끈적거리는 지방이 장난 아니게 많았다.

"칼날이 미끄러지면 핑, 돌아 나를 칠 수가 있다. 천천히 조금씩 나아가면 된다."

벌써부터 걷어낸 지방이 탁자 위에 수북하게 쌓였다. 등급이 좋아서인지 확실히 지방도 두껍고 부드럽다. 이런 지방은 화장품이나 동물 사료에 들어간다. 삼촌은 지방을 제대로 제거하지 않으면 식감이 질기고 값이 떨어진다며 긴장을 놓치지 말라고 조언했다.

"어깨 힘은 빼야 된다. 손목만 살짝살짝 움직여라."

삼촌은 옆에서 지켜보며 계속 지적한다.

"여기 보이는 근막은 성형을 할 때 모두 걷어낼 것이다. 지방은 지금 남김없이 걷어내야 한다."

칼이 가는 길에 온 신경을 집중했다.

"어때? 칼의 노래가 들리나?"

삼촌이 느닷없이 물었다. 칼의 노래? 나는 못 들었다. 아니 들리지 않았다. 작업에 집중하느라 칼이 부르는 노래를 들을 마음의 여유는 조금도 없었다. 삼촌은 긴장한 어깨를 툭, 치며 됐다는 신호를 준다. 삼촌은 우리가 해놓은 작업을 정리하듯이 마무리 작업에 들어간다.

언제 봐도 삼촌의 작업은 자연스럽다. 깊은 호흡과 함께 칼이 지나가는 소리만 들린다. 지육의 깊이만큼 노래의 높낮이도 달랐다. 지방을 제거할 때와 껍데기를 벗길 때, 굵은 뼈를 지나서 붉은 꽃살을 찾을 때의 소리는 확연히 달랐다. 지금도 그렇다. 그 모든 노래가 리듬을 타고 발골사의 호흡과 혼연일체의 상태였다. 저 정도의 실력이라면 멋진 퍼포먼스도 나오련만 삼촌은 오로지 작업에만 집중한다. 묘한 리듬의 노래를 부를 줄 아는 삼촌은 자신만의 음계를 가진 발골사였다. 이제 어느 곳에 가더라도 삼촌의 칼의 노래는 정확하게 구분할 수 있을 것 같았다. 삼촌은 잠시 작업을 멈추고, 이쯤해서 뼈가 있다는 뜻으로 야스리로 짚어준다. 아직까지 정확하게 머릿속에 소의 전체 그림이 스며들지 않았다. 몇 번을 보고, 들어도 그때뿐이다. 여전히 가야 할 갈 길이 멀게만 느껴진다.

깔끔하게 지방 제거를 끝내자 이번엔 갈비와 양지를 분리할 차례다. 뼈와 살과 칼의 조합이 만들어내는 소리가 길게 뱉어내는 호흡과 함께 또다시 리듬을 타기 시작한다. 삼촌은 서서히 몰입의 세계로 들어간다. 한순간도 놓칠 수 없는 소중한 시간이다. 나도 몰래 삼촌의 작업 깊숙이 따라들어간다.

삼촌이 찾아낸 갈비양지는 뜻밖에도 빨래판 모양이다. 도대체 한 마리의 소는 얼마나 많은 비밀스런 것들을 품고 있는지 작업을 할 때마다 놀란다. 새로운 이름으로 태어난 양지는 탕용으로 주로 먹지만 얇게 썰어 구우면 또 다른 맛이라고 알려준다. 오늘 꼭 맛봐야 할 기대되는 부위였다.

드디어 갈비뼈를 발골할 차례다. 기대하고 있었던 중요한 부위이며 오늘의 하이라이트이기도 했다. 삼촌은 칼을 바꾼다. 칼날이 얇고 짧은 것으로 보아 섬세함을 요구하는 부위라는 뜻이다. 이번에는 자리를 바꿔, 최 셰프를 중앙에 서게 하고는 삼촌은 옆으로 비껴선다.

"여기 갈비뼈 열세 개가 나란히 보이지?"

삼촌의 손가락이 갈비뼈를 드르륵, 스친다. 사랑스러운 듯이 움직이는 게 무슨 음이라도 낼 포스였다. 갈비뼈는 열세 개지만 갈빗살은 열두 줄이다. 마지막 한 줄은 먹을 수 없는 부위다. 갈비 부위의 발골은 칼이 뼈를 따라가면서 뼛가루가 묻지 않게 살을 발라내는 것이 핵심이다. 갈빗살을 발라내는 것만 봐도 실력을 알 수 있기에 신중하게 작업해야 하는 부위라고, 삼촌은 재차 강조했다.

"만약 이대로 살을 분리하지 않고 뼈와 함께 자르면 토마호크다. 새우살이나 등심살, 늑간살을 붙인다면 고급 스테이크용이지."

삼촌의 말에 최 셰프가 갑자기 신이 난 듯이 떠들었다.

"맞아요. 이탈리아 토스카나 지역에는 티본스테이크라고, 등갈비 전체를 잘라서 소금 한 가지만 가지고 맛을 내는데 와, 맛이기가 막히더라고요."

우리의 최 셰프. 참, 아는 것도 많다. 부럽다, 부러워! 어디까지나 속으로 외친 말이다.

"자, 그렇다면 이 갈비뼈 중에서 어떤 부위가 제일 귀한 꽃을 숨기고 있겠나?"

동영상에서 본 대로 갈비뼈의 중앙을 가리키며 대답했다.

"이쪽, 여섯 번째가 아닐까요?"

삼촌은 흡족한 듯이 갈비뼈 6번과 8번 사이를 칼끝으로 짚었다.

"그렇지. 이쪽이다. 갈비 중 제일 부드러운 꽃갈비가 여기에 포진하고 있다."

삼촌은 야스리에 잘 벼린 칼을 갈비뼈 사이로 쓰윽, 밀어넣는다. 칼을 세우고 눕히며 자연스럽게 칼의 길을 찾아간다. 뼈와 살을 분리하고 난 뒤, 네 개의 갈빗살을 뽑아냈다. 갈비 앞쪽에 붙어 있는 귀한 살치살까지 찾아냈다. 5번 뼈 앞에서 내게 자리를 양보했다. 기회를 주는 것이다. 신중해야 할 부위이니 침착해야 한다. 몰입은 못하더라도 실수는 하지 않아야 한다.

"겁을 내면 칼이 먼저 안다. 천천히 시작해."

마음을 진정하기 위해 야스리에 칼을 벼린다. 부디 칼이 자신의 길을 갈 수 있기를 기도하며 손에 힘을 준다. 떨림을 누르기 위해 숨을 지긋하게 내쉬며 칼날을 살 속 깊이 밀어넣었다. 묵직함이 바로 느껴졌다. 긴장한 탓인지 어깨에 힘이 들어가며 팔이 뻣뻣해졌다.

"어깨 힘을 빼고 긴장을 풀어라. 칼의 두려움에서 벗어날 때 칼은 노래한다."

삼촌의 말이 귓등으로 지나갔다. 칼의 노래는 마음의 여유가 있을 때 들을 수 있다. 그날이 언제 올지는 모르겠지만 지금은 아니다. 지금은 오로지 칼을 움직이는 데만 집중할 뿐이다. 칼을 뼈 옆에 바짝 붙이며 손목을 움직여나갔다. 그런데 마음과는 달리 자꾸 어깨에 힘이 들어가며 동작이 커진다. 내가 생각해도 좀 과한 행동이었다.

"절대로 뼈가 살에 발라져 나오면 안 된다. 만약 뼈 조각이 살에 박혀 있으면 그건 실패다."

삼촌은 내가 방금 작업한 얇은 살점을 집어 내밀었다. 입안에 들어온 생고기를 씹었다.

"어때?"

순간, 딱딱한 것이 씹혔다. 미세하고도 자잘한 뼈가 고기에 박혀 있었다. 이러면 손님들이 고기를 먹다가 이빨을 다치는 치명적인 실수를 저지른 것이다.

"무슨 뜻인지 알겠지?"

삼촌은 바로 알아본 것이다. 긴장감이 몰고온 과한 행동이 나타낸 결과였다. 너무 가까이도 멀게도 가지 말라는 말이 이것이었구나 싶었다. 어디 발골에만 해당될까? 사람 사이에도 통하는 뜻이다. 실수를 바로 인정했다. 삼촌은 잘못을 지적하는 것도 스스로 깨달을 수 있게 한다. 서두르지 말고, 자연스레 칼의 길을 가면 된다는 것을 오늘 스승에게서 확실하게 배웠다.

이번에는 최 셰프가 마무리할 차례다. 6번과 8번 뼈는 끝이 둥글게 휘어져 있다. 칼을 쥔 팔목을 이용해 부드럽게 칼이 지나간다. 삼촌의 말이 맞았다. 최 셰프는 자신의 길을 확실하게 찾아가는 사람이었다. 진중하게 작업하는 모습이 삼촌만큼이나 멋졌다. 실력과 내면의 안정감이 칼의 노래를 불러왔다. 최 셰프도 칼의 노래를 부를 줄 아는 사람이었다. 자신만의 노래를 부르는 최 셰프는 이제야 옳은 스승을 만난 듯, 자신의 실력을 활짝 꽃피우고 있었다. 분명 괜찮은 발골사가 될 조짐이었다.

갈비뼈를 모두 걷어내자 화려한 꽃밭이 나타났다. 붉은 살점 위에 하얀 지방의 길은 벚꽃길처럼 환했다. 매혹적인 풍경을 넋놓고 바라볼 수밖에 없었다. 낮은 감탄이 절로 흘러나왔다. 홀린 듯이 손길이 다가갔다. 떨리는 손가락이 꽃잎에 닿자마자 살이 튕기듯, 움찔했다. 도도하기는 싶었다.

"좋다."

삼촌의 최종 평가였다. 오늘 작업에 대한 결과가 흡족한지 야스리에 빠르게 칼날을 벼린다.

"발골사는 말이다. 이런 순간을 맞이하면 희열을 느끼지. 좋은 고기를 만지는 것은 행운이거든."

"그러면 늘 이런 마블링은 아니라는 거죠?"

최 셰프가 물었다.

"그렇다고 봐야지. 그래서 등급이 있고."

"고기 선별하는 눈이 필요하겠는데요?"

"작업을 하다보면 보는 눈이 생겨. 고기를 볼 줄 알아야 업체에서도 장난을 치지 않거든."

최 셰프는 어렵다며 탄식했다.

"어떨 땐 말이다. 한 생명의 육신을 분리하는 이 일이 경건하기도 하고, 때론 숙명같이 느껴져 징그러울 때도 있었다."

삼촌은 꽃들을 바라보며 조심스레 자신의 속내를 내비쳤다.

대선배인 삼촌이 저런 마음이면 초짜인 나는 어떤 마음으로 작업에 임해야 할까? 아직은 모를 일이지만 이 일의 소중함은 충분히 느낄 수가 있었다.

삼촌은 숨어 있는 특수부위인 늑간살을 손에 들어보이며 말했다.

"이 부위는 갈비탕도 좋지만 요즘은 구이나 양념을 해서 구워 먹기도 한다. 다양하게 변형해 맛을 즐기는 시대이니 기대 이상의 맛일 것이다."

탕거리용이 구이도 가능하다면 오늘 맛을 꼭 봐야 할 부위였다. 삼촌은 발라낸 살덩어리들을 덩어리째로 긴 도마 위에 놓았다.

"발골이 노가다였다면 성형은 예술행위다. 그만큼 섬세함을 요구한다는 뜻이지."

삼촌은 흩어져 있는 살덩어리들 중에 짙은 색의 덩어리를 골랐다. 발골한 살덩어리들이 어떤 부위인지 도무지 알 수가 없어 헷갈렸는데 삼촌은 정확하게 찾아냈다.

"먼저 안창살부터 손질하마. 안창살은 소고기 중에서도 특수부위에 속한다. 귀한 부위여서 비싸기도 하고."

삼촌은 길게 분리되어 있는 안창살을 도마 위에 가져다놓는다.

"소 한 마리에 두 개씩 있다. 갈비 안쪽에 하나씩 달려 있거든. 한 개의 무게가 1.3킬로 정도인데 손질하면 딱 반이 나온다. 또 갈변이 쉽게 되는 관계로 식당에서 볼 수 없는 부위기도 하다."

안창살은 근막이 살을 보호하듯이 전체를 감싸고 있다. 껍질을 벗기라며 고깃덩어리를 건네준다. 손으로 끝부분의 막을 잡아당기자 비닐 같은 질긴 막이 벗겨졌다.
"안창은 소가 숨쉴 때, 횡경막 부위에 있는 근육이다. 수율이 지극히 적은 부위지만 육향이 독특하다. 육향 때문에 호불호가 있는 부위지만 나는 이 부위를 특히 좋아한다."
안창은 내장 쪽에 붙어 있어서인지 육색이 짙었다. 육색이 짙은 만큼 육향도 그럴 것이다. 하얀 근막을 섬세하게 떼어냈다. 삼촌의 설명대로 손질하고 나니 고기는 딱 절반이었다. 그래서 안창살이 특수부위 중에서도 귀족이구나, 싶었다. 삼촌이 좋아하는 부위라면 분명 육질도 기대 이상일 것이다.
이제 본격적으로 성형을 할 차례다. 삼촌은 또 참고 해야 할 것들을 알려준다.
"고기는 손질하는 방향에 따라 맛이 달라진다. 고기의 종류에 따라 칼질 방향도 달리해야 하거든. 소고기는 직각으로 칼질해야만 육질이 부드럽다. 돼지는 결대로 칼질해야 하고. 나무의 결을 다듬는 것처럼 섬세하게 다듬으면 된다."
"칼질의 방향에 따라 고기의 식감도 다르다는 것인가요?"
"그렇지. 근섬유질이 소와 돼지는 다르거든. 소는 단단하고 돼지는 가늘어. 근섬유를 끊지 않고 살려줘야만 어떤 요리에서도 부드러운 식감을 얻을 수가 있다."
고기의 맛이 칼질 방향에 따라 달라진다면 침대만 과학이 아니다. 발골도 과학이다. 섬세한 칼질인 예술과 과학의 만남이 만들어내는 성형작업이었다. 삼촌은 성형하는 시범을 보인 뒤, 늑간살과 꽃갈빗살, 토시살을 각자 실습할 몫으로 골고루 나눠줬다.

"고기에 하얀 심줄 같은 근막이 씹히면 고기 본연의 맛을 잃어버린다. 남아 있는 지방과 근막 제거를 잘하는 것이 성형의 기본이다."

삼촌의 성형하는 모습을 그대로 따라했다. 살이 덜 발라져 나와야 하는데도 자꾸 살이 근막에 붙어 있다. 수율로 따지면 빵점인 정형사였다.

"와우, 성형 수술하기 힘든데요."

최 셰프가 농담으로 던졌지만 사실이었다. 마지막 단계인 성형은 정말 예술적인 기술이 필요한 작업이었다. 요령껏 한다는 말은 안 통했다. 삼촌이 다듬은 고기는 깔끔했다. 최 셰프도 말끔하게 마무리되었다. 예쁘게 손질하고 싶었지만 뜻대로 되지 않았다. 사람 손에서 너무 오래 고기가 머물면 열기가 전해지기에 몇 번의 손질로 끝내야 한다. 온 신경을 집중했다. 잘한다는 소리는 듣지 않더라도 더 이상 실수는 하고 싶지 않았다.

모든 작업을 끝낸 뒤, 성형으로 다듬어진 고기를 보니 이제야 우리가 아는 고기로 보였다. 사람들을 위해 자신의 육신을 내놓은 영혼을 생각하면 이 일이 경건하다는 삼촌의 말은 맞았다. 새로운 이름으로 탄생한 꽃들은 먹기 아까울 정도로 예뻤다. 최선의 노력을 하고 난 뒤, 바라보는 이 순간이 만족스러웠다. 이런 기분 때문에 삼촌은 지금껏 이 길을 묵묵히 걸어온 것은 아니었을까?

"삼촌, 바라보는 것만으로도 배부른데요."

"그런 기분이 든다면 오늘 작업은 성공이다."

직접 작업을 해보니 그 수고로움 뒤에 오는 만족감을 충분히 느낄 수 있었다. 커다란 갈비 한 짝에서 얻은 고기는 얼마 되지 않았다. 도마에 고기를 골고루 담았다. 완성된 1등급 암소 갈비 모둠은 화려한 꽃밭이었다. 붉은 살에 자잘한 흰 꽃잎이 수를 놓은 듯, 볼수록 빠져드는 매혹적인 꽃밭이었다. 이제부터는 귀한 부위를 골고루 맛볼 수 있는 육꽃의 늪에 흠뻑 빠질 일만 남았다.

지방과 비계는 따로 모아두고 갈비뼈는 큰 대야에 물을 부어 담가두었다. 뼈들이 튼실해서 갈비탕을 만드는 데 적격이었다.

드디어 바비큐를 할 시간이다. 너무나 기다리고 고대하는 순간이었다.

"소금만 있으면 된다."

"소주도 있으면 좋겠는데."

마당에 피워둔 숯불 앞으로 집게와 석쇠, 냉장고에서 술과 손질한 마늘과 쌈 채소를 부지런히 날랐다. 목욕탕 의자까지 챙겨 와 불 앞에 둥글게 모여 앉았다. 앉고 보니 캠핑이라도 온 기분이었다.

먼저 귀한 안창살부터 구웠다. 고기를 살짝 익혀 입으로 가져갔다. 육향을 느낄 사이도 없이 혀에 스며들었다. 소금 하나만으로도 육즙과 쫄깃한 식감을 바로 느낄 수 있었다. 태어나서 나를 위해 이렇게 귀한 고기를 먹어본 적이 없었다. 불향을 머금은 안창살은 노동으로 지친 심신을 달래주기에 충분했다.

"완전히 새로운 맛을 탐험하는 기분인데요."

"음식이라는 건 어떻게 보면 굉장히 주관적이며 경험적이지."

최 셰프의 말은 맞았다. 직접 먹어보니 안창살의 풍미를 정확히 알 수 있었다. 경험은 삶의 폭을 넓혀주는 알찬 수업이라는, 최 셰프의 말은 옳았다. 오늘 미각의 폭을 확장시키기 위해서라도, 모든 고기를 골고루 맛봐야 될 것 같았다.

"최 셰프님은 유명한 음식 많이 드셔보셨죠? 가끔 생각나는 음식도 있겠네요?"

"나도 경험해보지 못한 게 수두룩해. 호주의 와규농장에서 일할 때 먹은 리볼버 프라임 립은 가끔 생각나지."

"리볼버라면 권총에 총알이 들어가는 둥근 모양 아니에요?"

"그렇지. 뭉텅이 등심덩어리에 소 다리뼈를 세로로 자잘하게 자른 본메로 뼈를 작은 끈으로 감싼 뒤, 긴 쇠꼬챙이에 꽂아 숯불에 천천히 익혀먹는 스테이크야. 소고기의 정점인 새우살과 사골에 들어 있는 골수의 조합은 환상적이거든. 풍미가 장난 아니더라고."

"본메로라면 소 뼈 속의 골수를 말하는 거죠?"

"맞아. 고기가 흔하니 별스럽게 만들어 먹는 게 그들의 문화인

거지. 지칠 때면 그곳이 생각나더라고. 와규목장의 카우보이가 되고 싶을 만큼 그곳 생활이 좋았거든. 반장님은 이렇게 오랫동안 일하면서 그만두고 싶지는 않으셨어요?"
조용히 불멍을 하고 있는 삼촌에게 최 셰프가 물었다.
"왜 없었겠나? 그냥 숙명이라고 여긴 세월이지. 내가 발골을 하지 않으면 사람들이 고기를 어떻게 먹겠나, 하는 마음으로 견뎠지."
사람을 위한 일이 되어야 한다는 삼촌의 말이 참 따뜻하게 들렸다. 작업 중에 허튼 생각이 들면 칼을 야스리에 벼리며 마음을 다잡았다는 게 진심으로 느껴졌다. 자신도 종종 그렇게 했기 때문이다.
"아저씨, 파티하세요?"
열린 대문으로 하나가 불쑥, 들어왔다. 외출하고 오는 것인지 멋을 잔뜩 낸 차림이었다. 삼촌은 퇴근하고 오는 딸을 맞이하듯 반겼다.
"어서 오너라. 엄마하고 동생은?"
"지금 막차로 들어오고 있어요."
"우리 집으로 오시게 얼른, 전화해라."
하나는 목욕탕 의자를 챙겨와 옆자리에 앉았다. 최 셰프는 막냇동생을 대하듯이 늑간살을 구워, 하나 앞으로 부지런히 가져다놓는다.
"역시 고기는 아저씨가 손질해야 된다니까요."

고기가 구워지는 족족 입으로 가져가는 하나의 넉살은 타고났구나, 싶었다.

"소주도 한잔 주세요."

"학생이 무슨?"

자신도 모르게 목소리가 높아졌다.

"아, 오빠? 진짜 촌스럽게 그러시네."

오빠라고? 오빠의 호칭이 가슴에 바로 와꽂혔다. 하나가 오빠라고 부른 것은 처음이었다. 어리둥절한 표정으로 하나를 쳐다봤다. 하나가 몸을 슬쩍 기울이며 아주 낮은 목소리로 속삭였다.

"그때 정말 고마웠어."

하나는 지금 몇 주 전, 찌질이하고 싸웠던 일을 말하는 것이다. 그날 이후, 처음 보는 것이니 인사를 하고 싶었던 모양이다. 뜻밖에 오빠란 소리를 듣자 가슴이 벅차올랐다. 다른 여자애들이 오빠라고 부르는 것과는 차원이 달랐다. 하나가 부르는 오빠는 그냥 오빠가 아니었다. 누군가의 보호자 같은 듬직한 사람이라는 뜻으로 들렸다. 갑자기 가슴이 뻐근해졌다.

삼촌이 점잖게 나무랐다.

"하나야, 콜라 마셔라."

입을 삐죽거리는 모습이 귀엽게만 보인다. 오빠라서 그런가?

"아저씨, 이렇게 모인 똘마니들하고 고깃집 맡아서 하면 안 돼요? '삼부옥' 사장님 사고 나서 문 닫고 지금 가게 맡을 사람 구해요."

"똘마니가 아니고 제자들이랍니다."

최 셰프가 똘마니에 꽂혀서 옥신각신하는 중에 삼촌이 놀라서 되물었다.

"권 사장, 사고 났어? 언제?"

"며칠 전에요. 늦은 밤에 운전을 하셨나봐요. 사모님도 같이 다치셔서 가게 문을 닫든가 아니면 맡아서 할 사람을 찾더라고요."

순간, 최 셰프와 눈이 마주쳤다. 우리의 실력을 키울 수 있는 절호의 기회가 아닌가?

"삼부옥? 그 촌집 말하는 거지?"

하나가 야물딱지게 대꾸했다.

"집은 허름해도 맛은 끝내주거든요. 고깃집이 고기만 맛있으면 되지?"

가만히 듣고 있던 최 셰프가 거들었다.

"요즘 네트로 감성을 더 찾는 추세 아닌가?"

그렇다면 망설일 필요가 없었다. 최 셰프가 긍정적으로 생각하니깐.

"삼촌, 우리가 한번 해봐요. 최 셰프랑 제가 도울게요."

하나가 눈을 반짝이며 빠르게 말을 쏟아냈다.

"아저씨, 사장님 나으실 동안 일 년 정도 맡아서 하시면 되잖아요? 세만 주면 될 거예요. 지금 사장님한테 전화할게요. 다른 사람이 하면 어떡해요?"

하나는 얼른 휴대폰을 꺼내 누군가에게 인사를 한 뒤, 삼촌에게 넘겼다. 삼촌은 얼떨결에 휴대폰을 받아서는 집 안으로 들어갔다. 조용히 대화하겠다는 뜻이다.

"하나 씨, 얼굴도 예쁘면서 눈치도 장난이 아닌데?"

최 셰프가 하나를 바라보며 놀랍다는 듯이 말했다.

"칭찬으로 받아들일게요."

통화를 마친 삼촌이 하나에게 휴대폰을 넘겼다. 모두 삼촌을 바라봤다.

"허 참, 권 사장이 간곡하게 부탁하는데, 너희들 일도 배울 겸 한번 해볼 의향은 있나?"

삼촌을 향해 동시에 대답했다.

"네."

"당분간 월급은 없다."

"월급이라뇨? 그냥 배울 기회만 주시면 됩니다."

최 셰프가 너스레를 떨었다.

"나는 권 사장 병문안 다녀올 테니, 최 셰프와 혁이는 내일 합천 삼가 고깃집에 가고."

맞다. 며칠 전 삼가 식육식당의 성형작업을 맡은 것이 생각났다. 약속은 지켜야 한다. 삼촌의 말을 따르기로 했다. 일을 마치고 와서 삼촌과 같이 가게를 보러 가기로 했다. 그때 하나 엄마와 동생이 마당으로 들어서며 무슨 일이 있냐고 물었다. 고기 굽는 냄새와 왁자하게 떠드는 소리가 온 동네를 울린다고 했다. 갑작스런 변화에 얼떨떨했지만 기분은 좋았다. 분위기가 더욱 화기

애애해졌다. 삼촌은 계속 숯불 위에 고기를 얹었다.

고기에 진심인 최 셰프는 하나에게 고기를 맛있게 먹는 방법을 소개했다. 바로 자신이 즐기는 스타일이었다. 육즙의 깊은 맛을 느낄 수 있도록, 한 점이 아닌 여러 점을 동시에 입에 넣는다. 첫 입에는 소금과 함께, 다음에는 하얀 쌀밥과, 그 다음으로는 와사비를 얹어 음미하는 방법이었다. 정말 고기에 진심인 육식주의자 최 셰프다운 식성이었다.

"난 이 꽃갈비가 최고로 맛있는데 최 셰프님은 여태 먹어본 고기 중에 어떤 고기가 최고였어요?"

고기를 집다 말고 하나가 물었다.

"맛과 분위기로 따진다면 맛은 홍콩에서 먹어본 돼지고기 차슈이고, 설명하자면 차슈는 삼겹살을 두툼하게 익혀 양념에 구운 고기야. 홍콩은 미식의 천국이거든. 미식가라면 꼭 한번 맛봐야 된다고 생각하지."

"그러면 분위기로 죽여주는 고기는 어떤 고기였는데요?"

"부에노스아이레스에서 먹은 아사도이지. 소가 인구보다 많은 나라야. 그쪽 사람들은 고기를 먹는 스케일부터가 달라. 그냥 송아지 한 마리를 통으로 숯불에 익혀가며 먹거든. 안데스 산맥을 바라보며 농장에서 먹은 아사도는 환상의 맛이더라고."

"대박! 아저씨 그렇게 안 봤는데 부에노스아이레스까지 가봤어요?"

하나가 놀랍다는 듯이 호들갑을 떨었다. 가정집마다 아사도 굽기에 적합한 불판이 설치되어 있어 아사도는 그들의 일상이라고 했다. 우리의 삼겹살문화나 일본의 전골처럼, 가족적인 문화가 돋보이는 곳이라고 했다. 아사도는 소 부산물인 내장이나 곱창부터 시작해서 한국에서는 맛볼 수 없는 특수부위까지 먼저 에피타이저로 입가심을 한 후에 본격적으로 고기를 먹는다고, 소개했다. 삼촌은 최 셰프의 말에 조용히 귀를 기울이고 있었다.

"그쪽과 우리나라는 소의 육질이 다르지 않은가?"

"그렇죠. 우리나라는 구이 위주니 마블링을 중요하게 생각하지만, 걔들은 송아지 한 마리를 통으로 쇠고리에 걸어두고 숯불에 천천히 익혀가면서 먹는 스타일을 선호하죠."

삼촌은 우리나라 소와 방목해서 키우는 소는 육질에서 차이가 나는 이유를 사료와 운동량으로 꼽았다. 풀만 먹이면 풀향이 배어 육질의 맛이 싱거워질 수 있지만 한우는 각 지역의 축협에서 개발한 사료와 여물과 영양이 있는 죽을 먹이기 때문에 방목으로 키운 소에 비해 맛이나 육질이 월등히 뛰어나다고 평가했다.

"선호하는 게 다르지만 서로 다른 문화가 이색적이니까. 그런 식문화가 우리나라에 들어오면 사업성은 있을까?"

"타산이 안 맞을 겁니다."

"그렇겠지."

"부피는 이 정도는 가능하죠? 30킬로 정도."

"뭐가요? 아사도를요?"

하나가 놀라서 물었다.

"커다란 쇠를 땅에 꽂고 갈빗대에 구멍을 뚫어 쇠꼬챙이에 단단하게 걸은 다음, 갈빗대부터 익히면 돼요. 등심도 가능하죠. 아사도 전용 불판이 있으면 죽여주는데. 반장님 언제 아사도 한 번 구워볼까요?"

"와우, 진짜 아저씨 생긴 것하고 다르시네."

하나의 호들갑을 인정하고 싶었다.

부에노스아이레스라니? 말만 들어도 흥분이 되었다. 넓은 평원에 소들을 풀어놓은 뒤, 암송아지 한 마리를 잡아 튼튼한 쇠꼬챙이에 꿰어 불가에 두고 천천히 익어가는 고기를 먹으며 사는 삶이라니? 서부 영화에서나 봄직한 그런 낭만이 아직도 존재한다는 게 가슴 설레게 했다.

"하나 씨, 우리랑 같이 일해요?"

최 셰프의 제안에 하나가 대꾸했다.

"월급을 세게 주셔야 될 걸요?"

하나 엄마는 옆에서 하나에게 눈치를 준다. 얌전히 있으라는 뜻이다. 엄마가 눈치를 줘도 하고 싶은 말 다하는 저런 당당함이 하나의 매력이다.

"스카우트니까 당연하지."

최 셰프가 호탕하게 웃으며 말했다.

"저도 알바 스카우트 해주세요."

옆에 앉아 있던 동생 하준에게 최 셰프는 원한다면 발골하는 법도 가르쳐주겠다고 약속하자 동생들이 자기가 먼저라고, 토닥거리는 모습이 정겹다. 자신이 한번도 해보지 못한 남매간의 장난이 그저 귀엽게만 보인다.

삼촌은 커다란 가마솥에 핏물 뺀 갈비뼈를 넣고 끓였다. 벌써부터 구수한 냄새가 풍기는 게 갈비탕 맛이 끝내줄 것 같았다. 하나 가족도 낼 아침에 갈비탕을 먹을 것이다. 같이 먹는 밥상이 벌써부터 기대된다.

차가운 공기에 뺨은 시려도 이렇게 마냥 앉아 있고 싶다. 따뜻한 불 앞에 옹기종기 앉아 있는 모습은 자신이 한번도 경험해보지 못한 풍경이었다. 삼촌을 만난 것도, 최 셰프가 찾아온 것도, 하나 가족과 어울려 이렇게 고기를 구워먹는 것도, 마치 꿈을 꾸고 있는 것 같았다.

바람도 쉬는지 잠잠하고 오늘 따라 하늘에는 별이 총총하다. 배도 부르고 불가에 앉아 있으니 몸도 마음도 따뜻하게 풀어진다. 딱 이 정도의 행복만 바랄 뿐이라고, 별을 보면서 생각했다.

## 8. 우리들의 삼부옥

새롭게 맡게 된 '삼부옥'은 곧바로 문을 열지 못했다. 영업할 때는 몰랐는데 문을 닫은 상태로 들여다보니 보통 심각한 게 아니었다. 말하자면 여기저기 치이고 멍든 모습이 버리기 일보 직전의 폐기물 꼴이었다. 이 몰골로 버텼다는 게 가상키도 하고, 그동안 외면하지 않고 찾아왔던 단골들이 고맙기까지 했다. 스산한 매장에 서 있으니 집안은 사람의 온기가 데운다는 말이 실감났다. 그나마 잊을 만하면 간간히 들려오는 냉동고 모터 소리만 한때는 잘나가는 집이었다고, 알려주는 것 같았다.

단골인 내가 봐도 한숨이 절로 나왔다. 원래 살림이라는 건 제자리에 있을 때는 모르지만 손 놓아버리면 볼장 다 본 듯 초라한 것이다. 삼부옥이 딱 그랬다. 최 셰프는 이곳저곳 기웃거리며 한숨만 내셨다. 세련된 프랜차이즈 고기집들이 읍내에도 있는데 이런 꼴로는 절대 운영할 수 없다는 의견은 모두가 일치했다.

월세 걱정과 단골들이 떠날까봐서 장사를 하면서 하나씩 고쳐 나가자는 하나의 주장은 맥도 못췄다. 시간이 걸리더라도 고칠 건 확실하게 고쳐야만 한다. 내 자신부터도 이런 집에서는 물 한 모금 먹고 싶지 않은데 유행에 민감한 손님들에겐 고기 맛이 생길 리가 만무했다. 그렇다고 삼부옥을 프랜차이즈처럼 꾸미겠다는 건 아니다. 정갈하고 깨끗하면 된다. 딱 그 정도가 삼부옥에 어울리는 인테리어였다.

그런데 막상 계획을 잡고 보니 고칠 게 한두 가지가 아니었다. 차라리 새로 집을 짓는 게 나을 것 같지만 욕심은 내려놓고 모두의 의견을 모았다. 우선 간판은 그대로 두기로 했다. 휘갈겨 쓴 글씨가 벗겨져도 나름 멋스러움이 있었다. 매장 안에만 페인팅을 하고 덕트와 불판이 달려 있는 탁자는 아직 쓸 만해서 불편한 의자만 교체키로 했다. 화장실도 개선해야 할 부분이었다. 또 가족모임이나 회사에서 단체 회식장소로 이용할 수 있도록 작은 방을 트기로 했다.

무엇보다 고기만큼은 최상급이어야 했다. 기존에 거래하는 업체도 괜찮지만 우리에게 맞는 정육업체를 찾는 게 중요했다. 대표 메뉴가 정해지만 그 부분은 삼촌이 맡기로 했다. 지금껏 삼부옥은 소고기, 돼지고기 정하지 않고 그날 들어오는 대로 판매했다. 단일 메뉴가 아닌 여러 고기들을 메뉴에 올린 것은 식육식당의 특색이었다. 그렇다면 지금처럼 유지하느냐 아니면 한 가지 메뉴를 정하느냐가 관건이었다.

　지역 특성상 가까운 합천 삼가 지역은 한우거리로 유명하다. 어차피 소고기 드실 분들은 삼가 지역으로 빠진다면 여기서 돼지고기를 전문으로 해도 충분히 승산이 있을 것 같지만 장사는 모를 일이다. 전통으로 이어오던 것을 쉽사리 바꾼다는 건 위험한 모험일 수도 있었다. 그동안 다녔던 단골손님들의 성향을 무시할 수가 없기 때문이다. 그렇다고 손질이 많이 가는 두 메뉴를 계속해나갈 수도 없는 노릇이다. 그동안의 매출 전표를 확인해 봐도 반반이었다. 하나의 주장대로라면 가족들 모임에는 주로 소고기를 먹고, 친구들이나 회사 회식으로는 돼지고기를 많이 찾는다고 했다.

　쉽사리 결정을 내리지 못하고 있자 삼촌이 결정을 내렸다. 간판도 그대로이니 이 집의 전통을 이어받아 당분간은 소고기와 돼지고기를 함께 내자고 했다. 단골들의 익숙한 스타일을 쉽게 바꿀 수 없기에 내린 결정이었다. 작업해야 하는 일이 많아지겠지만 한 달 동안 매출을 지켜보기로 했다.

　삼촌의 결정에 최 셰프가 아이디어를 냈다. 손님들에게 주문받아 고기를 내는 게 아니라 오픈 쇼케이스를 입구 쪽에 설치하여 단품이나 모둠으로 포장해놓고 손님들이 직접 선택하게 하자는 제안이었다. 그러면 일이 훨씬 수월할 수 있고, 시각적으로도 효과를 낼 수 있다는 의견은 적절했다. 오픈 쇼케이스를 설치하려면 가게 옆 창고를 수리해야 해서 주인에게 연락하여 승낙을 받았다. 기왕지사 시작했으니 확실하게 하고 싶었다. 전기공사와 전문성이 필요한 부분은 인테리어업체에 맡겼다. 다행히 일은 빠르게 진행됐다.

정육 시스템을 갖추기 위해 좁은 주방에 있는 냉동고를 앞쪽에 비치하고, 발골을 하는 육코너를 새로 만들었다. 육코너에 맞는 8자 진열 냉장고만 놓으면 될 것 같았다. 그러면 주방에서는 식사 위주로만 준비하는 것으로, 고기를 맡은 육코너 쪽에서는 고기만 내는 시스템으로 갖춰진 것이다.

이제 직원들을 통솔하고 업장의 대표를 맡을 점장만 정하면 된다. 연배를 보나 경력으로 보나 당연히 삼촌이 맡아야 하는데 삼촌은 단박에 거절했다.

"젊은 너희들이 이끌어가길 바란다."

"선배님인 삼촌이 하셔야죠."

"책임자가 되어 그동안 생각했던 것들을 여기서 펼쳐보란 말이다."

삼촌의 뜻은 완강했다. 기회는 후배들에게 주고 자신은 뒤로 물러나 육코너만 맡겠다는 뜻이었다. 젊은 우리에게 기회를 주고 싶은 삼촌의 배려였다. 더 이상 권할 수가 없어 최 셰프가 점장을 맡기로 했다. 큰 문제는 언제든지 회의를 통해 결정하기로 했다. 점장이 된 최 셰프의 지시에 따라 먼저 영업장에 필요한 물품들을 적다보니 예상 외로 많았다.

"구입 비용이 꽤 될 것 같은데요."

미안한 마음에 조심스럽게 삼촌에게 보고했다. 이미 수리비가 많이 들었기 때문이다.

"돈 걱정은 하지 말고, 필요한 것들을 꼼꼼하게 잘 살펴봐라. 서울 황학동 중고시장에 가면 다 구할 수 있다."

걱정했던 부분을 해결해주는 삼촌이 있어 고맙고 든든했다. 아무리 몸만 들어가서 하는 장사라도 밑천은 들어가는 법이다. 삼촌의 도움으로 이렇게 일사불란하게 움직이는 게 믿어지지 않았다. 돈을 벌어도 쓸 곳이 없어서 모인 돈이라고 했다. 먹고 살 만큼만 번다고 했지만, 발골 솜씨를 보고 일을 맡기면 거절 못했을 삼촌이다. 삼촌의 지난 세월과 피와 땀으로 이루어지는 우리의 '삼부옥'이었다.

꿈을 꿔도 될까? 내가 그리던 마장동을 여기서 펼쳐도 괜찮을까? 꼭 서울일 필요는 없잖아. 지방의 작은 읍에서든, 제주에서든, 런던에서든, 자신의 꿈을 펼칠 수 있으면 된다. 이제 시작이니 걱정은 떨쳐버리자. 가장 우리다운 것이 보편적인 것이고, 세계적인 것이라는 삼촌의 격려를 믿으면 된다. 무엇보다 혁의 곁에는 삼촌과 최 셰프가 든든하게 버티고 있다. 걱정할 이유가 하나도 없었다.

황학동 중고시장에서 자잘한 주방용품과 그릇들, 진열 냉장고와 오픈 쇼케이스, 대형 냉동고를 들여왔다. 조금씩 식당다운 모습이 갖춰지자 '삼부옥'이 훤해졌다. 성형을 해도 최고의 성형을 했다며 최 셰프는 만족해했다.

삼촌의 의견대로 돼지고기 모둠세트와 더불어 소고기모둠도 당분간 같이 내놓기로 했다. 삼촌과 최 셰프의 일이 많아지는 건 사실이다. 돼지고기를 선택할 때, 돼지의 종류인 듀륙이냐 YBD를 두고 다양한 의견이 나왔지만 듀륙은 자체적으로 기름을 머금고 있어 맛으로는 좋지만 불판이 중요했다. 그 맛을 느끼려면 솥뚜껑 같은 두꺼운 불판을 따로 제작해야 했다. 비용이 만만치 않을 것 같아, 우리의 선택은 생고기 얼룩도야지인 YBD였다.
 주력 상품인 돼지 목살과 삼겹살은 침지숙성을 해야 그 깊은 맛을 볼 수 있다는 최 셰프의 주장에 따라 워터에이징을 할 숙성고도 추가로 구입했다.
 "워터에이징을 설치하면 맛도 맛이지만, 가게 수준이 업그레이드되거든."
 요즘 인기 있는 고깃집들은 자체적으로 습식과 침지숙성을 한다. 침지숙성은 삼겹살을 진공으로 포장한 후 염도를 맞춘 전용 숙성고인 물탱크에 넣어 보름 정도 숙성시키는 방법이다. 풍미나 육즙은 비슷하지만 부드러움은 습식보다 침지숙성이 훨씬 낫다는 게 최 셰프의 주장이었다.
 돼지고기 불판은 지금 있는 판 석쇠를 사용하기로 했다. 소고기는 돌로 만든 무쇠판을 선택했다. 고기를 드신 후 된장찌개를 끓일 때 무쇠판에 묻어 있는 기름기로 인해 찌개 맛이 한층 더 살아나기 때문이다. 화로는 지금 사용하고 있는 사각 화로를, 숯은 참숯을 사용하기로 했다.

돼지고기 모둠세트로는 갈빗살과 목살, 삼겹살과 가브리살을 선택했다. 소고기 모둠세트로는 꽃등심과 갈빗살 위주로 하되 부챗살과 살치살을 추가로 얹기로 했다. 가격 문제로 의견이 좀 분분해졌다.

"지금 SNS를 보면 소고기 가격이 엄청 싼 게 있거든요. 소비자들이 육우인지 한우인지 정확하게 표시를 봐야 하는데. 무턱대고 구입하는 걸 보면 정말 안타까워요."

최 셰프가 말했다.

"육우를 마구 섞어 국내산이라고 하면 말은 되거든. 한우의 반값이니 싼 가격으로 소고기를 먹을 수 있다며 눈속임하는 거지."

삼촌은 잠깐 동안 손님들을 속일 수는 있지만 얼마 못가서 그 집은 문을 닫는다고, 삼부옥이 왜 오랜 세월 존재했는지를 명심하자고 당부했다.

그렇다면 좋은 고기를 팔되 정확하게 가격을 정하면 된다. 부위별 선호하는 고기를 모둠으로 만들어 소비자들이 선택할 수 있는 기회를 주자는 것이다. 소고기모둠은 몇 가지 단품과 함께 가격대별로 섞어 3종류의 세트를 추가시켰다.

곁에 따라나오는 메뉴는 새송이버섯과 꽈리고추를 선택했다. 쌈으로는 지역의 특산물인 밭 미나리를 내기로 했다. 미나리는 살짝 익혀서 먹을 수도 있고, 생으로도 먹을 수가 있다. 무엇보다 미나리 향이 느끼함을 잡아줘, 고기를 먹을 때 안성맞춤이었다.

식사는 메밀소바로 정했다. 메밀소바는 이 지역의 특산품이니 당연히 메뉴판에 있어야 한다. 겨울에는 온 소바를, 여름에는 냉소바를 내면 될 것이다.

사이드 메뉴로는 돼지껍질과 파인애플을 넣기로 했다. 남미 쪽에서는 고기를 먹을 때 파인애플을 익혀 먹는다는 최 셰프의 의견에 솔깃해졌다. 살짝 구우면 새콤한 맛은 사라지고 달큰한 맛이 번져 입맛이 확, 살아난다고 했다. 감귤도 구워먹으면 달달한 맛을 느낄 수 있는데 파인애플이라니? 생각만으로도 입안에 침이 고였다.

메뉴가 정해지고 개업일에 앞서 직원들이 먼저 시범저으로 밋을 보기로 했다. 회식 겸 단합모임이었다. 직원이라고 해봤자 육가공코너를 맡은 육부장인 삼촌과 점장인 최 셰프, 계산과 홀 서빙 매니저인 하나와 주방장인 하나 엄마다. 물론 나는 주방과 홀, 육코너 모두를 아우르는 직원이었다. 주방보조는 당분간 인력센터를 이용하기로 했다. 알바생인 하준도 참석했다.

"그러고보니 우리 가족들 모임이구먼."

삼촌의 말처럼 모두 아는 얼굴이었다. 오랜만에 가족들이 외식하는 장면이 연출되었다. 식탁에 음식들이 차려진 뒤, 먼저 숯불을 피워 우리의 최애 고기인 침지로 숙성한 삼겹살과 갈빗살을 맛보기로 했다. 최고의 육즙을 맛볼 수 있는 시범을 보여주겠다며, 최 셰프가 집게를 잡았다.

"삼겹살은 두 가지 종류로 자를게요. 얇은 두께와 두툼한 두께에서 느껴지는 육즙의 맛을 보자고요. 그래야 정확하게 매뉴얼을 정할 수가 있으니 신중하게 맛을 보셔야 됩니다."

달궈진 불판 위에 주먹 정도의 고기뭉텅이가 놓이자, 들려오는 소리부터가 명랑했다.

"안녕하십니까? 제가 좀 늦었습니다."

모두들 집중하고 있는 가운데 갑자기 영업장 문이 열리며 젊은 남자가 들어섰다. 누군가 싶어 눈길이 모두 문으로 향했다. 가만, 저 녀석은 몇 달 전에 싸웠던 바로 그 찌질이가 아닌가.

"뭐야, 저 새끼는?"

"내가 불렀다."

삼촌이 말했다. 놀라서 되물었다.

"왜요?"

"병수는 내일부터 우리하고 같이 일하기로 했다. 주방보조니까 숯불을 책임질 것이다. 최 셰프에게 고기 굽는 법도 확실하게 배우도록 하고, 앞으로 잘 지내길 바란다."

"어떻게 된 일인지 말씀을 해주셔야 같이하든지 말든지 하죠?"

도저히 이 상황이 받아들여지지 않아 좀 불만스럽게 삼촌에게 해명을 요구했다. 어떻게 저 찌질이와 함께 일을 할 수 있나 말이다.

"제가 찾아와서 사장님께 부탁을 드렸어요. 여기를 맡으신다고 해서 제가 사정을 했습니다. 그때 일은 제가 진심으로 사과를 드리겠습니다."

병수가 사과하면서 손을 내밀었다. 이걸 받아줘야 하나, 어쩌나 싶어 삼촌을 바라봤다. 삼촌은 고개를 끄덕였다.
 "병수가 몇 번이나 찾아와서 간청했다. 형인 혁이가 좀 많이 도와주길 바란다."
 "김병수입니다. 그때 일은 정말 죄송합니다. 앞으로 선배님으로 모시면서 열심히 하겠습니다. 받아주십시오."
 내키진 않았지만 어쩔 수 없이 인사를 나눴다. 진짜, 이 새끼 용기 하나는 대단하다. 나 같으면 쪽팔려서 얼굴도 못들 텐데. 어쨌든 고개 숙이고 온 녀석이니 받아주는 게 또 사나이 아닌가 싶었다. 병수는 최 셰프에게도 깍듯하게 인사했다. 하니는 본체만체했다. 아직 앙금이 많이 남아 있다는 뜻이다.
 "하나야, 미안하다. 내 사과를 받아주라."
 "신경끄시지."
 새침하게 하나가 대꾸했다. 무안해하는 병수의 어깨를 한번 툭, 쳐줬다. 한심하고 찌질한 녀석이지만 그래도 힘내라는 뜻이다. 심성이 최고의 관상이라는 말이 실감났다. 험한 눈빛은 언제 씹어먹었는지, 이제는 꼬리 내린 순한 강아지 꼴이었다. 혹시, 또라이 기질이 있나 싶어 주시했던 의심의 눈을 거둬야 했다. 그동안 무슨 일이 있었는지는 모르겠지만 아무래도 해병대 대선배님 덕분에 개과천선을 한 것은 분명했다. 그렇게 쉽게 인연을 맺지 않는 삼촌의 뜻을 알다가도 모를 일이었다.
 "우리 영업장에서는 돼지고기가 두툼하게 나오니깐 손님들에게 맡기면 맛있게 굽기가 어렵거든요. 고기를 잘 굽는 게 제일 중요한 포인트입니다."

"어느 정도까지 구워야 하나요?"

궁금한 것을 못 참는 하나가 물었다.

"굿! 좋은 질문이야. 먼저 두툼한 고기를 불판에 올리고 충분히 익도록 둡니다. 그리고 앞뒤가 이렇게 익어가면서 육즙이 떨어지죠? 육즙이 숯불에 닿으면서 연기가 올라오는 이때 가위질을 하는 겁니다. 이때가 왜 중요하냐면 구이에서 최고의 조미료는 바로 숯입니다. 숯에서 나오는 온도가 고기의 아미노산과 지방을 변화시켜 감칠맛을 내게 해주거든요. 이걸 전문적인 용어로 마이야르 반응이라고 하죠. 고기의 수분이 아래로 떨어지면서 뜨거운 숯과 부딪친 뒤, 연기는 다시 위로 올라와서 고기에 달라붙어 맛과 향을 기막히게 내거든요."

아는 것도 많은 우리의 최 셰프 점장님이다. 점장님이 설명하는 전문적인 용어가 머리에 쏙쏙, 들어왔다. 구이에서 숯이 왜 중요한지를 처음으로 알았다. 그래서 비장탄보다 숯을 선호하는 이유가 여기에 있었구나 싶었다. 모두들 최 셰프의 말에 귀를 기울였다.

"우리는 불을 이용한 네안데르탈인의 후손이니 숯불구이는 우리 인류의 본능이라 할 수 있죠. 자, 보세요? 숯향을 머금은 이 자태를요? 이때 재빠르게 집게로 고기를 일렬로 정돈하면 됩니다. 이렇게 말입니다. 잘린 한쪽 면까지 익으면 살짝 뒤집으면서 손님들에게 먹기를 권해야 합니다. 그동안 손님들은 그릴링을 하는 직원들을 보면서 충분히 먹을 준비가 되어 있겠죠? 이때 먹으면 맛이 어떨까요?"

"기가 막히죠."

하준이가 침을 삼키며 말했다.

"그렇죠. 이런 퍼포먼스를 손님들은 은근히 원하거든요. 고기만 굽고, 맨숭맨숭하게 있으면 심심하겠죠? 그럴 땐 우리 매장의 다른 메뉴를 소개하기도 하고, 고기를 까다롭게 선별하는 기준이라든지, 고기를 키우는 농장이 얼마나 친환경인지를 말하면서 손은 계속 이렇게 움직여준단 말입니다."

최 셰프는 세련된 손님 접대 노하우까지 알려주고 있었다.

"그렇다면 손님에게 집게를 넘길 때는 언제쯤이죠?"

"바로 지금이지. 고기 굽는 것을 충분히 보았기에 그대로 재현하면 되거든. 손님들이 많을 때는 어느 자리에 앉아도 먹을 수 있도록 펼쳐주면 돼. 만약에 손님이 두 명인데 불판에 고기가 많다 싶으면, 구운 고기를 거치대에 올려놓고 떠나면 됩니다."

"자, 다 같이 먹어봅시다."

기다림에 지쳐가고 있을 때, 감사하게도 삼촌이 말했다.

"아참, 그리고 손님들에게 처음에는 소금에 살짝 찍어 드시게 하고, 다음으로는 겨자나 미나리와 파절이에 싸먹도록 꼭 알려줘야 됩니다."

젓가락질이 바빴다. 침을 삼키면서 기다린 시간이 얼마나 길었는지 모른다. 첫 맛이 중요하다. 소금에 살짝 찍어 맛을 보니 숯향이 바로 입안에 퍼져나갔다. 고기의 두께가 두꺼울수록 육즙이 오래도록 입안에 머물렀다.

"와, 고소한 '불향'이 나요."

"대박! 육즙과 육향이 팡팡 터져요."

"뭘 같이 먹는가에 따라 고기맛이 다른데요."

저마다 한마디씩 품평을 했다. 각각의 의견은 공통으로 느끼는 맛이기도 했다.

"이렇게 두툼하게 자르는 쪽이 육즙이 더 많이 느껴지는 것 같은데요."

모두가 긍정적인 반응을 보여 삼겹살 두께는 두껍게 자르는 쪽으로 정했다. 생 미나리와 불판 위에 살짝 익힌 미나리는 다른 맛이 났다. 그건 손님의 취향에 맡겨야 할 부분이다. 이번에는 돼지갈빗살이다.

"갈빗살에 불맛을 잘 입혀 구우면 소고기 맛을 느낄 수 있어요."

"기대되는데요."

역시 맛은 정직했다. 불향을 머금은 고소한 맛이 입안에 퍼지며, 씹히는 육질은 씹을수록 베이컨 맛이 났다. 숯불이 최고 조미료라는 말이 실감났다. 반찬과 같이 먹으면 더욱 풍부한 맛을 맛볼 수 있을 것 같아 파절이와 같이 먹었다. 느끼한 지방이 짭짤하고 매콤한 양념과 어울리자 고기의 또 다른 풍미가 입안에 번졌다. 밑반찬의 선택도 훌륭했다. 그리고 무엇보다 익힌 파인애플이 환상적이었다.

단맛의 응축이랄까? 입안에서 침과 함께 섞이자 바로 상큼한 맛의 나라로 빠져들게 했다. 느끼했던 입안이 상큼해지자 끊임없이 고기를 먹을 수 있을 것 같았다. 지방의 느끼함을 잡아주고 입안에서 감도는 상큼한 맛으로 인해 기분까지 좋아진다는 것이 모두의 의견이었다. 파인애플의 선택은 신의 한 수였다.

그렇다면 우리 업장의 하이라이트는 숯향이 적절하게 밴 두툼한 살코기여야 한다. 전체적으로 다 익히면 안 된다. 살코기는 80% 익히는 것이 맛의 극대화를 느낄 수가 있다. 약간의 붉은 색을 안쪽에 품고 있는 살코기를 입안에 넣었을 때, 육즙이 터진다는 것을 기억해둬야 할 부분이었다.

고기를 맛있게 굽는 방법과 우리 매장에서 취급하는 고기 특성을 전 직원이 알아야 한다는 것이 최 셰프의 요구사항이었다. 특히 손님과 처음으로 대면하는 홀 직원의 태도에 따라 매출이 변할 수 있다며, 최 셰프는 하나에게 몇 번이나 잘 부탁한다고 당부했다. 야무딱진 하나답게 맡은 바 임무를 틀림없이 잘해나갈 것이다.

이번에는 반찬에 대한 평가의 시간이다. 미나리를 구울 때, 불판 위에 올라가는 콩나물무침의 붉은 기가 스며드는 게 보기가 싫었다. 무엇보다 미나리 본연의 맛을 저해할 수도 있다는 주장에 콩나물무침은 불판에서 아웃되었다.

내일부터 시작이다. 오픈은 11시 반에 시작해서 마감은 오후

11시이다. 기회가 주어졌으니 충실히 내 몫을 하고 싶었다. 내가 할 수 있고, 배울 수 있는 것은 모두 경험해보고 싶었다.

식당 일은 매일 반복되는 일이지만 매일 달랐다. 판매되는 고기도, 매출도, 오는 손님도, 일하는 동료의 기분까지도 날씨만큼이나 변동이 있었다. 오는 손님들의 모임도 요일마다 달랐다. 휴일은 주로 동창들 모임이거나 가족들 모임 위주였다면, 평일 저녁은 공단 직원들의 회식이 많았다. 여전히 소고기와 돼지고기가 반반씩 나갔다. 전통은 확실히 무시할 수 없는 부분이었다. 평일 점심은 우리 가게를 알리는 홍보 차원에서 낸 삼촌의 아이디어가 히트 메뉴가 되었다. 농공단지 입구와 영업장 앞에 내걸린 현수막이 인상적이었다.

'고기 듬뿍 짜글이 식사를 9천원에 모십니다.'

야채쌈과 내놓은 점심 특선이 의외로 반응이 좋았다. 요즘처럼 고물가시대에 이 정도 금액으로 맛깔스런 한 끼 식사를 한다는 것은 쉽지가 않다. 삼촌은 아낌없이 고기를 넣게 했다. 밑반찬도 매일 바꿔 내놓으라고 요구했다. 개업기념 홍보 차원에서인가 싶었지만 아니었다. 앞으로도 계속 그렇게 할 것 같았다.

"삼촌, 이러다가 우리 손해보는 것 아니에요?"

불만스러워서 조금 투덜거렸다. 짜글이는 고기 손질을 할 때 생기는 자투리 고기였다. 자투리라도 부챗살과 갈빗살 등 일등급 소고기였다. 일반 가정에서는 쉽게 넣을 수 없을 만큼의 고기

양이 들어갔다. 된장찌개를 원하는 분들을 위해 추가로 된장짜글이도 메뉴에 넣었다. 자투리 고기의 기름기를 빼고 두부와 양파만 넣어도 구수하고 담백한 맛이 일품인 된장짜글이였다. 좋은 고기를 듬뿍 넣은 덕분에 짜글이를 먹으러 오는 손님들이 점점 늘어나서 대기표를 받아야 할 정도였다.
"식당은 아낌없이 줘야 된다. 그래야 그 집이 오래간다."
입소문이 났는지 점심시간을 3시까지 연장했다. 어쨌든 손님들이 온다는 게 중요했다. 점심을 맛나게 드시고, 저녁에 술 생각이 나서 들를 수도 있는 손님들이었다. 당장 눈앞의 이익보다 멀리 보라는, 삼촌의 말을 따라야 했다.
시장을 봐오는 것은 내 몫이었다. 몸은 고되지만 신선하고 좋은 재료를 저렴하게 구입할 수 있기 때문에 되도록이면 직접 구입하려고 한다.
오늘은 직원들을 먼저 영업장에 내려주고 진주의 농산물 도매시장까지 다녀왔다. 야채와 김치 재료를 잔뜩 챙겨 가게에 들어서자 모두들 매장에 있는 TV 앞에 앉아 있었다. 무슨 일인가 싶어 가까이 다가갔다.
"혁아, 외삼촌한테 전화 한번 넣어봐라."
삼촌이 돌아보며 침통하게 말했다.
"왜요? 무슨 일인데요?"
하나가 손가락으로 TV를 가리켰다. 화면에는 화재가 난 장면을 보여주며 아나운서의 멘트와 자막이 동시에 떴다.

'서울 마장동 먹자골목 화재로 인해 식당들이 모두 전소되어 잿더미.'

불이 났다고? 순간, 눈앞이 캄캄했다. 화면에서 보여주는 붉은 화마가 출렁이는 물결처럼 일렁거리고 있었다. 또다시 불의 기억들이 되살아났다. 가슴이 답답해지면서 온몸의 기운이 빠져나가는 것 같았다. 의자에 털썩, 주저앉아 멍하니 화면을 바라봤다. 불꽃이 넘실대며 기세 사납게 검은 연기를 품어내는 그곳은 지옥이었다. 불은 묻어두었던 아픔을 다시 떠오르게 하는 불쏘시개였다. 가슴이 답답해지며 입안이 바싹 타들어가는 것이 또다시 악몽이 시작되는 것 같았다.

불안감이 엄습하는 속에서도 분명하게 느껴지는 건 외삼촌의 안부였다. 외삼촌의 야윈 모습이 불현듯이 떠올랐다. 주머니를 뒤져 휴대폰을 꺼냈다. 매장에 있는 모두의 눈길이 느껴졌다. 통화음은 오래 갔지만 받지 않았다.

"왜, 전화를 안 받나?"

앞에 앉은 삼촌이 걱정스럽게 물었다.

"삼촌, 아무래도 지금 올라가봐야 할 것 같아요. 외삼촌은 몸도 좋지 않은데 충격으로 안 좋아지시면 어떡해요?"

"먼저 통화를 하고 난 뒤 결정하자. 다시 해봐라."

계속 통화 버튼을 누르자 드디어 외삼촌이 받았다.

"외삼촌, 지금 어디세요? 뉴스에서 그곳에 불이 났다는데, 괜찮아요? 다친 곳은 없어요?"

자신도 모르게 벌떡 일어나며 큰소리로 물었다.

"그래. 새벽에 그랬나보더라. 우린 아무 이상 없다. 혁아, 이제 마장동엔 아무것도 없다."

외삼촌은 의외로 덤덤하게 말했다. 그래서 되물었다.

"외삼촌, 충격받으신 건 아니죠? 제가 올라갈게요."

"그럴 필요 없다. 지금은 할 게 아무것도 없다. 건질 것도 없어. 이참에 쉬면서 미국에 있는 누나들한테 가보기로 했다. 하는 일은 괜찮나?"

외삼촌은 도리어 이곳의 소식이 궁금하다는 듯이 물었다.

"최 셰프도 내려와서 조그마한 고깃집을 삼촌이랑 함께하고 있어요."

"장사는 되나?"

"그런대로 잘 됩니다. 외삼촌, 정말 제가 안 올라가도 괜찮겠어요?"

옆에 있던 삼촌이 바꿔달라는 신호를 했다.

"외삼촌, 삼촌이 바꿔달래요."

삼촌은 건넨 휴대폰을 들고 매장 밖으로 나갔다. 한참이나 이야기를 나눈 후에야 휴대폰을 돌려주었다.

"외삼촌, 내려오세요. 이참에 여기서 좀 쉬시다가 가세요."

"여기 일이 정리되는 대로 내려갈 테니 걱정마라."

전화를 끊고 멍하니 자리에 앉아 있었다. 가게 전화벨이 울리고 하나가 예약을 받는 소리에 다들 정신을 가다듬고 각자 자리로 흩어졌다. 심란했다. 무엇보다 외삼촌의 건강이 걱정되었다. 그동안 나 살기에 바빠서 외삼촌을 잊고 있었다. 그게 마음에 걸렸다. 왜 후회는 항상 뒤늦게 오는 것일까? 외삼촌을 이곳으로 모시고 오면 그나마 마음이 좀 놓일 것 같았다.

"삼촌, 이참에 외삼촌 여기 오셔서 좀 쉬시게 하면 안 될까요?"
"나도 그렇게 권했다. 일이 좀 정리되면 내려오겠다고 했으니 기다려보자. 너도 너무 마음 끓이지 말고 일에만 집중해라."

외삼촌 일이 머릿속에서 계속 맴돌았다. 그동안 고생하셨으니 쉬시는 게 당연하지만 갑자기 충격을 받아 더 아프실까봐 그게 제일 걱정되었다. 오늘 저녁엔 공단에 있는 회사의 부서 회식이 두 팀이나 예약되어 있었다. 인원이 많아 오늘 손질해야 할 고기가 꽤나 많다. 그것도 소고기를 원했다. 섬세한 손길이 요구되는 고기 성형을 도와야 했다. 삼촌은 말렸지만 시간이 촉박했다. 이런저런 생각이 자꾸 머릿속에서 일어났다 사라지곤 했다. 집중을 흐릴까봐, 고개를 흔들고 칼을 놀리는 순간이었다. 어떤 서늘함이 빠르게 손목을 스쳤다.

"앗!"

급하게 손을 피하는 순간, 칼날은 정확하게 왼쪽 손목 위를 지나갔다. 분명한 칼의 경고였다. 정신이 산만해지자 바로 알려온 것이다. 삼촌의 말이 맞았다. 손목을 움켜잡자, 삼촌이 빠르게 수건을 가져와 손을 감쌌다. 바로 읍내 의원으로 향했다. 다행히 상처는 깊지 않았다. 파상풍 주사를 맞고 몇 바늘 꿰맸다. 의사는 당분간 술은 자제하라고 했다. 약국에 들러 약을 받고 나오자 기분이 착잡했다. 삼촌 보기가 죄송했다. 삼촌의 충고를 듣지 않고 덤볐다가 도리어 폐를 끼치는 결과를 초래한 것이다.
이렇게 칼이 주는 교훈을 몸에 새기는 것인가?
얼마나 많은 상처를 가져야만 단단해질 수 있을까?
마음이 뒤숭숭해졌다. 이럴 땐 바삐 몸을 움직이는 게 답이다. 왼손을 다친 게 그나마 다행으로 여기며 홀에서 그릴링을 해주며 바쁘게 설쳤다. 저녁부터 비가 내리더니 갈수록 비바람이 거세졌다. 회식 손님들이 아홉 시가 넘어서자 모두 자리에서 일어났다. 비바람 때문인지 손님이 뚝 끊겼다. 이런 날은 일찍 문을 닫는 게 상책이다. 늘 마감 시간에 맞춰 문을 닫았기에 점장님보다 삼촌 눈치를 직원들이 더 살피는 것 같았다.
"삼촌, 비바람이 거세질 모양인데요?"
일찍 좀 마치자는 뜻을 비 탓으로 돌렸다. 매장으로 나온 삼촌은 유리문 바깥을 내다봤다. 거리엔 오가는 차도 없고, 거센 비바람에 가게 앞에 내놓은 화분들만 휘청거렸다.
"오늘 마감하지."
삼촌의 말이 떨어지자마자 주방과 매장의 정리가 시작되었다. 최 셰프가 다가와 차나 한잔 하자고 했다. 칼의 경고를 받은 동지를 위한 위로의 뜻이었다. 오늘 좀 지독하게 취하고 싶었지만 손목의 상처가 자제시켰다. 삼촌은 주방 팀과 먼저 퇴근했다.
카페에 들어서자마자 진한 커피를 주문했다. 아주 지독한 맛으로 쓰린 마음을 누르고 싶었다.
"오늘 다치지만 안 했으면 술을 한잔 했을 텐데."
최 셰프가 위로의 말을 건네며 자신도 경고를 받은 팔의 흉터를 보여줬다. 칼의 경고를 받은 동지인 셈이다.
"그냥 훌훌 털어버려. 이것도 우리가 거쳐야 할 과정이라고 생각하자고."
최 셰프에게 불에 대한 트라우마를 굳이 말할 필요까지는 없었다. 하지만 창밖에 내리는 비 탓인지 아니면 처음으로 다친 상처 때문인지는 몰라도 자신의 이야기를 어느새 들려주고 있었다.
"혁에게 그런 상처가 있었는지 몰랐네."
"잊었다고 생각했는데 오늘 뉴스를 보고 충격을 세게 받았나봐요. 내가 몇 개월 전에 있었던 곳이라서 더 생생하게 와닿았어요."
최 셰프는 조용히 이야기를 들어주었다. 그때 휴대폰이 울렸다. 낯선 번호였다. 이 밤에 전화가 오는 것은 드문 일이었다. 무시할 수도 있었지만 뭔가에 끌리듯이 전화를 받았다.
"여보세요?"
"혁이냐? 내다."
굵고 낮은 목소리는 아버지였다. 실로 몇 년 만에 듣는 목소리였다. 자리에서 일어나 바깥으로 나갔다.
"제 전화번호는 어떻게 아셨어요?"
"외삼촌하고 통화했다."
아버지는 뭔가 망설이는 눈치였다.

"뭐, 하실 말씀이라도?"
"남 반장하고 같이 있다고?"
"네. 같이 일도 하고, 같은 집에서 살고 있어요."
아버지는 잠시 침묵했다.
"남 반장님께 안부 인사 좀 전해다오."
아버지는 남 반장님과 함께 있다는 것에 마음이 놓이는 모양이다. 힘든 일에는 가족만한 게 없다는 말을 부정했었다. 혼자서도 얼마든지 잘 지낼 수 있다고, 고집을 부렸지만 지금껏 가족의 인연으로 이어진 만남들 속에서 살고 있었다. 그런 인연이 없었다면, 지금 이렇게 최 셰프와 함께 있을 수도 없었을 것이다. 진화를 끊고 나니 아버지의 건강은 어떠신지 묻지 않은 것이 이상스레 마음에 걸렸다.

택시를 타고 집으로 돌아왔다. 씻고 누워도 쉽사리 잠이 들지 못했다. 가게 일을 하고 난 뒤, 이렇게 뒤척여본 적은 없었다. 누우면 바로 곯아떨어지곤 했는데 심적으로 오늘 많이 힘들었던 것이다. 옆자리의 최 셰프는 벌써 코를 곯기 시작했다. 그때 메시지가 들어왔다. 하나였다.

'오빠, 괜찮아요?'
'그래. 잠 안 자고 이 시간에 뭐해?'
'내일 점심시간 끝나고 외출 좀 해야 할 것 같아요.'
'왜? 어디 면접 보냐?'
'아니거든요.'

'그럼, 뭐냐? 어차피 알게 될 일이다. 빨리 말하시지?'
'집주인이 집이 팔렸다면서 집 비우래요. 그래서 집 알아보려고요.'
'그래? 일단 내일 보자. 잘 자고.'
하나네 가족들이 이사를 간다고? 그간 아래윗집으로 살면서 정이 많이 들었었는데 이사를 간다니 서운한 마음이 들었다. 시간이 흐르면서 주위의 모든 것들이 변하는 것 같았다. 당연한 것이지만 왠지 허전해진다. 어쨌든 잠을 청해야 한다. 내일은 또 내일의 몫이 기다리고 있을 테니까.
"삼촌, 하나네 이사 간대요."
"이사?"
아침 출근을 위해 옷을 입던 삼촌이 되물었다.
"네. 어젯밤에 하나가 문자로 알려주더라고요. 세든 집이 팔렸다면서요. 오늘 오후에 외출해서 부동산에 간다고 했어요."
옆에서 듣고 있던 최 셰프가 무심코 툭, 던졌다.
"그러면 섭섭한데. 반장님, 아래채 비어 있잖아요. 수리해서 같이 살면 안 되나요?"
"아래채?"
삼촌이 반문하듯 물었다.
"서로 도우면서 살아야죠. 직원의 어려운 점을 해결해주는 것이 직원 복지라고요. 비어 있는 곳 수리해서 살면, 돈 모아서 작은 아파트라도 들어갈 수 있잖아요."

"일단 좀 지켜보자."

점심 장사를 마치고 하나는 엄마랑 외출하고, 잠시 휴식시간을 틈타 외삼촌에게 전화를 했다.

"외삼촌, 별다른 일 없으면 여기 내려오세요."

"아버지랑 통화했냐?"

"예, 통화했어요. 언제 내려오실 거냐고요? 아니면 제가 올라갑니다."

"여기 일, 좀 더 지켜보고 나서 가마. 외숙모는 미국 누나한테 갔다."

"외삼촌도 같이 들어가지 그랬어요? 그러면 식사는요?"

"나는 여기 볼 일이 있어 안 갔다. 밥은 알아서 잘 먹는다. 걱정 마라."

"외삼촌, 병원은 잘 다니시죠? 무슨 일 있으면 바로 연락하셔야 돼요. 알겠죠?"

외삼촌의 목소리가 전에 없이 차분하게 들렸다. 마음이 많이 안정된 것 같았다. 통화를 하고 나니 걱정을 조금 내려놓을 수 있었다.

부동산에서 소개한 집을 보러 다니던 하나는 고민이 많아 보였다. 지금 있는 집은 월세인데 읍내에 있는 집은 전세를 걸고 월세를 요구했다. 대출을 받아도 되지만 그러면 또 이자를 내야 했다. 괜찮은 집은 비싸고, 가진 돈으로는 엄두도 못내는 것 같았다. 그 말을 들은 삼촌이 지나가듯이 말했다.

"월세 주면서 언제 돈 모을 거냐? 좀 불편해도 우리 집에 들어와서 같이 살자."

"네? 아저씨 집에요?"

"그래. 부엌은 같이 사용하면 되지. 아래채는 방 두 칸이니 샤워할 수 있는 욕실만 넣으면 되잖아."

하나가 망설이고 있자 삼촌이 다시 권했다.

"엄마랑 의논해서 그렇게 해. 집은 새로 지은 거라서 깨끗하다."

"네, 엄마랑 의논해볼게요."

삼촌이 세들어 사는 집인 줄 알았는데 삼촌 명의로 된 집인 걸 오늘 처음 알았다. 다행이었다. 아래채는 전 주인이 전원주택으로 쓸 요량으로 심야전기 보일러까지 설치해져 있었다. 욕실만 넣으면 살아가는 데는 별 어려움이 없을 것 같았다. 결정은 하나 가족이 하겠지만 헤어지는 것이 싫은 마음의 결과를 기다려보기로 했다.

만장일치로 이사가 결정되었다. 가게 수리를 맡았던 인테리어 사장에게 연락하여 욕실을 넣고 새로 도배를 하느라 집이 좀 어수선했다. 그래도 공사를 하고 나니 집이 한층 깔끔해졌다. 월요일 하루 시간을 내어 이사를 도왔다. 버릴 것은 버리고 꼭 있어야 할 세간살이만 챙겨 오후 내내 이사를 했다. 늦은 밤에 입주식을 가졌다. 삼촌은 몇 번이나 집 안팎을 들락거리면서 안전을 확인하고 세세한 부분을 손봤다.

"그냥 편안하게 내 집이다, 생각하고 살아요."
삼촌의 말에 하나 엄마는 고맙다며 연신 인사를 했다.
"이렇게 모이니 진짜 가족이 되었다는 생각이 드는데요."
최 셰프의 말에 모두들 웃었다. 진짜 가족? 그건 어떤 것일까? 혈연의 관계를 넘어 마음으로 맺은 관계도 가능한 것일까? 나에게 가족은 지금 곁에 있는 사람들이다. 서로 의지하고 같이 밥을 먹는 사람들이 가족이었다.
한 주 동안 또 바쁘게 설쳤다. 문득 외삼촌에게 연락을 너무 안 했다는 생각이 들었다. 사람이 이렇게 무심할 수도 있구나, 싶어 전화를 넣었다. 전화를 받지 않았다. 또 며칠이 지났다. 삼촌이 지나가듯이 외삼촌 안부를 물었다. 얼른 외삼촌에게 전화를 넣었다.
"외삼촌, 어떻게 지내세요?"
"그냥저냥 지낸다."
"목소리가 왜 이래요?"
"자다가 일어났다. 내일쯤 내려가마. 내가 가면 잘 방이라도 있나?"
"삼촌 방에서 같이 주무시면 돼요. 불 때는 온돌방이거든요."
외삼촌이 온다는 말에 마음이 들뜨기 시작했다. 그동안 고생만 하셨는데 이제야 쉬시러 온다니, 그게 너무 마음을 기쁘게 했다. 삼촌도 오랜만에 보는 친구의 방문을 기다리는 것 같았다.
점심 장사가 끝나고 직원들끼리 모여 늦은 점심을 먹는데 문이 열렸다. 깡마른 모습으로 외삼촌이 들어섰다. 일 년 사이 급격하게 살이 빠져 못 알아볼 뻔했다.

"외삼촌, 왜 이렇게 말랐어요?"

외삼촌을 안으며 물었다.

"이 사람아, 마음고생 많이 했구먼."

두 분의 만남에 가슴이 뭉클했다. 젊은 날에 만나 우정을 쌓은 뒤. 이렇게 몸이 아픈 노년에 다시 만났으니 감회가 남다를 것이다.

"삼촌, 식사 하세요."

"그래, 여기 된장짜글이 다시 내오고."

삼촌의 말에 외삼촌이 되물었다.

"짜글이? 여기서 짜글이도 하냐?"

"우리 집 효자상품입니다."

된장짜글이를 한 숟가락을 떠 입안에 넣더니 옛날 그 맛인데, 하며 천천히 식사를 하셨다. 그리고 매장 안을 찬찬히 둘러보셨다.

"마장동은 이제 끝났다."

외삼촌이 쓸쓸하게 말했다.

"다시 시작하면 되잖아요?

"우리 시대의 마장동은 끝났다는 말이다. 갑작스럽게 끝낸 것이 아쉽기는 하지만 그럴 운명이었어. 이제 혁이나 최 셰프의 시대니깐. 너희들이 만드는 마장동이라면 또 모를까?"

"그렇다고, 다시 마장동으로 돌아가서 시작하기엔 내키지 않는데요."

"왜, 꼭 서울이어야 되나? 어디서든지 너희들의 마장동을 만들면 되잖아. 지금 여기서 잘하고 있구먼."

우리들의 마장동을 여기서 이뤘다는 것은 맞는 말이다. 꼭 서울의 그 장소일 필요는 없다. 어디서든지 그 정신을 가지고 하면 된다. 이미 우리들의 마장동을 이곳에서 뜻이 맞는 사람들과 함께 이루어나가고 있었다. 그 깊은 뜻을 외삼촌이 다시 일깨워주는 것 같았다.

최 셰프가 두 분 먼저 집에 가셔서 편하게 대화를 하시라며 등을 밀었다. 점장의 권유여서인지, 삼촌은 바로 옷을 챙겨 입으셨다.

"외삼촌, 집에서 뵐게요."

외삼촌에게 열심히 사는 모습을, 더 이상 떠돌지도 반항하지도 않는 사회인으로서 모습을 외삼촌에게 보여줄 수 있어 뿌듯했다. 어릴 적, 두 분 어른들이 돌봐줬다면 이제는 자신의 차례였다. 그럴 수 있다는 게 감사하면서도 쓸쓸했다.

외삼촌은 시골 생활에 마음이 편안해지셨는지 조금씩 안정을 되찾는 것 같았다. 우리가 출근하고 나면 혼자서 산책도 하고, 시간 맞춰 식당에 들러 같이 식사도 하셨다. 저녁에는 군불을 지펴 따뜻하게 집안을 데워놓기도 했다. 몇 달 동안 함께 지내면서 잠시 짬을 내어 두 분을 모시고 가까운 해인사와 합천댐도 다녔고, 삼천포까지 내려가 바다 구경도 하고, 장어구이도 먹었다. 잃어버린 것들을 이제야 조금씩 되찾는 기분이 들었다. 외삼촌은 틈만 나면 말했다. 삼촌의 뜻을 잘 따르고, 꼭 가족을 이루라고 당부했다.

나이 든다는 것은 당부할 말이 많아진다는 뜻일까? 외삼촌은 일을 놓고 보니 그때 내가 그렇게 했더라면, 하는 아쉬운 것들이 너무나 선명하게 보인다며 일일이 알려주려고 했다.

"외삼촌, 저 어린애 아니라고요. 알아서 잘한다고요."

"혁아, 이번에 올라가면 호스피스 병실에 들어갈 것이다."

"호스피스요?"

생각지도 못한 뜻밖의 말이었다. 얼른 이해를 못해 그래서 되물었다.

"암이 이미 여러 곳에 전이가 됐다. 의사는 계속 항암을 권했지만 몇 년 더 살겠다고, 힘든 약물 치료하는 것, 이제 그만하고 싶었다. 태어나는 건 내 뜻이 아니었지만 죽음은 내가 선택하고 싶었거든. 그래서 이렇게 보고 싶고, 가보고 싶은 곳 보려고 이렇게 내려왔었다. 이제 원도 한도 없다."

"네~에?"

머릿속이 하얗게 변하면서 순간 멍해졌다. 그 말의 의미를 뒤늦게 깨닫자, 갑자기 화가 치밀어올랐다. 아무것도 할 수 없고, 해줄 수도 없는 자신을 향한 화인지 외삼촌을 향한 화인지 불분명한 화가 활화산처럼 터졌다. 엄마도 그랬다. 수술은 엄두도 못내고, 끝없이 항암만 했었다. 그 끝없는 고통에 어쩌면 엄마도 지금의 삼촌처럼 끝내고 싶었는지도 모른다. 그땐 엄마의 고통이 그렇게 클 줄은 짐작도 못했다. 그저 엄마를 잃는 것이, 혼자가 되는 것이 두려웠을 뿐이었다.
 외삼촌의 입장이 이해는 되지만 이건 아니었다. 이렇게 외삼촌을 보낼 수는 없었다. 큰소리가 저절로 터져나왔다.
 "아, 외삼촌! 왜 그러세요? 항암이든 뭐든, 끝까지 해봐야 되잖아요?"
 "이미 몇 년 동안 할 만큼 했다. 기약 없는 짓 그만하고 내 삶을 정리할 시간 가지고 싶었다. 나는 내려올 때 이미 정리할 것 했고, 외숙모도 알고 곧 한국 들어온다. 니한테 내가 해준 게 없었다. 이것이라도 받아라."
 외삼촌이 느닷없이 통장을 건넸다. 엉겁결에 받아들었다. 펴보라는 손짓에 열어보니 통장에는 최근까지도 몇십만 원씩 예금한 금액이 이천만 원 넘게 들어 있었다. 의아한 표정으로 삼촌을 바라봤다.
 "얼마 되지 않지만 꼭 필요할 때 써라. 내 마음이니 사양하지 말거라."
 이런 걸 원해본 적도, 생각해본 적도 없었기에 통장을 곧바로 외삼촌에게 돌려줬다. 받을 수가 없는 돈이었다.
 "외삼촌, 이 통장 받을 수 없어요. 저도 착실하게 돈 모으고 있어요. 치료비에 쓰세요."
 "내 마음이다. 넓은 세상 구경도 하고 그러면서 살아라. 어디든지 가서 네가 원하는 마장동을 펼쳐보란 말이다."
외삼촌의 마음은 이해하고도 남지만 나는 지금 돈이 필요한 게 아니다. 가족이 필요했다. 더 이상 피붙이를 잃고 싶지 않았다.
"나는 내일 올라간다. 내 걱정은 절대 하지 말거라. 아버지도 찾아뵙고 알겠지?"
같이 서울로 올라가겠다는 것을, 외삼촌은 끝내 거절했다. 올라가면 외숙모와 누나랑 같이 병원으로 들어갈 것이라고 했다. 지금 이 자리를 굳건하게 지키는 것이 외삼촌을 위하는 길이라고 재차 강조했다.
"사람은 누구나 한번은 간다. 살아 있을 때는 살아갈 일만 생각하면 된다."
너의 마장동을 만들라며 당부를 하고선 외삼촌은 서울로 올라갔다. 한 시대의 마장동은 이렇게 저물어가는 것일까? 갑자기 기운이 빠지면서 무기력해졌다. 외삼촌의 당부가 아니더라도 충실히 지금의 자리를 지키고 있다. 내가 할 수 있는 것은 그것뿐이었지만 일을 하다가도 자꾸 심란해지는 건 어쩔 수 없었다. 시간 날 때마다 자주 찾아뵙는 것밖에는 달리 할 수 있는 게 없었다.
늦은 밤이었다. 외삼촌의 생명이 얼마 남지 않았다고, 외숙모가 전화로 다급하게 알려왔다. 삼촌과 함께 바로 올라갔다. 병실에 들어서자마자 병색이 완연한 외삼촌을 보는 순간, 눈물이 왈칵 쏟아졌다. 불과 몇 주 전에 뵐 때보다 더 수척하고 야윈 것 같아 마음이 미어졌다. 엄마의 얼굴이 어른거려 도저히 외삼촌을 바라볼 수가 없었다. 후회와 고마움과 미안함이 뒤섞여 더 이상 어떤 말도 나오지 않았다. 그냥 가슴 한쪽이 무너져내리는 기분이었다.

"혁아, 꼭 결혼해라."

이런저런 두서없는 말만 늘어놓다가 뜬금없이 외삼촌이 말했다. 기운 없는 목소리로 몇 번이나 당부했다. 아직은 먼 미래의 일이다. 지금은 해야 할 일과 하고 싶은 일들이 너무나 많아 결혼이라는 것 자체를 생각할 수가 없었다. 하지만 결혼이 외삼촌의 간절한 소원이라면, 곁에 사람만 있다면 지금 당장이라도 들어드리고 싶었다. 내게 확답이라도 받을 듯이 바라보는 외삼촌에게 대답해야 했다.

"네. 인연이 된다면 꼭 그렇게 할게요."

외삼촌을 뵙고 내려오는 고속버스 안에서 어둠보다 짙은 창밖을 우두커니 바라보기만 했다. 엄마의 죽음 이후, 잊었다고 생각한 불안감과 외로움이 어둠처럼 덮치는 것 같았다. 하지만 침착해야 했다. 이제는 성숙한 자신이 되어야 한다고, 눈을 감고 있는 옆좌석의 삼촌을 의식하며 억지로 잠을 청했다

## 9. 기억해! 발골사의 노래를

 한차례 폭풍우 같은 점심시간이 끝나고 브레이크타임이다. 오늘도 카운터에 앉아 노트북에 저장되어 있는 사진을 물끄러미 들여다보고 있다. 외삼촌의 사진은 들여다볼수록 마음이 뒤숭숭해졌다. 당분간 보지 말아야지 하면서도, 눈길은 저절로 그쪽으로 가 있곤 했다. 웃고 있는 외삼촌에게 이런저런 일들을 들려줄 때도 있고, 그곳에서 고통 없이 잘 지내시라고, 안부 인사도 건넨다.
 외삼촌은 호스피스 병동에 들어간 지 넉 달 만에 돌아가셨다. 이제 남은 것은 짧은 시간 함께한 추억뿐이다. 돌아가신 외삼촌을 추억 속으로 불러와서 이렇게 사진으로 보고 있다는 게 믿기지 않았다. 살아계실 때, 좀 더 자주 찾아뵙고 많은 시간을 가졌더라면 하는 아쉬움만 짙게 남았다. 곁에 있을 때 잘하라는 말은 인사치레로만 알았는데 그 말의 무게가 이렇게 가슴 쓰리게 다가올 줄은 상상도 못했다.

삼촌과 돌아가신 외삼촌은 자신을 발골사의 길로 들어서게 한 분들이다. 직업적으로 보면 선배이면서 동료이며 스승이었다. 세월이 지나면 외삼촌을 과연 기억이나 할까? 며칠 전, 일도 까마득한데 앞으로 서서히 잊혀갈 것이다.

다른 사람들은 몰라도 나는 오래도록 두 분을 기억하고 싶었다. 그것이 외삼촌과 삼촌에게 받은 사랑에 대한 최소한의 예의라고 생각했다. 어떤 방법이 있을까? 아무리 머리를 굴려도 명쾌한 해답이 떠오르지 않았다. 다행히 노트북엔 그동안 저장해둔 사진과 동영상이 있어 수시로 들여다본다. 마장동 먹자골목의 풍경과 발골을 하는 삼촌과 고기를 다듬는 외삼촌의 모습을 사진으로 남긴 것은 정말 잘한 일이었다. 외삼촌 사진을 들여다보다 얼핏, 아버지의 모습이 보였다.

오랫동안 소원하게 지내던 아버지를 외삼촌 장례식장에서 만났다. 객실로 들어서는 아버지를 못 알아볼 뻔했다. 아버지는 살이 쪄 배가 나오고 머리는 백발에 가까웠다. 안타깝게도 왼쪽 다리까지 절고 계셨다. 아버지는 뵙지 못한 사이에 너무 많이 변해 있었다. 아버지도 당황스러운 기색이 역력했다. 부자간에 이렇게 만나는 자체가 잘못된 것이다. 너무 오랜만에 뵈어서인지 가까이 다가가지도, 외면하지도 못한 채 어색하게 서 있기만 했다. 아버지도 쉽사리 다가오지 못하는 것 같았다. 예전 같았으면 바로 돌아셨겠지만 그럴 수가 없었다. 이제 아버지는 반항해야 할 대상이 아니었다. 언제 쓰러질지 모를, 연약한 존재가 되어 있었다.

쭈뼛거리며 다가가자 어깨를 한번 두드려주는 것이 전부였다. 무뚝뚝한 아버지로서는 최대한의 애정 표현이었다. 아버지의 옆에 서 있는 아주머니에게도 얼떨결에 인사를 했다. 눈치로 봐도 그분이었다. 어쨌든 아버지를 챙겨드리는 고마운 분이었다.

안부 인사라도 물어야 되는데 입이 쉽사리 떨어지지 않아 어정쩡하게 서 있었다. 다행히 어색한 자리를 모면하라는 듯이 갑작스레 조문객들이 들이닥쳤다. 얼른 쟁반을 들고 접대를 핑계로 자리를 피할 수 있었다.

늦은 밤, 조문객들이 떠나고 한산해지자 아버지가 계시는 테이블에 안주를 챙겨 다가갔다.

"미안하다."

앉자마자 아버지가 말했다. 자신이 먼저 해야 할 사과였다.

"제가 더 죄송해요."

진심이었다. 외삼촌의 죽음을 지켜보며 아버지에 대한 감정도 희미해졌다. 아픈 엄마를 맡겨둔 채, 떠나는 아버지를 많이도 원망했었다. 아버지인들 그렇게 살고 싶었을까? 할 수 있는 일이라고는 먼 곳의 공사 현장이었으니 아픈 아내와 아들을 먹여 살리기 위해서는 나다닐 수밖에 없었을 것이다. 아버지의 미안하다는 말 한마디에 그동안의 서운했던 것들이 눈 녹듯이 녹아내렸다. 이렇게 만나면 될 것을, 왜 그렇게 회피했을까? 무엇이 이유였는지 이제는 기억조차 가물가물했다.
"하는 일은 잘 되나?"
"그럭저럭 잘해나갑니다."
"다행이다."
"건강은 어떠세요?"
처음으로 아버지의 안색을 살피며 건강을 물었다. 무릎을 다쳐 다리를 전다고, 돌아가신 외삼촌이 알려주었기에 물은 것이다.
"나이 들면 생기는 병이지 뭐겠노? 옆에 있는 이 사람이 잘 보살펴준다. 혁아, 인사해라. 김인숙 씨다."
옆에 앉아 있는 아주머니에게 정식으로 인사를 드렸다. 아버지 연배에 온화하게 생긴 분이셨다. 평범한 아주머니여서 마음이 놓였다.
"아버지가 얘기를 자주 해서 만나보고 싶었어요. 한번 집에 오세요. 부자지간에 자주 만나야 정도 들지요. 와서 낚시도 하고 좀 쉬었다 가세요."
그럴 리가 싶었지만 이제는 아버지의 마음을 믿고 싶었다. 아버지는 곁에서 묵묵히 듣고만 있었다. 두 분은 섬에서 낚시꾼들을 상대로 민박집과 식당을 운영한다고 했다.
"그래, 집에 한번 오너라."
아버지는 집이라고 했다. 서로가 떠돌이처럼 살았는데 아버지의 집이라고 하니 듣는 것만으로도 마음이 따뜻해졌다.
"엄마는 내가 절에 모셨다."

엄마의 기일이 다가와서 그런 것일까? 서로에게 아픔이었던 엄마 얘기는 되도록 피했었는데 아버지가 먼저 그 얘기를 꺼냈다. 엄마 기일은 알고는 있었지만 제사는 감히 생각지도 못했다. 그런 내 마음을 다독여주는 아버지의 마음이 따뜻하게 다가왔다.
"다가오는 엄마 기일에는 찾아뵐게요."
장례를 치르는 동안, 아버지와 처음으로 편안하게 지냈다. 늦은 밤, 조문객들이 떠나고 나면 넓은 객실에 아무렇게나 고꾸라져 잠을 잤다. 자다가 화장실을 가려고 일어나 보면 아버지가 옆자리에서 곤히 주무시고 계셨다. 외삼촌 죽음이 주는 충격 때문인지는 모르겠지만 아버지를 대하는 것이 조금은 편안해졌다.

외삼촌 장례를 치르고 일상으로 복귀했지만 의욕적으로 일할 마음이 사라져버렸다. 마음속의 어떤 단단한 것들이 허물어진 것처럼 몸도 마음도 흐느적거렸다. 삼촌도 요새 통 말씀이 없으시고 입맛을 잃으셨는지 식사하시는 것도 영 부실해 보였다. 삼촌마저 아프면 큰일이었다. 외삼촌이 특별히 당부한 말이 생각났다. 삼촌을 외삼촌같이 생각하라고 하셨다. 일손을 놓고 멍하니 앉아 있는 삼촌에게 다가갔다.
"삼촌, 저랑 목욕탕에 가요."
"가게는 어쩌려고 그러나?"
"오늘은 예약 손님도 없고, 한가하잖아요."
옆에서 듣고 있던 최 셰프가 거들었다.

"여기 걱정 마시고 먼저 퇴근하세요. 저랑 병수만 있어도 이 시간엔 충분해요."

점장의 말이 효력이 있었는지 삼촌은 못이기는 척, 떠밀려 나갔다.

오랜만에 뜨거운 물에 몸을 담그니 몸도 마음도 노곤하게 풀어졌다. 삼촌도 많이 피곤했는지 지긋하게 눈을 감고 계셨다. 그동안 식당 개업을 하고 외삼촌 장례까지 치르느라고, 누적된 피로가 많이 쌓였을 것이다.

"삼촌, 죄송해요."

"뭐가?"

"제가 찾아오지 않았으면 삼촌 편안하게 사셨을 텐데. 제가 오면서 가게에 매일 출근도 하셔야 되고, 집안에 사람들도 북적거리고, 외삼촌 일도 그렇고요."

얼굴의 물기를 닦으며 삼촌이 말했다.

"그런 생각은 왜 하냐? 나는 지금이 좋은데. 사람사는 맛이 나잖아? 내가 언제 이렇게 사람들 속에서 살아봤겠냐?"

그렇게 생각해주는 삼촌이 고마웠다. 그래서 제의했다.

"삼촌도 이제 건강 챙기셔야 해요. 발골은 저랑 최 셰프가 맡을 테니, 일주일에 서너 번만 나오시든지, 아니면 오후에 일찍 집에 들어가셔서 쉬든지 하세요."

"내 몸은 내가 알아서 할 테니, 그런 걱정은 말아라. 외삼촌 일로 내가 마음이 좀 그래서 그렇지."

책임감 때문에 사양을 하지만 그래도 이제 일은 줄이셔야 한다. 작업을 할 때 들리는 숨소리가 예전보다 거칠고, 어깨가 많이 불편한지 손에서 자주 칼을 놓으신다. 그동안 우리 욕심만 챙기느라 삼촌을 배려하지 않았던 것이다.

"어깨는 어떠세요? 병원에 가봐야 되는 것 아니에요?"

"물리치료 받으면 된다."

삼촌에게 늘 듣는 변명이다.

"삼촌, 이번에는 제가 직접 병원에 모시고 가야겠어요. 내일 같이 가요."

이번에는 무슨 일이 있어도 삼촌을 모시고 가야겠다는 생각이 들었다.

"아버지하고는 이제 왕래를 자주 해라."

삼촌은 대답 대신 아버지 얘기를 꺼냈다.

"안 그래도 엄마 기일에 한번 가볼까 해요."

"그래야지. 이번에 보니 아버지도 건강이 많이 안 좋아보이던데. 그래도 곁에 있는 사람이 좋아 보여 다행이더라."

"삼촌도 아버지처럼 곁에 누가 있으면 챙겨주고, 얼마나 좋아요?"

"나는 지금 이대로가 좋아."

삼촌은 관심 없다는 듯이 말했다.

"아버지가 낚시도 하고 쉬었다 가라는데 삼촌, 언제 한번 같이 가요?"

"그거 좋지."

삼촌이 흔쾌히 승낙했다.

목욕을 한 뒤, 오랜만에 당구장에 가서 게임을 하는 중에 최 셰프가 찾아왔다. 처음으로 세 명이서 즐겁게 게임을 했다. 이런 여유가 주는 행복이 얼마 만인지, 그동안 뭘 하느라고 바쁘게 살았을까 싶었다. 삼촌이 좋아하는 당구도 한 게임 하지 못한 것이 내내 마음에 걸렸는데 이제야 마음의 짐을 조금 내려놓나 싶었다.

집으로 돌아오는 차 안에서 최 셰프가 주저하듯이 말을 꺼냈다.

"반장님, 제가 이런 말을 해서 죄송한데요. 이제 영국으로 들어가야 할 것 같아요."

최 셰프의 말에 깜짝 놀랐다. 갑작스레 뒤통수를 아주 세게 맞은 기분이었다.

"네~에? 우리는요?"

나도 몰래 큰소리가 터져나왔다.

"지금이 딱 좋아. 혁이 말대로 우리의 마장동을 만들었잖아. 이제 나의 마장동을 만들러 가야지."

언젠가는 최 셰프가 떠나리라는 것은 알고는 있었다. 하지만 그 시간이 이렇게 갑작스레 올 줄은 생각도 못했다. 최 셰프와 그동안 알게 모르게 정이 많이 들었었다. 형처럼 믿고 의지하면서 새로운 세상을 알아가고 있었기에 상실감이 크게 느껴졌다.

"너무 섭섭해요."

가슴속에서 뭔가가 빠져나가는 기분이었다.

"그래, 언제쯤 갈 생각인가?"

삼촌이 물었다.

"이 주일 뒤에요. 서울에 가서 여러 가지 필요한 물품들을 구해 보내야 해서요."

삼촌은 고개를 끄덕였다. 런던에서 식당을 운영하는 사촌 형이 분점을 다른 도시에 내며 최 셰프를 급하게 불러들이는 것이라고 했다.

"최 셰프, 덕분에 참 재미나게 우리가 일한 것 같아서 고마웠네."

"저도 반장님께 많이 배웠습니다. 아마도 그곳은 '삼부옥' 2호점이 되지 않을까 싶습니다."

최 셰프는 여기서 배운 경험을 토대로 자신이 원하는 마장동을 그곳에서 펼쳐 보이겠다는 포부를 밝혔다. 삼부옥이 조금이나마 도움이 되었다니 다행이지만 서운함은 도저히 어떻게 할 수가 없었다.

"내가 더 감사하네. 분명히 잘 될 걸세. 기회가 되면 우리 혁이도 한번 불러주고."

삼촌도 서운하신지 나를 핑계대며 말했다.

"그렇게 하겠습니다."

이래저래 마음이 이별 앞에서 자꾸 엎어졌다. 생채기가 커서 이번에도 일어서려면 꽤나 시간이 걸릴 것 같았다. 딱지가 앉을 때까지 아릴 것이라는 것을 알기에 어두운 차창 밖으로 눈길을 돌렸다.

다음 날부터 이상스레 일하기가 싫어졌다. 최 셰프가 떠난다는 충격 때문인지 자꾸 울적해졌다. 그런 기분을 눈치챘는지 최 셰프는 자주 농담을 던지고 장난을 걸어왔다.

"영원히 헤어지는 게 아니잖아."

"그냥, 힘빠져서 그렇다고요."

"그렇게 나를 사랑한 거야?"

다정하게 말을 걸어주는데도 마음과 몸이 뜻대로 움직여주지 않았다. 남자 자식이 쪼잔하게 계속 뚱하게 있을 수 없는데도 그랬다. 만나면 헤어지고, 헤어지면 또 만나는 것은 안다. 내 곁에 있는 사람들은 인연에 따라 만났고 또 떠나갔다. 자신도 언젠가는 떠나며 남은 사람들에게 이런 기분을 줄 수도 있겠지. 철부지도 아니고 청년이 된 지금도 여전히 이별은 익숙하지 않은 감정이었다. 얼마나 많은 인연들이 스쳐가야만 단단해질 수 있을까? 어른으로 성장하려면 아직 멀었다는 것이 느껴졌다.

최 셰프는 힘내라는 듯이 어깨를 토닥였지만 머릿속만 더 혼란스러울 뿐이다.

진주 나이스정육점의 기영 형이 주말 저녁에 연락도 없이 불쑥, 찾아왔다. 거의 반년 만에 보는 형이었다. 그동안 전화나 문자로 안부는 자주 나눴지만 한번 보자고, 하면서도 서로 일에 치여 이제야 보게 되었다.

"오랜만이다."

"기영 형, 진짜 보고 싶었어요? 요즘은 어때요?"

우울했던 날들이 계속될 줄 알았는데 기영 형을 보니 기분이 조금 나아졌다.

"늘 그렇지 뭐. 지금은 정형부에서 일하고 있어."

"와, 드디어 형도 '육의 꽃'을 만드는 자가 되었네요."

"육의 꽃을 만드는 자?"

형은 재미있다는 듯이 반문했다. 고기를 다루면 누구나 육의 꽃을 만드는 자가 될 수 있다며 내가 특별히 자격증을 준다고, 너스레를 떨자 형은 큰소리로 웃었다.

"형, 오늘 여기서 한잔 하고 내일 가요."

"그러려고 왔어. 이곳 얘기도 좀 듣고 싶었거든."

기영 형은 삼촌에게 인사를 한 뒤, 최 셰프 하고도 인사를 나눴다. 오늘 예약 팀들이 있어 바쁘게 움직이자 기영 형도 자연스럽게 일을 거들었다. 그냥 앉아 쉬라고 해도 서빙을 도왔다. 열 시가 넘어서고 손님들이 빠져나가자 조금 한산해졌다. 삼촌이 특별히 손질한 고기를 테이블에 갖다놓았다.

"기영 씨, 오늘 고생했지요? 하필 바쁠 때 와서. 우리 집 고기 맛 좀 보세요."

"저는 도리어 재밌었습니다. 반장님 일하시는 것도 보고, 또 동생도 이렇게 보고요."

기영 형에게 최상급 고기를 맛보게 해주고 싶었다. 사회에서 만난 형이지만 내가 가진 편견을 깨준 고마운 형이었다. 그 인연의 끈을 놓치고 싶지 않았다.

"형, 이 고기는 삼겹인데, 우리 매장 입구에 있는 드라이에이징에서 숙성된 고기야. 아마 먹으면 반할걸?"

"그래, 한번 반해보자."

기영 형은 그릴링을 해주는 고기와 반찬을 골고루 맛봤다.

"겉은 바싹하고 안에선 육즙이 터지는 게 장난 아닌데?"

"형, 밭 미나리랑 같이 싸서 먹어봐요."

"밭 미나리? 미나리는 논에서 키우는 것 아닌가?"

"우리 지역 미나리는 밭에서 키워요. 논 미나리보다 병충해도 적고 향도 더 진하고 부드러워요. 고기의 느끼한 맛을 바로 잡아주더라고요."

형은 미나리로 크게 한 쌈을 싸서 먹더니 엄지를 척하니 들어 준다.

"괜찮죠? 불판 위에 이렇게 익혀먹으면 더 부드러워요."

손으로 미나리를 뚝뚝 잘라 불판 가득 얹었다. 미나리의 향긋한 향이 코끝을 스친다.

"아이디어, 정말 좋은데."

매장 정리를 끝낸 최 셰프도 자리에 합류했다. 뭔가를 보여주겠다는 듯이, 최 셰프가 집게를 잡고 갈빗살을 불판 위에 올렸다.

"와, 이건 소고기 맛인데요?"

최 셰프가 방금 그릴링을 한 돼지 갈빗살을 맛보고 기영 형이 감탄을 했다.

"불향을 입혀 잘 구우면 그 맛을 느낄 수 있는데 우리 기영 씨, 미각이 장난이 아닌데요?"

"이렇게 맛있는 갈빗살은 처음 먹어봅니다. 진짜 대박인데요?"

격려의 말이라고 받아들여졌다. 벌써 장사를 한 지도 이 년이 넘었다. 여러 시행착오를 겪으면서 계속 도전한 시간들이었다. 가게를 맡긴 권 사장이 삼촌에게 인수를 권해서 회의 끝에 받아들이기로 한 것이 몇 달 전이었다. 이제 '삼부옥'은 확실하게 우리들의 마장동이 되었다. 호기심으로 시작한 것이 꿈으로 끝나지 않고 이렇게 현실이 된 것이다.

"그렇게 생각해주시면 감사하지요."

최 셰프가 소주를 한잔 따라주며 말했다.

"근데 왜 소고기가 아니고 돼지고기를 주 메뉴로 정한 건가요? 여기는 합천 삼가 지역이 가까워서 소고기가 우세하지 않나요?"

기영 형이 궁금하다는 듯이 물었다.

"처음엔 우리도 의견이 분분했어요. '삼부옥' 전통대로 할 것인가를 두고요? 몇 달 지켜보니 돼지가 우세하더라고요. 소고기는 주로 예약 주문만 받고요. 드셔보니 유명 프랜차이즈 못지않죠?"

"프랜차이즈보다 나은데요. 고기는 말할 것도 없이 훌륭하고요. 밑반찬도 맛깔스러운걸요? 무엇보다 식당 분위기가 집처럼 편안해요."

"아이고, 감사합니다. 사실 이 집을 인수해서 나름대로 지역 특산물도 살리면서 우리만의 분위기를 느끼도록 노력했거든요."

"대단한데요."
"대단할 것까지는 없습니다. 그냥 진심으로 노력한 거죠?"
최 셰프의 말은 진심이었다. 노력한 만큼 이루어진다는 것은 직접 겪어보니 알 수 있었다.
"진짜 성공한 사람의 여유가 느껴지는데. 나는 언제 이런 기분 느껴보냐?"
형이 농담처럼 건네는 말인 줄 알면서도 기분은 싫지 않았다.
"기영 씨, 우리랑 같이 하는 게 어때요?"
느닷없이 최 셰프가 이직을 권했다. 얼떨결에 제안을 받은 기영 형이 두 사람의 얼굴을 번갈아 쳐다봤다.
"사실 제가 곧 떠나야 해서 그래요."
"맞아, 기영 형. 최 셰프님은 곧 떠나야 할 비싼 몸이랍니다."
섭섭한 마음이 아직도 가시지 않아 볼멘소리가 터져나왔다.
"만나고 헤어지는 게 사람 사는 이치잖아."
최 셰프는 내 어깨를 토닥이며 말했다.
"정말 떠나시는 건가요?"
"네. 저도 정이 많이 들었는데 갑자기 일이 이렇게 되었어요."
기영 형은 뜻밖의 제안인데도 싫지 않은 표정이다.
"혁이 많이 서운하겠는데요. 얼마나 셰프님 자랑을 했는데요?"
"그래요? 난 몰랐네?"
최 셰프가 나를 보며 또 놀렸다.
"이제 아셨어요?"

"너무 섭섭해하지 마. 내가 가서 부를 테니까."

"최 셰프님, 저도 불러주세요."

기영 형의 부탁에 최 셰프는 기회가 되면 그러자며 대답했다. 새로운 '삼부옥' 2호점에서 경험을 공유할 기회를 골고루 주겠다는 최 셰프의 제안이 고마웠다. 그렇게만 된다면 산골 동네에 묻혀 있어도 열린 마음으로 세계적인 마인드를 가질 수 있을 것 같았다. 기영 형과의 술자리가 최 셰프와 헤어지는 공식적인 자리가 되었다. 기영 형은 이직을 진지하게 생각해보겠다며 떠났고, 일주 일 뒤, 최 셰프도 서울로 떠났다. 나는 자연스레 점장이 되었다. 그만큼 책임감이 크게 느껴졌다.

최 셰프는 영국으로 떠나기 전, 잠시 짬을 내어 내려왔다. 삼촌은 떠나는 최 셰프에게 섭섭지 않도록 퇴직금을 통장에 넣어주었다. 그렇게 인사를 할 수 있어서 다행이었다. 내게 자리가 안정되면 첫 번째로 부르겠다고, 약속하며 직원들에게도 골고루 기회를 주겠다고 제의했다. 삼촌은 최 셰프가 든든하다며 건강은 꼭 챙기라고 당부했다. 자신을 늦게 불러도 좋으니 최 셰프가 꿈꾸던 마장동을 그곳에서 꼭 이루기를 진심으로 바랐다.

최 셰프가 떠난 빈자리에 기영 형이 들어왔다. 나이스정육점 박 사장의 배려가 있었기에 가능했다. 우리로서는 천군만마를 얻은 기분이었다. 형은 그동안 가족들에게 자신이 하는 일을 어떻게 말할까 고민했었는데 우리 가게로 옮겨 오면서 부모님께 말씀을 드렸단다. 안정적인 공무원 자리를 박차고 나와 발골사가 되겠다니 처음엔 놀라셨지만 자신의 꿈을 차근차근 설명하자 결국 지지해주더라고 했다. 늘 이 부분을 고민하던 기영 형이 이제 마음 편히 일할 수 있게 되어 정말 다행이었다.

주방의 병수도 없으면 안 될 직원이 되었다. 자신의 이미지를 확실하게 바꿔놓았다. 성실하게 일 잘하는 직원이 되었다. 바쁠 땐 정형부에서 뒷일을 도와주는데 손놀림이 재빨랐다. 이제 믿고 맡겨도 될 정도로 실력을 키웠다. 동반으로 성장해가는 모습이 든든했다. 하나는 기대대로 홀 매니저 역할을 훌륭하게 해냈다. 매장의 전체적인 흐름을 누구보다 정확히 알고 손님을 대하는 게 프로였다. 이렇게 자신의 자리에서 최선을 다 해주는 직원들 덕분에 '삼부옥'을 이끌어나갈 수 있었다.

이렇게 또 팀이 꾸려졌다. 바쁠 땐 정신없이 일하느라 모르다가도 늦은 밤이나 일이 일찍 끝나는 날이면 또다시 허전함이 밀려왔다. 돌아가신 외삼촌과 최 셰프가 떠난 자리가 여전히 크게 느껴졌다. 기영 형에게 그런 마음을 지나가듯이 말했다. 가만히 듣고 있던 형이 난데없이 불쑥, 제안했다.

"그러면 유튜브나 블로그를 해보는 건 어때?"

한번도 생각해보지 못한 뜻밖의 제안이었다.

"블로그를요?"

"그래. 블로그는 사진과 글이 보관되니 발골사들의 역사를 충분히 기록할 수 있잖아."

갑작스런 제안이 얼떨떨했다. 늘 마음속으로 막연하게 생각했던 부분이었는데 기영 형이 길을 찾아주는 것 같았다.

"차라리 유튜브를 하는 게 나을 것 같아. 매일 일어나는 일을 촬영하고 편집해서 주기적으로 영상을 업로드하면 되잖아."

"에이, 그런 시시한 얘기를 누가 궁금하겠어요?"

"무슨 소리야? 자신이 좋아하는 콘텐츠를 생산하는 유튜버들이 요즘 얼마나 인기라고? 심지어 구독하고 가입비도 낸다니까. 너도 좋아하는 유튜브 채널 매일 보잖아."

그건 맞는 말이다. 나도 여행 채널의 열렬 구독자다. 차박차박이나 송숲과 같은 유튜버들이 오지 여행하는 모습을 매주 올려주기를 얼마나 기다리나 말이다. 그래도 보는 것과 직접 운영하는 것은 다를 텐데, 과연 경험도 없이 잘해낼 수 있을까? 괜히 시작했다가 창피만 당하는 것은 아닌가 싶었다. 섣불리 덤비기엔 내 지식과 역량이 많이 모자랐기 때문이다.

"누구나 처음은 있어. 실수도 있고. 반장님 작업하는 것부터 시작해봐."

"그러면 삼촌께 허락을 받아야겠는데요."

"물론이지. 초상권이 있잖아. 무조건 허락받고 촬영해야지. 나는 무조건 오케이."

"와, 벌써 걱정되는데요. 사생활 노출이 가져올 파장?"

"하면 된다고 누가 말했더라? 우리들의 마장동을 현실 속에서 구현했다면 이제 바람의 시대에 걸맞은 'SNS속의 마장동'을 만들어보는 거지."

"SNS속의 마장동?"

"콘텐츠가 중요하거든. 그러니까 우리 업소를 촬영 장소로 정하면서 자신이 성장해가는 과정을 그린다든지, 또는 발골사의 일상들을 찾아다니며 시도해보는 것도 좋고. 거창할 필요 없잖아. 자신 스스로가 콘텐츠가 되어 하루하루 일기를 기록한다고, 생각하면 되지 않을까?"

기영 형의 제안은 처져 있던 어깨를 긴장하게 만들었다. 그동안 생각은 많았지만 정확하게 무엇을 해야 하는지 감이 잡히지 않았다. 그런데 형의 말을 듣고 있으니 자신이 지금 무엇을 해야 되는지가 어렴풋이 보이기 시작했다. 스승인 삼촌의 모습을 잊지 않기 위해서라도 자신이 꼭 해야 할 숙제같이 느껴졌다. 처음부터 잘할 수는 없지만 해볼 만한 가치는 충분했다. 그렇게 마음을 정하고 나니 무거운 짐을 내려놓은 듯, 마음이 한결 가벼워지는 것 같았다.

이제부터 '발골사의 노래'를 기록할 방법을 하나씩 생각해보자. 전설의 발골사인 삼촌과 얼치기 발골사인 내 모습을 그대로 담으면 되지 않을까? 그 정도면 충분할 것이다. 그렇게 결정했으면서도 괜히 설치는 건 아닌지 하는 의심이 축축한 안개처럼 찾아들었다. 부푼 기대가 불러온 자기검열의 시간이었다. 쓸데없는 생각인 줄 알면서도 계속 머릿속을 뿌옇게 차지하고 있었다. 자신에 대한 뚜렷한 확신이 없다보니 전전긍긍해지는 것이다. 밤에는 관두자 싶다가도 아침이면 또 희망이 생기는 나날이었다.

"최 셰프의 경험이 그렇게 부럽다며? 너도 좋은 경험한다고 생각하면 되잖아. 뭘 그렇게 심각하게 생각해? 가볍게 하라고!"

기영 형이 지나가듯이 충고했다. 여태 최 셰프의 도전을 부러워하고, 최 셰프니까 가능한 것이라고만 생각했다. 과연 최 셰프처럼 그런 자신감과 호기심이 내게도 있기나 한 것일까? 최 셰프와 비교한다는 자체가 모순같이 느껴졌다.

의기소침해지는 순간, 최 셰프의 말이 떠올랐다.

'따지지도 말고 묻지도 말고, 마음의 끌림을 따라가는 거야.'

무엇을 위해 유튜브를 하는지를 곰곰이 생각했다. 삼촌을 잊지 않기 위해서였다. 그것이면 충분하지 않을까? 그러니 두려워할 것도 걱정할 일도 아니었다. 바라는 것도, 어떤 기대도 없잖아? 혹시 있을 평가와 반응은 그들의 몫이다. 마음이 시키는 대로 하면 된다. 그러니 누구하고도 자신을 비교할 필요가 없었다. 생각은 오래, 결정은 바람처럼, 최 셰프가 외치던 구호가 주저하는 마음을 일으켜 세우는 것 같았다.

"하준이가 그쪽 전문가더라. 먼저 하준이랑 의논하면서 만들어 나가면 될 것 같아. 넌 분명히 잘해나갈 거야."

기영 형의 격려가 주저하는 마음을 다시 다잡아준다.

"여기서 주로 촬영하면 우리 가게 홍보인데."

상업적으로 보일까봐서 한 말이었다.

"어쩔 수 없잖아. 발골과 정형이 이루어지는 곳은 이곳이잖아. 진주의 나이스정육점도 촬영이 된다면 괜찮을 텐데."
"아, 그렇겠네요."
그동안 어떤 대책도 떠오르지 않아 속만 끓였다. 혼자서는 감히 꿈도 꾸지 못할 제안과 용기를 주는 형이 정말 고마웠다. 이렇게 또 주위 분들에게 신세를 지게 되었다.
"형, 너무 고마워."
"고마우면 내 몫까지 해줘."
형의 말대로 바람의 시대가 아닌가! 다시 처져 있던 눈빛이 살아나는 기분이었다. 나도 모르게 기영 형을 힘껏 껴안았다.
"어, 어. 이거 왜 이래? 남들이 보면 우리 사이 이상하게 본다고."
그러거나 말거나 그냥 이대로 따뜻한 온기를 나누고 싶었다. 형의 제안과 격려가 없었다면 감히 생각조차 못했을 일이다. 구체적으로 어떻게 만들지는 지금부터 구상하면 된다. 채널의 이름도 정해야 하고, 휴대폰으로 찍는 것은 한계가 있으니 성능 좋은 카메라도 구입해야 하고 음향과 편집 기술도 배워야 된다. 앞으로 할 것도, 알아야 될 것도 많은 어려운 과정이겠지만 부딪쳐 보는 것이다. 그렇게 용기를 내자 숨죽여 있던 심장이 다시 두근거리기 시작했다.

# 10. 유튜브 〈육의 꽃〉

'육의 꽃.'

오랜 고심 끝에 만든 유튜브 채널이다. 발골사는 '육의 꽃'을 만드는 사람이다. 발골사의 노래를 기록하고, 소통하는 채널이기에 결정한 것이다. 그렇게 이름을 정하고 나니 육의 꽃은 발골사만 해당되는 것이 아니었다. 누구든지 자신의 재능을 꽃피울 수 있기에 우리 모두에게 해당되는 이름이기도 했다. 이름처럼 모두에게 꽃이 되는 채널이 되어주길 진심으로 바랐다.

채널을 개설하기까지 우여곡절이 많았다. 삼촌의 작업하는 모습을 꼼꼼하게 기록으로 남겨두고 싶은 마음에서 시작한 것이지만 뜻한 대로 되지 않았다. 상식적으로 알아야 할 것과 배워야 할 것들이 한두 가지가 아니었다. 성급한 마음을 달래면서 하나씩 기술적인 부분까지 배우느라 시간이 꽤 많이 걸렸다.

채널을 개설하기 전, 삼촌에게 제일 먼저 동의를 구했다. 뜻밖에도 삼촌은 흔쾌하게 허락해주며 큰돈이 들어가는 장비 지원까지 해주셨다. 이런저런 일로 무거웠던 마음이 삼촌의 응원 덕분에 또다시 용기를 낼 수 있었다. 하나도, 주방장님도 무조건 응원을 해줬다. '삼부옥' 가족들의 열렬한 응원 덕분에 가능한 일이었다. 하준이와 기영 형이 편집을 손봐준 덕분에 영상은 더욱 깔끔해질 수 있었다.

드디어 두근대는 마음을 안고 첫 영상을 올렸다. 한우산의 풍력발전기를 보여주며 이 채널을 개설한 이유를 차분하게 설명했다. 외삼촌과의 이별과 최 셰프의 빈자리도 고백했다. 직접 발골을 하면서 잘 되는 부분과 어려운 부분도 솔직하게 밝혔다. 크게 호응을 바라고 한 것이 아니었기에 편안하게 설명할 수 있었다. 외삼촌과 삼촌세대의 사라짐이 안타까워 시작한 것이기에 욕심낼 이유가 없었다.

첫 영상의 조회 수 이십 회, 구독자 수 여섯 명으로 출발했다. 모두 우리 가족들이었다.

"오빠, 고기 맛있게 굽는 것도 촬영할 거지?"

하나가 물었다.

"그럴 생각이야."

"우리 주방 팀도 보여줘야죠."

병수의 질문에도 오케이였다. 몇 달이 바람처럼 지나갔다. 하루하루를 기록하려고 했지만 마음처럼 쉽지 않았다. 바쁠 때는 아예 꿈도 못 꾸다가 브레이크타임을 이용하거나 특별히 고기가 들어와 작업할 때만 촬영했다. 바쁜 매장 일과 병행해 영상을 촬영하고 편집하는 게 쉬운 일이 아니었다. 괜히 시작했나, 하는 후회가 슬며시 들었지만 자신이 원했던 일이다. 이제 와서 투덜거리는 것은 하지 않는 것보다 못한 것이라며 마음을 다잡았다. 그동안 촬영한 것들을 모아 편집을 거친 영상을 올렸다. 일주일에 한 번씩 영상을 올리는 것은 무리였기에 한 달에 두 번 정도 올리는 것을 원칙으로 삼았다.

몇 달 만에 드디어 조회 수 3,000회. 가입자 수 1,000명을 돌파했다. 어설픈 영상치고는 꽤 괜찮은 결과였다. 가슴이 두근거리기 시작했다. 이 정도의 결과여도 대만족이었다. 누군가가 응원해준다는 것이 중요했다.

기다리던 구독자님의 댓글이 달리기 시작했다.

— 멋지다. 나도 발골을 하지만 대단하다.

삼촌의 작업하는 모습에 구독자가 보낸 첫 반응이었다.

내가 정형하는 모습에도 댓글이 달렸다.

— 저 정도는 나도 하겠는데.

— 폼 되게 잡네.

— 아직 어설픈 칼잡이.

솔직한 댓글에 처음엔 충격을 좀 받았다. 애초에 큰 호응은 바라지도 않았지만 이렇게 직설적으로 자신의 치부가 까발려질 줄은 몰랐다. 부끄럽고 창피했지만 사실이었다. 깨끗하게 인정했다. 모든 것을 보여줬으니 최선을 다한 것이다. 저런 반응이라도 있는 게 어디인가? 충고는 도리어 분발하게 했다. 더 열심히 잘하고 싶다는 의욕이 불타올랐다. 편집기술을 보완하고, 성능 좋은 고 프로 카메라도 하나 더 장만했다. 여전히 어려운 부분은 어렵다고, 솔직하게 고백했다. 실력이 향상되는 부분도 보여드리며 진심으로 구독자들에게 다가갔다. 노력의 평가는 점점 늘어나는 가입자 수가 증명했다. 어설픈 초보인 줄 알면서도 기운내라는 구독자들의 따뜻한 응원 덕분이었다. 기영 형의 충고는 옳았다. 육의 꽃, 채널은 신출내기인 스스로가 콘텐츠가 되어 하루하루 성장해가는 성장일기였다.

몇 달 뒤, 드디어 오늘은 특별공지를 한 암소 뒷다리 발골을 소개하는 날이었다. 몇 주 전부터 이 시대 최고 발골사인 삼촌의 발골 장면을 예고했었다. 마침 공단의 회식하는 팀이 특별히 소고기를 주문해서 삼촌의 작업하는 모습을 찍을 수 있는 좋은 기회를 잡은 것이다. 고기를 선별해 오는 과정부터 시작해서 정형과 성형작업까지 볼 수 있는 작업이었다. 분량이 많아 몇 번에 나눠, 내보내야 할 조회 수가 기대되는 영상이었다. 구독자들도 기대하고 있겠지만 나 역시도 엄청 기대를 할 수밖에 없는 작업이었다.
그런데 약속한 날이 다가올수록 알 수 없는 이상한 불안감이 자주 느껴졌다. 평소와는 다른 느낌에 혹시라도 삼촌의 어깨에 탈이 나는 건 아닌가 싶어 계속 컨디션을 물어야 했다. 평소 하는 대로만 해도 충분했기에 부담 갖지 마시라고, 절대 무리하시면 안 된다고, 신신당부를 했다. 과연 생각했던 대로 삼촌은 여태 봐 왔던 발골 장면을 펼칠 수 있을 것인가? 시간이 다가올수록 긴장감이 심해졌다.

— 이 시대 최고 발골사이며 정형사인 남일우 반장님입니다. 드디어 오늘 약속한 대로 소 뒷다리 부분의 발골부터 시작해서 마무리 성형까지 확실하게 보여드리겠습니다.

짧은 소개에 뒤이어 삼촌은 작업 순서를 밝힌 뒤, 침착하게 발골을 해나갔다. 작업에 방해가 되지 않기 위해 카메라를 들고 멀찍이 물러섰다.

역시 삼촌은 발골의 장인이며 전설이었다. 작업은 물 흐르듯이 자연스럽게 이어졌다. 지방과 근막을 걷어내고 숨어 있는 꽃들을 향해 거침없이 나아갔다. 칼이 지나가는 부위마다 칼의 노래가 들려왔다. 삼촌의 발골 모습은 많이도 봤지만 볼 때마다 새롭다. 오늘도 마찬가지였다. 벌써 칼의 노래가 빠르게 리듬을 타기 시작했다. 삼촌은 멈출 수 없는 빨간 구두를 신은 동화 속의 소녀처럼 춤을 추기 시작했다. 때론 적진을 향해 나아가는 전사처럼, 어떤 부위에서는 오케스트라를 지휘하는 지휘자처럼, 순간순간 목표를 향해 나아가는 동작 하나라도 놓칠세라 눈과 귀, 온몸의 촉수들이 동시에 긴장했다.

카메라의 존재도 잊은 채, 삼촌의 작업에 깊이 몰입하자 희한하게도 내 몸도 덩달아 움찔거려졌다. 삼촌의 움직임에 따라 느꺼지는 어깨의 통증도, 굳게 다문 입술을 비집고 나오는 거친 신음도, 오른쪽 어깨에 힘을 줄 때 뭉쳐지는 근육의 뻐근함과 힘에 겨운 심장박동도, 칼의 움직임에 따라 그대로 느껴졌다. 삼촌의 동작이 끝날 때마다 참고 있던 숨이 길게 토해졌다.

이번 작업은 믿기지 않을 만큼 완벽한 작업이 될 것 같았다. 좋은 육질과 최고의 실력자의 만남이니 당연한 결과일 것이다. 높낮이가 다른 노래가 들릴 때마다 꽃들의 이름도 새롭게 피어났다. 내가 칼을 쥔 듯, 그대로 전해지는 미세한 전율에 몸을 맡길 뿐이다. 이렇게 삼촌과 혼연일체의 마음으로 작업에 동참한 것은 처음이었다. 기대 이상의 만족감과 함께 발끝에서부터 느껴지는 저릿한 쾌감을 느긋하게 즐기기까지 했다.

하지만 작업이 깊어갈수록 삼촌의 거친 숨소리와 이마에 흐르는 땀을 바라보고 있자니 문득, 의문이 들었다. 저 몸짓은 자신의 고통을 예술로 승화시킨 것은 아닌가 싶어졌다. 사십 년이 넘은 세월 동안 뼈와 살을 가르는 시간을 통해 스스로도 의식하지 못한 채, 삼촌은 무아의 경지까지 간 것 같았다. 최 셰프의 말이 맞았다. 삼촌은 예술의 경지까지 자신의 세계를 확장시킨 것이다. 근육이 찢어져 핀을 박은 어깨와 날카로운 신경에 눌린 긴장한 팔, 온몸에 새겨진 무수한 칼의 경고들, 무례하고 예의 없는 시선과 비릿하고 축축한 작업장에서 보낸 쓸쓸하고도 고독했던 나날들까지, 삼촌이 견뎌온 세월의 힘이 칼의 노래에 고스란히 스며들어 있었다.

예감은 확실했다. 굳게 다문 입술과 긴장한 눈빛, 저 미간에 잡히는 굵은 주름까지도, 저렇게 아름답게 녹여낼 수 있다니, 갑자기 콧날이 시큰해졌다. 분명, 저 몸짓이 빚어내는 칼의 노래는 삼촌의 뼈와 골수에 박혔을, 모든 설움과 모멸을 견뎌낸 옹이일 것이다. 뜨거운 것이 눈가에 몰려들었다. 쾌감으로 들뜬 마음이 서서히 식어지며 말할 수 없는 감정이 밀려들었다. 지금껏 한번도 경험해보지 못한 감동의 희열이 발끝에서 시작하여 온몸으로 번지는 것을, 침묵 속에서도 고스란히 느낄 수 있었다.

가능하면 오래도록 떨려오는 희열에 몸을 맡기고 싶었다. 여태 숱하게 봐온 삼촌의 발골 중에서 단연코 최고의 감동을 준 작업이었다. 어떤 부차적인 질문도 추임새도 필요 없었다. 삼촌의 몸짓과 거친 호흡이 바로 질문이고 해답이었다. 마지막 작업까지 하나라도 놓칠까봐서 눈을 부릅뜨고 지켜봤다. 우리가 아는 고기의 이름으로 다듬어지는 전 과정을 촘촘하게 머릿속에 각인시켰다. 삼촌의 긴장된 몸짓과 거친 숨소리, 칼이 뼈를 지나갈 때마다 내지르는 비명과 한숨까지. 칼의 노래가 고스란히 스며들어 털끝 하나 움직일 수가 없었다.

맞다. 저렇게만 가면 된다. 그러면 된다.

그때 내 마음 깊은 곳에서 어떤 목소리가 들려왔다. 삼촌이 걸어왔던 길, 지금도 가고 있는 그 길을 멈추지 말라는, 당부의 목소리였다. 그렇게만 간다면 분노와 원망이 깃든 거친 눈빛도, 충분히 감동의 눈물로 녹여낼 수 있다고 말하는 것 같았다.

고개를 들어 잠시 가을이 내려앉은 창밖을 내다봤다. 깊은 오후의 적막을 노란 잎을 떨구는 은행나무가 화르륵, 깨우고 있었다. 어둡고 긴장한 자신의 마음에도 낙엽들이 차분히 내려앉는 것 같았다. 잠시 마음을 추스르고 작업대 위의 꽃들을 살폈다.

삼촌의 손에 다듬어진 꽃들은 이제 긴 도마 위에 놓여 있다. 다소곳하게 놓인 꽃들은 이름만큼 화려했다. 피어난 꽃들의 풍미를 모두 안다는 듯이 입안의 침은 눈치도 없이 고였다. 누가 보더라도 입맛을 끌어당길 꽃들의 향연이었다.

이제 꽃들의 축제 속으로 풍덩, 뛰어들 일만 남았다. 카메라를 가까이 들이대고 꽃의 얼굴을 하나씩 클로즈업했다. 육사시미와 육회로 화사하게 피어난 우둔살과 설도살, 두툼하게 자존심 내세우는 아롱사태와 사태살, 새초롬한 홍두깨살과 그 곁에 요염하게 놓인 설깃살까지 꽃들의 이미지를 화면에 일일이 담아냈다.

이번 영상은 작업에 몰두하는 삼촌의 모습만 부각시킬 것이다. 어떤 배경 음악이나 설명 따위는 거추장스러운 장식일 뿐이다. 삼촌의 칼의 노래가 바로 음향이고 설명이니까 자막으로 알려주는 정보만으로도 충분할 것이다. 분명히 이번 작업은 깔끔하면서도 세련된 영상이 될 것이라는 확신이 강하게 들었다.

자꾸 영상이 눈앞에 어른거려 밤까지 기다릴 수가 없었다. 카운터에 앉아 촬영한 영상을 돌려보고 있는데 작업장에서 큰소리가 들렸다.

"오빠, 아저씨가 쓰러졌어!"

하나의 다급한 목소리가 들렸다. 바로 작업장으로 뛰어들었다. 정말 삼촌이 바닥에 쓰러져 있었다.

"삼촌! 정신 차리세요? 네?"

하나가 119에 전화를 했는지 곧바로 구급차가 도착하여 진주의 대학병원 응급실로 향했다.

내 탓인가, 또 내 탓이란 말인가? 아무래도 그런 것 같았다. 내 욕심과 무관심으로 엄마도 그렇게 보냈는데 삼촌도 아픈 어깨를 움켜잡고 그렇게 멋진 작업을 해주었던 것일까? 가게에서는 아무 생각이 안 들다가 보호자로 구급차에 타는 순간부터 내내 괴롭힌 생각들이었다.

삼촌은 수술한 어깨의 힘줄이 또다시 터진 것이다. 무리한 탓에 혈압이 순간적으로 올라 의식을 잃었다. 뇌출혈이 아닌 것이 천만다행이라고 했다. 더 이상 힘든 일은 하지 말아야 한다는 게 의사의 소견이었다. 입원하고 바로 수술 날짜를 잡았다.

"삼촌, 저 때문에 이렇게 된 것 같아요."

생각해보니 처음 만난 날부터 지금까지 삼촌에게 도움이 된 적이 없었다. 늘 삼촌을 희생시키는 것 같아, 자신이 이기적인 인간이 아닌가 하는 생각이 머릿속에서 떠나지 않았다.

"쓸데없는 소리 한다. 가게 일 바쁠 테니 어서 가봐라. 내 걱정 말고."

"알바 한 명 부르면 돼요. 삼촌, 이럴 때 내 수발 좀 받아봐요."

나도 모르게 벌컥, 화를 냈다. 이번에는 꼭 내 뜻대로 하고 싶었다. 그래야만 이 무거운 기분에서 잠시라도 숨을 쉴 수 있을 것 같았다.

"여기는 통합병동이라서 간호조무사들이 돌봐주니 너는 가서 일 봐라. 그래야 내가 마음 편하게 있지."

섭섭한 마음에 고집센 꼰대라고, 삼촌을 몰아붙였다. 삼촌도 질 수 없다는 듯이 농땡이나 치는 점장이라고, 맞받아쳤다. 서로 어이없다는 표정으로 마주 보며 잠시 웃었다. 그러면서 삼촌은 내가 떠먹여주는 밥을 끼니 때마다 잘 받아드셨다. 간병인을 구하자고 해도 삼촌은 거절했다. 불편하다는 이유였다. 다행히 같은 병실의 사람들이 식사 때마다 도움을 줘서 가게 일과 병행할 수 있었다. 수술 결과는 좋았다. 퇴원해서 집으로 가야 하는데 삼촌은 요양병원을 택했다.

"내가 미리 연락을 해놓았다. 그곳에 가야 재활도 받고, 너도 마음 편히 가게 일 볼 것 같아서 그렇게 했다."

"삼촌, 의논도 없이 어떻게 그렇게 해요? 집에서 지내면서 재활하러 다니시면 되잖아요."

삼촌의 뜻밖의 결정에 서운했다. 꼰대 중에서도 상꼰대라고, 놀렸지만 삼촌의 고집은 요지부동이었다.

"예전에도 신세를 진 곳이라서 마음 편하게 그곳에서 지내마."

할 수 없었다. 삼촌의 뜻을 존중하는 것이 삼촌이 빨리 회복할 수 있는 지름길이었다. 신세지지 않으려는 삼촌의 마음을 알기에 재활요양병원에 직접 가보기로 했다. 병원은 읍내 서쪽 끝에 있었다. 건물은 오래되었지만 삼촌이 안정을 느끼고 빨리 회복할 수만 있다면 그건 별 문제가 되지 않았다.

"입원해서 재활하는 게 회복하는 데 도움이 될 겁니다. 이제 더 이상 일은 안 하셔야 됩니다."

원장은 간곡하게 당부했다. 삼촌이 칼을 놓는다는 건, 삼부옥 가족들에게 있어 중요한 문제였다. 타격이 오는 것은 확실했다. 안타깝고 섭섭하더라도 이제는 삼촌의 건강을 위해 반드시 그렇게 해야만 한다. 삼촌은 아무런 말씀이 없었다. 차라리 무슨 말이라도 하면 삼촌의 마음을 알 텐데, 그냥 짐작만 할 뿐이다. 복잡한 심정인 것은 삼촌도, 자신도 마찬가지였다.

"삼촌, 그동안 내가 고생만 시켰어요."

"쓸데없는 소리한다. 그동안 많이 썼으니 이제 끝낼 때도 됐다. 그나저나 촬영은 잘 되었고?"

"네. 최고로 멋졌어요."

삼촌은 알았을까? 마지막 혼신의 힘으로 장인다운 최고의 모습을 보여줬다는 것을.

"그러면 됐다."

"구독자들이 모두 알 수 있도록 삼촌의 상태를 알렸어요. 그리고 당분간 유튜브를 쉬고 싶어요."

삼촌이 의아해하며 되물었다.

"나 때문에 그러냐? 굳이 쉴 필요까지 있나?"

"이참에 삼촌 옆에서 좀 쉬고 싶어요. 그동안 힘들었다고요."
핑계 아닌 핑계를 대며 삼촌 옆에 눌어붙었다. 내 마음이 편안해지는 것은 삼촌과 함께할 때다. 결국 자신이 편하자고 하는 짓이지만 사실이었다. 혼자 있으면 온갖 불안한 마음이 들다가도 삼촌 곁에만 있으면 모든 걱정거리들이 사라진다. 삼촌은 내겐 언제나 명약 같은 존재였다. 가게와 요양병원을 다니는 일정이 당분간 이어졌다. 신나는 일도 없었지만 힘들지도 않았다.

예상은 했지만 삼촌의 발굴 영상은 대박이었다. 시간이 갈수록 댓글들이 줄줄이 달렸다. 가입자 수가 순식간에 3만 명을 훌쩍 넘어섰다. 놀라운 일이었다. 생각지도 않은 기대 이상의 반응에 얼떨떨해졌다. 과연 내가 이런 환영받을 일을 했었나 싶을 정도였다.

다시 꿈을 꿔도 될까?

기회가 온다면 전국의 숨어 있는 맛집과 선배 발굴사들을 찾아보는 것도, 조금 더 성장한다면 삼촌처럼 우리의 산야초와 어울리는 요리를 개발해보는 것도 좋은 소재가 될 것 같았다. 그 과정을 보면서 누군가는 용기를, 또 누군가는 발굴사의 꿈을 가질 수 있지 않을까?

뜻밖에도 댓글을 달아주는 구독자 중에는 해병대 동기 김태환이 있었다. 녀석의 댓글에 옛 추억이 새록새록 생각났다. 어머니 안부를 제일 먼저 물었다. 개인적인 연락처를 주고받으며 서로의 발전을 응원했다. 녀석에게 한번 연락해야지 하면서도 미뤘던 인사를 이렇게 유튜브를 통해 하게 될 줄은 몰랐다.
 이제 채널을 구독해주시는 구독자들이 가족같이 느껴졌다. 구독자들이 삼촌의 멋진 모습에 놀랐다는 것과 건강을 회복하여 다시 돌아오기를 바란다는 안부 댓글은 지쳐 있는 마음을 뭉클하게 만들었다. 병상에 누워 있는 삼촌도 즐겁게 댓글을 읽었다.
 "봤죠? 삼촌, 삼촌은 이런 분이라고요. 모두에게 존경을 받는 멋진 발골사라고요."
 삼촌의 눈가가 촉촉해지는 것 같았다.
 "고맙다. 이렇게 마무리할 수 있는 기회를 줘서."
 떨리는 목소리로 삼촌이 말했다. 그렇게 생각해주신다면 마음의 빚이 조금이나마 옅어질 것 같았다.
 퇴근할 무렵, 삼촌이 전화를 걸어왔다. 오늘 밤에 올 때는 삼촌의 작업가방을 가져오라고 했다. 그동안 주인을 잃고 카운터 옆에 아무렇게나 던져두었던 가방이었다.
 "이제 이 가방의 주인은 너다."
 가방을 건네자마자 삼촌이 말했다.
 "너는 우리의 노래를 기억해주는 사람이다."
 가방을 받을 자격이 충분하다는 삼촌의 말에 눈물이 핑, 돌았다. 그동안의 노력을 삼촌이 인정해주는 것 같았다. 삼촌의 낡은 가죽가방을 바라봤다. 작업가방은 삼촌의 분신이며 전부였다. 그동안의 노고와 세월의 때가 고스란히 묻어 있는 작업가방을 받는다는 것은 어떤 일이 생기더라도 그 길을 가겠다는 무언의 약속이다. 그동안 자신을 쓸 만한 발골사로 만들기 위해 애썼던 스승의 노고가 절절하게 느껴졌다. 우리의 노래를 기억해달라는 스승의 말이 문신처럼 가슴에 새겨졌다.
"삼촌, 잘하겠습니다."
"나는 널 믿는다."
담담하게 말하는 삼촌의 얼굴이 어느 때보다 쓸쓸해보였다. 삼촌은 내가 하는 모든 일을 지지해줬다. 어릴 적부터 지금까지 올바른 발골사가 되게 가르침을 준 것도, 유튜브 활동을 위해 아픈 어깨를 참으면서까지 최선을 다해준 스승이었다. 잊지 않을 것이다. 스승의 그 뜻을 저버리지 않도록 발골사의 노래를 기록할 것이다. 삼촌의 낡은 가방을 가만히 쓰다듬었다. 갑자기 눈치도 없이 눈물이 투두둑, 떨어졌다. 얼른, 눈물을 닦았다. 눈물은 지금 흘리는 게 아니다. 진정으로 바라던 내가 되었을 때, 그때 흘리는 것이다.

늦은 밤이었다. 최 셰프에게서 메시지가 왔다.
'사랑하는 동생, 잘하고 있는가? 스승님은 좀 어떠신가?'
사랑이라는 단어가 들어간 문장을 한참이나 들여다봤다. 사랑이라는 말을 일상적으로 사용하는 사람이 최 셰프였다. 당황스럽게도 사랑의 표현에 익숙하지 않은 마음이 일렁거렸다. 여태 사랑이라는 단어는 자신과는 관련 없는 단어라고 생각했다. 외삼촌과 엄마에게도, 심지어 스승인 삼촌에게도, 그 누구에게도 말해본 적이 없었다. 지나고보니 모든 순간이 사랑이었는데 왜 그렇게 몰랐을까? 최 셰프의 안부 문자에 참고 있었던 설움 같은 게 울컥, 올라왔다.

'형, 너무 반가워서 눈물이 날 것 같아요.'

최 셰프의 안부 문자에 이렇게 흔들릴 줄 몰랐다.

'괜찮아. 사람이 그늘이 있어야 쉴 수가 있지.'

최 셰프의 다독거림이 지금 잘하고 있다는 소리로 들렸다.

'삼촌은 퇴원하고 재활병원에 계셔요.'

'다행이다. 이제 쉬시게 해야 해.'

'네. 앞으로 제가 잘 모셔야죠.'

'스승님 좋아지시면 여기 한번 다녀가지. 유튜브 소재 무궁무진한데.'

'갈 수 있으면 갈게요.'

누군가의 격려가 필요했던 모양이다. 최 셰프의 격려가 힘이 되었는지 다시 일상을 시작할 수 있었다. 삼촌 몫까지 일을 해나가려면 더 부지런해야 했다. 다행히 병수가 발굴을 배우겠다고 나섰다. 괜찮은 생각이었다. 기영 형이 병수를 도맡아 가르치기로 했다. 이렇게 또 많은 것이 바뀌어가고 있었다.

삼촌은 한 달 만에 퇴원해서 집으로 돌아왔다. 삼촌이 돌아오자 이제야 집안이 꽉 차는 것 같다. 불안했던 마음이 조금 안정되는 것 같았다. 삼촌은 매일 도수치료를 받고 난 후, 가게에 나와서 소소한 일을 도왔다. 처음엔 완강히 반대했지만 결국 모른 척했다. 혼자 집에 계시는 것보다 가게 나오시는 게 삼촌의 건강에 도움이 될 것 같았다. 무엇보다 정형을 하는 기영 형과 병수에게 코치를 해줄 수 있어 마음이 든든했다. 일상은 또 이렇게 흘러가게 되어 있다는 듯이 시간이 흐르고 있었다.

"최 셰프는 요즘 소식이 있냐?"

늦은 점심식사를 하다 말고 느닷없이 삼촌이 물었다.

"네. 가끔씩 안부를 물어오더라고요. 많이 바쁜가봐요."

"최 셰프에게 한번 다녀오지."

깜짝 놀랄 제안이었다.

"안 돼요. 제가 없으면 어떻게 하려고요?"

점장을 맡은 뒤, 이제 겨우 안정을 찾아가고 있는데 자신이 빠지면 얼마나 직원들이 힘들 것인가는 안 봐도 훤했다.

"지금이 딱 좋다. 유튜브 소재도 찾고, 당분간 그곳에서 지내다 보면 생각도 넓어진다. 외삼촌이 떠나면서 내게 당부했다. 혁이 너를 잘 키워달라고."

외삼촌까지 호출하며 설득했다. 삼촌은 또 이렇게 자신을 성장시키기 위해 수술한 몸을 이끌고, 가게 일을 돕고 있는 것인가 싶어 마음이 숙연해졌다.

"휴식이라고 생각하고 잠시 좀 다녀와라."

"좀 더 생각해볼게요."

"기영이에게 점장을 맡겨라. 잘해낼 것이다. 병수도 육코너에 들어오고, 매장에는 하나가 있잖아. 주방도 안정적일 때 가거라.

정 바쁘면 알바생 부르면 된다."
 넓은 세상을 구경하라던 외삼촌의 당부가 떠올랐다.
 "혁아, 우리 시대는 끝났지만 나는 너를 통해 꿈을 꾼다."
 삼촌의 격려가 가슴을 먹먹하게 했다. 어떤 말도 나오지 않았다. 고민 아닌 고민이 시작되었다. 삼촌의 말을 따르는 것이 과연 옳은 것일까? 지금 내가 빠져도 '삼부옥'은 돌아갈까? 걱정이 꼬리를 물었다. 평소와 다른 분위기를 알아챘는지 하나가 먼저 물어왔다.
 "오빠, 솔직히 말해봐. 요즘 왜 그래?"
 "뭘?"
 "오빠 얼굴에 고민이 그대로 드러나거든. 그냥 털어나봐. 그래야 돕든지 말든지 하지."
 하나의 눈을 바라봤다. 호기심과 걱정이 섞인 눈빛이다. 그래, 솔직해지자. 어차피 알게 될 것이다. 늦게 알면 서운해할 테니까 이럴 때 말하는 게 낫다.
 "그것이었어? 요즘 오빠 채널 재미없는 것 알지? 이럴 때 구독자님들 서비스 차원에서 최 셰프가 있는 곳도 보여줘야지."
 "가게는 어떻게 하고?"
 "기영 오빠도 있고, 병수도 잘하고 있잖아. 더구나 알바생들도 고정으로 잘하고 있고."
 "삼촌은?"
 "아저씨는 걱정마. 나랑 엄마가 있잖아. 오빠보다 울 엄마가 아저씨 더 잘 돌봐주셔."

"어머니한테 짐을 지우는 것 같아서 미안해서 그렇지."

"오빠가 떠나야 아저씨도 오빠 눈치 안 보고 우리 엄마한테 기대지?"

말이 희한하게 돌아갔다. 하나 엄마가 삼촌을 극진히 보살펴 드리는 것은 안다. 속이 좋지 않은 삼촌을 위해서 아침마다 죽을 쒀 드리고, 약과 빨랫감을 챙겨 드리는 것이 그냥 친절이라고만 알고 있었는데 깊은 뜻이 있었다는 것인가?

"진짜? 나만 모르는 거야?"

"그러니까 눈치 없는 오빠는 오빠 일에만 신경 쓰시라고요."

고마운 일이었다. 삼촌이 조금이라도 행복할 수 있다면 어떤 일이라도 하고 싶었다. 가게 마감을 하고 기영 형과 병수와 잠시 의논을 했다.

"열심히 촬영해서 더 멋진 영상으로 보답해."

"맞아요. 채널이 좀 지루해지기 시작했거든요."

기영 형의 말에 병수도 덩달아 맞장구를 쳤다. 가족들 모두가 이런 마음이었구나, 싶었다. 나를 배려하는 마음이 바로 느껴졌다.

"다음엔 내 차례가 되게 빨리 다녀오라고요."

하준이까지 나서서 응원을 하자 그동안 너무 매너리즘에 빠져 있었던 것은 아닌지 싶었다. 그렇다면 지금이 떠날 때인 것 같았다. 모두 응원해주니 조금 움직여볼 용기가 생겼다.

그날 밤, 최 셰프에게 메시지를 보냈다.

"형, 저 다음 달에 그곳으로 갈지도 몰라요."

몇 시간 뒤, 답장이 바로 날아왔다.

"빙고! 드디어 오는군. 주소를 보낼 테니 잘 찾아오라고. 여권은 있지? 자신 없으면 공항으로 마중 나갈 테니까."

"제가 뭐 어린애인가요? 휴대폰만 있으면 어디든지 찾아가는 세상인데요."

여태 한번도 외국에 나간 적이 없었다. 그런데 무슨 이유로 여권을 만들어놓았는지 모르겠다. 언젠가는 하는 마음에서 몇 년 전, 일식집 동료들과 함께 만들었던 것이다. 인터넷에 접속했다. 영국의 워킹홀리데이에 대해 알고자 해서였다. 호주로 워홀을 가겠다고, 다짐한 오래 전 일이 생각났다. 영국의 워홀은 비자 기간은 이 년이며 주 이십 시간 정도 노동이 가능하고, 공부를 해도 되고, 무엇보다 통장에 기본적인 돈은 있어야 한다는 게 눈에 띄었다. 외삼촌이 준 통장을 꺼냈다. 그동안 모은 통장 금액도 헤아려봤다. 모자라지는 않았다.

새로운 세계에 대한 호기심이 생기는 만큼 두려움도 커졌다. 자신을 여기까지 데려온 지난 시간이 차례대로 스쳤다. 스스로를 위로하고 격려할 사람은 바로 자신인데 나는 안 되는 놈이라고, 얼마나 많은 자기 불신에 짓눌려 있었던가. 나를 둘러싼 환경을, 가난한 부모를, 초라한 자신을 미워하고 원망했던 지난 날을 생각하니 그 누구보다 자신에게 미안했다. 한번도 스스로를 긍정하지 않았다. 그게 무엇보다 생채기처럼 쓰라렸다.

늘 자신을 버려지는 비계 같고 질긴 근막 같은 하찮은 존재라고 생각했다. 믿기지 않았지만 자신이 귀한 안창살 부위였다는 걸 이제야 깨달은 것이다. 그토록 가지고 싶었던 단단한 칼은 바로 자신을 사랑하는 마음이었는데 그걸 왜 이제야 알아챘을까?

스스로 생각해도 지금의 내가 과연 그때의 나인가, 의심이 들 만큼 성장한 자신이다. 처음 마장동을 들어설 때, 휘몰아치던 회오리바람도 이제는 잠잠하다. 이 기운대로라면 다음에 불어올 거친 바람도 거뜬히 견뎌낼 수 있을 것 같았다.

이제 육의꽃 가입자가 5만 명을 향하고 있다. 진짜 몰랐다. 여기까지 올 줄은. 내 능력보다 주위 분들의 도움이 있었기에 가능한 일이었고, 내 자신을 믿으니깐 여기까지 올 수 있었다. 인정하기 부끄럽지만 이제야 내가 좀 쓸모 있는 놈으로 보였다. 오늘 밤은 지난 날의 자신과 화해의 시간을 가지고 싶다. 그래야만 또다시 발걸음을 뗄 수 있을 것 같았다.

그래, 쫄지 말자. 그 누구도 아닌 나는, 나를 응원해야 한다.

지금까지 잘해왔고, 앞으로도 잘해나갈 것이다. 최 셰프가 보낸 응원의 글이 더욱 힘을 실어준다.

너의 응어리진 마음속 불길이 거름이 되었듯이, 땅을 뚫고 나오는 새싹의 힘으로 전진만 하는 거야! 힘차게!

최 셰프가 배움을 위해 만행을 떠났듯이, 자신에게도 떠나야 할 시간이 온 것 같았다. 첫걸음을 떼기가 두렵지, 그 다음은 리듬을 따라가면 된다. 그러면 언젠가는 최 셰프가 자랑했던 아르헨티나의 아사도의 맛을 경험해볼 날도 오지 않을까?

삼촌이 준 작업가방을 가져와 칼을 꺼낸다. 스승에게서 받은 믿음의 증표다. 지금까지 나를 이끌어왔고, 앞으로도 함께할 나의 분신이다. 칼이 가는 길 위에는 많은 이들의 땀방울이 녹아 있다. 삼촌과 삼촌의 스승인 최 영감님, 그 윗세대 발골사들의 모습이 칼날 위에 선명하게 비친다.

나도 그들처럼 뜨거운 마음으로 칼의 길을 가는구나, 싶어지자 마음이 웅장해진다. 그들이 흘린 땀과 눈물이 어쩌면 응원하고 있을지도 모른다는 생각이 불현듯이 들었다.

휴대폰의 여행 앱을 찾아 서울에서 런던까지 왕복 항공권을 클릭했다. 최 셰프가 어느 날, 의령 한우산 자락의 삼촌 집을 찾아왔듯이, 이제는 내가 최 셰프가 있는 영국의 남부 해안도시 브라이튼으로 떠나는 것이다.

낯설고 새로운 곳에서도 나의 마장동을 꽃 피울 수 있도록, 그곳에 있을, 또 다른 나를 찾아 걸어보는 것이다.

나의 노래, 발골사의 노래는 지금부터 시작이다.

작가의 말

# 발골사의 칼끝에서 치유되는 아픔들

2008년 단편 「사바끼」로 등단했다. '발골사'에 대한 이야기였다. 세월이 흘러 소설가 이명행 선생께서 왜 장편으로 쓰지 않느냐고, 사석에서 물었다. 그때는 생각도 하지 않았기에 앞으로 쓸 수 있으면 쓰겠다고 답했다. 핑계였다. 고백하건대 나는 열심히 글을 쓰는 작가가 아니다. 베짱이 쪽에 가까운 게으른 사람이었다.

그러다가 몇 해 전, 건강에 적신호가 들어온 것을 우연히 발견했다. 사람 일은 한 치 앞도 모른다더니 나를 두고 하는 말이었다. 온갖 상상과 두려움이 밀려드는 순간, 희한하게도 미뤄두기만 했던, 꼭 써야 할 소설들이 불현듯 떠올랐다.

망설이지 않고 첫 문장을 썼다. 오래 전 소설 속에서 만났던 늙은 발골사는 따뜻하게 나를 맞아주었다. 지루한 치료의 과정을 이 소설을 쓰며 견뎠다. 그렇게 발굴사의 칼끝을 따라가다보니 내 아픔도 발굴된 듯, 다시 산뜻해질 수 있었다.

내겐 고통과 함께 찾아온 시절인연 같은 작품이다. 분명 삶이 보내는 따끔한 경고가 없었더라면 만나지 못했을 것이다. 아픈 만큼 성숙한다더니 이 나이에도 해당되는 말이었다. 그러함에도 불구하고 우리는 앞으로 나아가야만 한다는 걸 이렇게 또 배운다.

소설을 탈고하고 나니 모든 것에 감사하다. 주인공 혁의 꺾이지 않는 용기를 조카인 보민, 태환, 여름, 지완, 혜인, 대석에게 보낸다. 웅크린 시간 동안 자신만의 칼을 잘 벼르리라 믿는다. 그리고 따뜻한 가족들, 격려를 아끼지 않았던 형제자매들과 힘이 되어준 지인들과 친구들. 우리 가족이 되어준 금지와 올해 새 가정을 이루는 선웅과 태경에게도 감사의 인사를 보낸다.

2025년 수국 피는 내서에서
박영희

박영희 장편소설

# 사바끼

지은이_ 박영희
펴낸이_ 조현석
펴낸곳_ 북인
디자인_ 푸른영토

1판 1쇄_ 2025년 08월 23일
출판등록번호_ 313 - 2004 - 000111
주소_ 121 - 842 서울 마포구 서교동 460 - 34, 501호
전화_ 02 - 323 - 7767
팩스_ 02 - 323 - 7845

ISBN 979-11-6512-509-7  03810
값 15,000원

경남문화예술진흥원
GYEONGNAM CULTURE AND ARTS FOUNDATION

이 책은 경남문화예술진흥원의 문화예술지원을 보조받아 발간되었습니다.

이 책의 글과 그림에 관한 저작권은 저자와 출판사에 있습니다.
저자 허락과 출판사 동의 없이 내용의 일부를 인용, 발췌를 금합니다.